O NAMORADO

Obras da autora publicadas pela Editora Record

O acidente
A contadora
A professora
O namorado
Nunca minta

FREIDA McFADDEN

O NAMORADO

Tradução de
Irinêo Baptista Netto

5ª edição

EDITORA RECORD
RIO DE JANEIRO • SÃO PAULO
2026

CIP-BRASIL. CATALOGAÇÃO NA PUBLICAÇÃO
SINDICATO NACIONAL DOS EDITORES DE LIVROS, RJ

M144n

McFadden, Freida
O namorado/ Freida McFadden; tradução Irinêo Baptista Netto. – 5. ed.
– Rio de Janeiro: Record, 2026.

Tradução de: The boyfriend
ISBN 978-85-01-92344-8

1. Ficção americana. I. Netto, Irinêo Baptista. II. Título.

25-98247.0 CDD: 813
CDU: 82-3(73)

Gabriela Faray Ferreira Lopes – Bibliotecária – CRB-7/6643

Título original em inglês:
The Boyfriend

Texto revisado segundo o Acordo Ortográfico da Língua Portuguesa de 1990.

Impresso no Brasil

ISBN 978-85-01-92344-8

Seja um leitor preferencial Record.
Cadastre-se no site www.record.com.br
e receba informações sobre nossos
lançamentos e nossas promoções.

Atendimento e venda direta ao leitor:
sac@record.com.br

PRÓLOGO

ANTES

TOM

Eu me sinto desesperado, ridículo, triste e completamente apaixonado.

Ela se chama Daisy. Nós nos conhecemos quando éramos crianças. Sou apaixonado por essa garota desde os quatro anos — sim, sou patético nesse nível. Quando a vi no parquinho picando o sanduíche dela em pedacinhos para dar aos esquilos, tudo que consegui pensar foi que nunca tinha visto uma criatura tão bonita ou gentil quanto Daisy Driscoll. E aí já era.

Durante muito tempo, não contei para ela como me sentia. Não conseguia. Parecia impossível que esse anjo de cabelos dourados, olhos azul-claros e pele igual à pia de porcelana da nossa casa gostasse de mim um décimo do quanto eu gostava dela, então não fazia sentido falar nada.

Mas, agora, isso mudou.

Agora, Daisy me deixa acompanhá-la da escola para casa. Às vezes dou sorte e ela segura minha mão e dá aquele sorrisinho discreto com seus lábios cor de cereja que me deixa de pernas bambas. Estou começando a achar que ela quer que eu a beije.

Mas tenho medo. Tenho medo de tentar beijá-la e acabar levando um tapa na cara. Tenho medo de contar o que sinto e ela olhar para mim com pena, dizendo que não sente o mesmo. Tenho medo de que ela nunca mais me deixe acompanhá-la da escola para casa.

Mas meu maior medo é outro.

Meu maior medo é inclinar a cabeça para beijar Daisy e ela me deixar beijá-la. Tenho medo de que ela aceite ser minha namorada. Tenho medo de que ela me leve para o quarto quando os pais dela não estiverem em casa para que finalmente possamos ficar a sós.

E fico apavorado só de pensar que, assim que estivermos a sós, vou envolver seu pescoço lindo e pálido com minhas mãos e apertá-lo até ela morrer.

CAPÍTULO 1

DIAS ATUAIS

SYDNEY

Quem é esse cara e o que ele fez com o homem que marcou de sair comigo?

Era para eu jantar com um homem chamado Kevin hoje, às oito. Quer dizer, marcamos de tomar um drinque às seis da tarde — fica mais fácil escapar se for o caso —, mas Kevin me mandou uma mensagem pelo aplicativo de paquera Cynch dizendo que ia sair mais tarde do trabalho e perguntando se poderíamos jantar às oito.

Fui imprudente e aceitei.

Mas, por mensagem, Kevin parecia ser um cara muito legal. E ele era bonito nas fotos. *Bem* bonito. Tinha um sorriso encantador, um brilho no olhar e o cabelo castanho-claro bagunçado de um jeito charmoso. Ele parecia um Matt Damon jovem. Tive vários encontros ruins no Cynch, mas até que estava com uma certa dose de otimismo dessa vez. Fiz questão de chegar mais cedo ao restaurante e passei os últimos dez minutos no bar esperando meu date ansiosamente.

— Sydney? — pergunta o homem diante de mim.

— Sim?

Olho para o homem, esperando que ele diga que Kevin morreu em um trágico acidente de táxi a caminho do nosso encontro, porque *não é possível* que esse cara seja Kevin. Em vez disso, ele estende a mão para me cumprimentar.

— Eu sou o Kevin — diz ele.

Não faço menção de me levantar.

— Kevin?

Tá bom, vamos admitir: ao vivo ninguém é tão bonito quanto nas fotos do aplicativo. Quer dizer, se sua intenção é conseguir um encontro, você não vai postar uma foto de quando acordou de ressaca. Você vai se arrumar, fazer cinquenta fotos de todos os ângulos possíveis com uma dúzia de filtros diferentes e escolher a melhor de todas. Isso é bom senso.

E talvez a foto perfeita tenha sido feita dez anos antes. Não concordo com essa lógica, mas entendo por que as pessoas agem assim.

Mas esse cara…

Sem chance de ele ser o mesmo homem do perfil do Cynch. Nem dez anos atrás — de jeito *nenhum*. Não é mesmo.

Embora seja uma atitude detestável, pego o celular na bolsa e abro o aplicativo na frente dele. Comparo o homem bonito e encantador da foto com o sujeito parado à minha frente. É, sem chance.

Meu acompanhante é pelo menos dez anos mais velho que o cara na foto e magro como um palito, quase esquelético. Acho que a cor dos olhos também é diferente. O cabelo loiro tem entradas profundas e o que sobrou dele é comprido e está preso num rabo de cavalo desgrenhado.

O cara na minha frente não é o mesmo homem da foto. Tenho mais certeza disso do que do fato de que gosto de fazer longas caminhadas pelo Central Park e de maratonar séries na Netflix.

— Sim, esse sou eu na foto — diz o Kevin de mentira. (Na verdade, o cara na foto é o Kevin de mentira. Talvez seja o Matt Damon na foto. Estou começando a achar que deve ser isso.)

Faço menção de argumentar que ele não tem nada a ver com o homem na foto, mas as palavras soam muito superficiais na minha cabeça. Tá bom, Kevin é muito diferente da foto em seu perfil. Mas que diferença isso faz? A gente estava conversando pelo Cynch, e ele parecia ser um cara legal. Eu devia dar uma chance para ele.

E, se por acaso as coisas desandarem, minha amiga Gretchen vai me ligar em uns vinte minutos com uma desculpa qualquer para me tirar daqui. Nunca vou a um encontro sem combinar uma ligação de emergência, *nunca*.

— Muito bom conhecer você na vida real — diz o Kevin de verdade. — Você é igualzinha às suas fotos.

Será que ele espera que eu diga a mesma coisa? Será que isso é algum tipo de teste?

— Hum — digo.

— Venha — diz ele. — Vamos pegar uma mesa.

Escolhemos uma mesa perto do bar. No caminho, percebo que Kevin é mais alto do que eu. Costumo gostar de homens altos, mas esse aqui precisa ganhar um pouco de peso com urgência. É como se eu estivesse andando ao lado de um cabo de vassoura.

— Estou contente que a nossa saída deu certo — diz Kevin ao se sentar à minha frente. Por que o rabo de cavalo dele está tão desgrenhado? Não dava para pelo menos pentear os cabelos antes do nosso encontro?

— Eu também — digo, mentindo um pouquinho.

Ele fica me olhando com uma expressão de satisfação no rosto esquelético.

— Sydney, preciso dizer uma coisa agora que nos encontramos cara a cara. Acho, de verdade, que você é a mulher perfeita.

— Ah, é?

— Sem dúvida — diz ele, sorrindo para mim. — Se eu fechasse os olhos e imaginasse a garota perfeita, seria você.

Uau. Que… fofo. Esse foi, provavelmente, um dos melhores elogios que recebi num encontro. Obrigada, Kevin de verdade. Estou começando a gostar de não ter ido embora. E, como eu disse, gosto de homens altos. Além disso, apesar de ele ter uma aparência muito diferente da foto de perfil, sinto um tiquinho de atração.

— Obrigada.

— Quer dizer — acrescenta ele —, tirando os seus braços.

— Meus *braços*?

— Eles são meio flácidos. — Ele franze o nariz. — Mas, fora isso, uau. Como eu disse, você é a mulher perfeita.

Para tudo. Meus braços são *flácidos demais*? Foi isso que ele acabou de me dizer?

O pior é que agora estou tentando olhar para os meus braços sem dar muito na cara. E por que fui usar um vestido sem mangas logo hoje? Tenho só dois vestidos sem mangas no meu armário. Eu poderia ter pegado alguma coisa com mangas que esconderiam meus braços aparentemente horrorosos, mas não. Escolhi justamente *este*.

— Vocês gostariam de pedir algo para beber?

Uma garçonete está parada na nossa frente com as sobrancelhas levantadas. Tento ignorar meus braços monstruosos e olho para ela.

— Uma Coca zero para mim.

— Uma Coca zero? — Kevin parece ofendido. — Nada a ver. Peça uma bebida de verdade.

Jamais consumo bebidas alcoólicas no primeiro encontro com um homem que conheci no Cynch. Não quero que minha capacidade de julgamento seja afetada de maneira nenhuma.

— Coca zero *é* uma bebida de verdade.

— Não é, não.

— Bom, ela é um *líquido*. — Eu o encaro do outro lado da mesa grudenta de madeira. — Então, para mim, é uma bebida.

Kevin revira os olhos para a garçonete ver.

— Tudo bem, me veja uma Corona. Para ela, uma *Coca zero*. — Ele pisca para a garçonete e move os lábios dizendo *Desculpa*.

Dou uma olhada na minha bolsa. Quando será que Gretchen vai me ligar? Preciso de uma rota de fuga.

Mas talvez eu não esteja sendo justa. Faz só cinco minutos que conheço o Kevin de verdade. Eu devia dar uma chance para ele. Afinal, foi por isso que disse para Gretchen esperar vinte minutos antes de me ligar. Um julgamento feito em cinco minutos é precipitado. Se não for capaz de dar mais do que cinco minutos para um cara, vou passar os próximos vinte anos em primeiros encontros. E agora que estou com trinta e quatro anos, não posso me dar a esse luxo.

— Nossa — diz Kevin, seguindo os passos da garçonete que vai buscar nossas bebidas. — Que braços *lindos* ela tem.

Gretchen, cadê você?

CAPÍTULO 2

— Você tem que pagar dois mil dólares só para entrar no grupo — explica Kevin —, mas, para cada pacote de viagem vendido, você recebe cinco mil dólares de comissão. É incrível, né?

Arrasto uma das minhas batatas fritas por uma trilha de ketchup no meu prato. Já se passaram quarenta minutos e, inexplicavelmente, ainda estou aqui. Gretchen cretina. Ela deve estar no maior amasso com o namorado, ou fazendo sabe-se lá o quê, e se esqueceu da coitada aqui. Cheguei a mandar um "SOS" por mensagem e, mesmo assim, ela não me ligou.

— Posso colocar você no grupo, sem problema nenhum. — Kevin dá uma mordida em uma de suas asinhas de frango com molho barbecue. Ele tem um apetite impressionante para alguém tão magro. Avisei uma vez que ele estava com a boca lambuzada de molho e ele usou o guardanapo, mas, toda vez que dá uma mordida, Kevin se lambuza de novo. Chegou uma hora em que cansei de avisar que ele estava com a boca suja.

— Se você quiser, posso ligar para Lois na sede da empresa. É uma oportunidade incrível, Sydney. É muita sorte você ter me conhecido.

— Não, obrigada — digo.

Kevin pega minha Coca zero. Quando as asinhas de frango chegaram, ele reclamou que a comida estava muito apimentada e, em quinze minutos, bebeu a cerveja que tinha pedido, pediu mais uma, terminou a segunda cerveja e agora se apoderou da minha Coca zero.

— Por que não? Por que você recusaria uma oportunidade de ganhar uns cem mil dólares por ano?

— Porque isso é um esquema de pirâmide?

— Um esquema de pirâmide! — Kevin dá uma risadinha. — Por que você acha isso?

— Porque sou contadora e sei como funcionam os esquemas de pirâmide.

— Não, você não está entendendo — insiste ele. — Veja, Sydney, estou tentando te fazer um favor. Você tem um emprego no qual mexe com números o dia inteiro que é de morrer de tédio. Não seria melhor fazer algumas vendas por ano e passar o resto do tempo relaxando numa casa luxuosa que você mesma comprou para passar as férias?

Como não sei o que dizer, opto por pegar minha bolsa.

— Preciso ir ao banheiro.

Espero que o banheiro tenha uma janela por onde eu possa escapar.

Quando entro no banheiro feminino, descubro que, infelizmente, não há janelas. Então me obrigo a usar o banheiro e a passar dois minutos me olhando no espelho, analisando com atenção meus braços "flácidos". Eles não são tão feios assim, né?

Ou são?

Estou procurando "exercícios para fortalecer os braços" no Google quando meu celular começa a tocar. O nome de Gretchen surge na tela, e eu cerro os dentes. *Até que enfim* ela está me ligando. Depois de quarenta e cinco minutos. Deslizo o dedo para atender a chamada.

— Fala sério, Gretchen! — berro no telefone sem nem dizer alô antes. — Estou no pior encontro da minha vida e a culpa é toda sua.

Dizer isso não é justo. O Kevin de verdade merece pelo menos cinquenta por cento do crédito por essa noite péssima. Mas estou irritada e *preciso* descontar em alguém.

— Desculpa! — exclama Gretchen. — Randy e eu estávamos vendo um filme e a gente perdeu a noção do tempo...

— A-hã.

— Eu nem queria ver o filme — insiste ela. — Randy prometeu que não ia me deixar esquecer de fazer a ligação, mas aí... sabe como é...

Consigo ouvir Randy ao fundo dizendo:

— Ei! Não ponha a culpa *em mim*! — E Gretchen começa a rir como se ele estivesse fazendo cócegas nela ou algo assim. Mordo o lábio, invejando o quanto Gretchen e Randy se dão bem. Quando nós duas ficamos amigas, ela era solteira, assim como eu. Até que, um dia, a gente estava no elevador e ela não parava de falar que achava o zelador do meu prédio bem charmoso. E agora eles estão namorando já faz uns seis meses!

Não me entenda mal. Fico feliz que minha amiga tenha encontrado o cara dos seus sonhos. É que ainda estou tentando encontrar o meu.

— Onde você está agora? — pergunta ela.

— Escondida no banheiro, é óbvio.

— Ai, meu Deus. Me desculpa.

— Tudo bem — resmungo. — Aposto que você estava num amasso gostoso com o seu namorado, enquanto eu fiquei aqui tendo que lidar com um cara que quer me vender um esquema de pirâmide.

— Não é possível, Syd! É sério isso?

— E isso nem é o pior — digo. — A mãe dele ligou pelo FaceTime no meio do jantar e ele atendeu. Tive que dar oi para ela! A *mãe* dele, Gretchen! No nosso primeiro encontro!

— Sinto muito, amiga, de verdade — diz ela, embora eu consiga perceber que está se segurando para não rir.

— Até parece.

— É sério, Syd. Eu pisei na bola. Amanhã, depois da ioga, vamos tomar um café com bolo por minha conta.

Acho que posso aceitar esse pedido de desculpas. De qualquer forma, o encontro está quase acabando. Faltam cinco minutos para eu nunca mais ver o Kevin de verdade nem o Kevin de mentira. Quer dizer, talvez eu volte a ver o Kevin de mentira se for assistir a um filme do Matt Damon.

Dou tchau para Gretchen, olho uma última vez para meus braços (não tem *nada* de errado com eles, Kevin!) e, logo depois, volto para a mesa. E eis que um milagre aconteceu: a conta já foi pedida e está esperando por mim. Talvez eu vá embora mais rápido do que imaginava.

— Você demorou no banheiro — comenta Kevin. Ele limpa a boca com a manga da camisa e o molho mancha o tecido xadrez branco e vermelho. Nem me importo mais. — Você ficou entalada?

Dou um sorriso amarelo.

— Obrigada pelo jantar.

— Sem problemas. — Kevin empurra a conta na minha direção. — A sua parte deu trinta e oito dólares.

Se Kevin pagasse a minha parte, eu me sentiria incomodada porque não quero ficar devendo nada para ele, mas acho difícil que minha saladinha com Coca zero, mais o serviço, tenha custado trinta e oito dólares. A contadora em mim tem vontade de pegar a conta e recalcular a minha parte do jantar, mas a mulher em mim não quer prolongar essa situação por mais tempo. Então deixo duas notas de vinte em cima da mesa.

Quando Kevin se levanta, começa a tocar a música "Eye of the Tiger". Ele sorri para mim e dá uma piscadinha.

— Essa é a minha música favorita. Você não acha *Rocky* o melhor filme de todos os tempos?

— Nunca vi.

Kevin põe a mão no peito, demonstrando estar surpreso, como se eu tivesse acabado de dizer que meu passatempo favorito é matar filhotinhos de cachorro.

— Você *nunca* viu?

— Nunca.

— Então a gente já sabe o que vai fazer no nosso segundo encontro.

Decido não rebater a ideia de que teremos um próximo encontro. Mas, assim que sair daqui, vou bloqueá-lo no Cynch. Ele não tem meu número de telefone, então não vai conseguir entrar em contato comigo.

— Depois de ver o primeiro — acrescenta ele —, nós podemos ver *Rocky II* no nosso terceiro encontro. E *Rocky III* no quarto!

Na saída do bar, ele está planejando como vai ser nosso sétimo encontro (com *Rocky VI*). Estamos em pleno mês de agosto, uma época ótima para usar vestidos sem manga e exibir meus braços grotescos, mas é também um período de muita umidade em Nova York. Mesmo tendo usado *leave-in* e caprichado no modelador de cachos, meu cabelo está começando a ficar com frizz. Agora, felizmente, não dou a mínima para o que meu date pensa do meu cabelo.

— Eu levo você para casa — diz Kevin.

Quase engasgo.

— Não precisa.

Ele ergue o queixo.

— Faço questão. Já está tarde. Que tipo de homem eu seria se deixasse você andar sozinha de noite?

— Não precisa. Mesmo.

— Você corre o risco de ser *morta*, Sydney.

Acho improvável. De qualquer forma, estou disposta a correr o risco de morrer só para me livrar desse cara. Pela expressão em seu rosto, ele parece determinado, e estou começando a achar que seria mais fácil deixar Kevin me levar. Mas não *de verdade*. Minha casa fica a mais ou menos dez quarteirões daqui e acho que, depois de três ou quatro quadras, vou apontar para um prédio qualquer e dizer que é ali que eu moro. Então nunca mais vou ter que lidar com o Kevin de verdade.

— Tudo bem — resmungo. — Então vamos.

Ele sorri.

— Vamos.

Como é terça-feira, e não uma noite de fim de semana, as ruas estão mais vazias do que costumam ficar quando saio sozinha à noite. Ainda mais porque procuro circular por regiões mais movimentadas e agora estou passando por uma área residencial só para sair logo dessa situação. As áreas residenciais são sempre mais quietas e têm menos cheiro de urina do que as regiões mais movimentadas como aquela em que eu moro. As ruas estão tão desertas que é até bom ter a companhia de Kevin.

Porém, não há a menor chance de eu deixar que ele veja onde moro. Ele jamais largaria do meu pé.

Paro diante de um prédio de brownstone a poucas quadras da minha casa de verdade. Faço um sinal na direção das escadas.

— Eu moro aqui.

Espero que ele não insista em me acompanhar até a portaria do prédio, porque não tenho como entrar. Mas ele parece muito relutante em ir embora.

— Foi muito bom, Sydney — diz Kevin.

Não consigo retribuir o comentário nem para ser simpática.

— Ã-hã.

Ele esboça um sorriso com o canto dos lábios.

— Que tal um abraço?

— Hum... — Olho para seus braços abertos e dou uma espiada na mancha de suor embaixo das axilas, uma vez que estamos caminhando em meio ao ar úmido de agosto. — Não gosto de abraços no primeiro encontro.

— Ah! — Meu primeiro pensamento é que o Kevin de verdade vai reclamar, mas então ele diz: — Então que tal um beijo?

O que esse cara está *pensando*? Eu não quis dar nem um abraço nele e ele está pensando que vai encostar aqueles lábios pegajosos em mim?

— Ah, poxa — diz ele. — Eu te levei para jantar. Você não vai nem me dar um beijo?

Ele me levou para jantar? Em que planeta ele vive? Paguei quarenta dólares por uma salada e ele *acha* que *me* levou para jantar?

— Não gosto de beijar nem de abraçar no primeiro encontro — explico. Em seguida, antes que ele me peça mais alguma coisa, emendo: — Tenho uma regra de evitar contato.

— Sério?

Ele dá um passo na minha direção. Ele é mais alto que eu, mas, mesmo assim, consigo sentir o cheiro de cerveja em seu hálito. Dou um passo para trás, chegando ao primeiro degrau das escadas do prédio onde eu disse que morava. Dou uma olhada ao redor, apreensiva, porque não vejo nenhum outro pedestre na rua. Achei que Kevin fosse um idiota, mas um idiota inofensivo.

Errei feio.

— Qual é, Sydney? — Ele dá mais um passo e fica desconfortavelmente próximo de mim. Kevin pode ser magro, mas ele parece forte. Mais forte do que eu, sem dúvida. — Você vai me provocar assim? Deus do céu, não pedi nada de mais. Só um beijo.

— Acho que esse encontro acaba aqui — digo com convicção.

— Ah, para. — Ele franze a testa, seu rosto se contorcendo sob a luz fraca dos postes na rua. — Mulher é tudo igual. Como é que você quer encontrar um marido se não é capaz nem de dar um beijo num cara que leva você para jantar?

Minha cabeça está a mil, pensando no conteúdo da minha bolsa e no que eu poderia usar como arma. Gretchen me deu uma lata de spray de pimenta, mas tive que tirá-la da bolsa, porque ficava vazando e nunca cheguei nem perto de viver uma situação na qual precisasse me defender. Tenho um spray antisséptico para as mãos. Será que funciona se eu espirrar o antisséptico nos olhos dele? É claro que, antes disso, preciso encontrar o spray na minha bolsa gigantesca quase lotada de lenços de papel amassados.

Decido que minha melhor opção é desviar dele e sair correndo. Em um ou dois quarteirões, tenho certeza de que vou encontrar alguém.

— Sydney — chama ele.

Evito olhar em seus olhos e tento sair correndo. Porém, Kevin é mais rápido do que aparenta. Ele agarra meu pulso e me empurra contra a parede áspera do prédio. Os dedos magros machucam minha pele.

— Para com isso, Sydney — diz ele. — Por que sair correndo desse jeito? A diversão está só começando.

CAPÍTULO 3

Kevin pressiona o corpo contra o meu. O fedor de cerveja é quase insuportável, e viro o rosto enquanto tento escapar.

Ele não quer só um beijo. Quer outras coisas também. E não vai sair daqui até conseguir o que quer. Eu devia ter insistido para ir embora sozinha.

Meu Deus, como ele pode ser tão *forte*?

— Me larga! — berro.

— Não dá para você me provocar assim — diz ele com os dentes cerrados. — Estou avisando.

Agora, seu corpo quente e desconfortável faz pressão contra o meu. Abro a boca pronta para gritar com todas as minhas forças. Há muitos prédios nesta quadra. Alguém vai me ouvir, apesar de todas as janelas estarem fechadas por causa dos aparelhos de ar-condicionado. Mas antes que eu consiga emitir qualquer som, uma voz explode atrás de mim:

— Ei! *Ei!* O que está acontecendo aqui?

Kevin afrouxa o aperto em meu pulso. Ele se afasta de mim uns cinco centímetros e tento tirar vantagem do fato de que consigo me mexer de novo. Eu me seguro numa lata de lixo ali perto e, com toda a força que consigo reunir, dou uma joelhada no saco de Kevin.

É uma satisfação ver que ele cai no chão na mesma hora. É a primeira vez que acerto as bolas de um cara e, nossa, funciona que é uma *maravilha*. Ele se agacha com as mãos no meio das pernas, o rosto vermelho. Me sinto ótima — quer dizer, pelo menos até eu perder o equilíbrio e cair no chão, batendo com a cabeça na lata de lixo.

— Sua vagabunda! — resmunga Kevin. — Qual é o seu problema?

Eu me levanto com cuidado e tento ver, em meio às sombras, a figura da pessoa que apareceu para me salvar. Está muito escuro, então não consigo enxergar direito, mas com certeza é um homem, com porte e altura medianos. Ele está olhando para Kevin, que continua agachado no chão, e em seguida olha para mim.

— Você está bem?

— Não se meta! — dispara Kevin para ele. — Nós estávamos num encontro, seu idiota. Estávamos nos divertindo.

O homem misterioso continua olhando para mim, esperando minha resposta, com uma expressão séria.

— Estou bem. — Com uma das mãos, limpo meu vestido azul sem mangas, que eu nunca mais vou usar por uma série de motivos, incluindo o fato de me sentir insegura devido aos meus braços flácidos. Devia jogar o vestido fora depois de tudo que aconteceu. — Quer dizer, *agora* estou bem.

— *Você* está bem? — explode Kevin. — Eu devia te meter um processo por agressão!

O homem misterioso dá uma bufada, perplexo.

— Eu *vi* o que você estava tentando fazer. Ficaria feliz em chamar a polícia e contar tudo para eles.

Ele diz isso e saca o celular do bolso. O homem misterioso faz menção de ligar para a polícia e olha para mim mais uma vez, como se quisesse minha permissão, então faço que não com a cabeça. Não é assim que quero que minha noite termine. Só quero voltar para casa e mergulhar na minha banheira. E bloquear Kevin no Cynch. Também posso denunciá-lo para os administradores do aplicativo, uma vez que eles têm todas as informações dele.

Pela primeira vez, Kevin parece preocupado de verdade. Ele se levanta com certa dificuldade.

— Ei — diz ele. — Ei, olha, talvez tenha sido um mal-entendido. Eu não ia...

— Vá embora! — O homem misterioso não deixa Kevin terminar a frase. — *Agora*. Antes que ela mude de ideia e decida ligar para a polícia. — Ele baixa a voz, que vira quase um rosnado. — Se *algum dia* você for atrás dela de novo, vou ficar feliz de contar o que vi. Você sabe o que acontece com agressores sexuais na cadeia?

Kevin arregala os olhos e, enfim, a ficha dele cai.

Vejo meu date ir embora mancando, no sentido oposto ao do meu prédio. Só quando ele some de vista sinto meus ombros relaxarem.

— Você tem certeza de que está bem? — pergunta o homem misterioso.

Viro a cabeça na direção da voz. Agora ele está sob a luz dos postes na rua e, finalmente, consigo enxergar seu rosto. E...

Uau.

Sabe aquela coisa brega que dizem sobre olhar para alguém e sentir que você foi atingido por um raio? Sempre achei essa ideia ridícula até que isso acontecesse comigo cerca de três anos antes, quando conheci o primeiro cara que me atingiu como um raio. Mas a relação não foi para a frente, e acabei me convencendo de que isso não aconteceria de novo. Porém, aconteceu. Mais uma vez, um cara me atinge como um raio.

Para ser sincera, o Homem Misterioso é bem bonito. Ele tem cabelos escuros e espessos, os olhos muito escuros e uma intensidade no olhar que também me atinge como um raio. O queixo anguloso lhe dá a aparência de alguém confiante e completamente centrado. O rosto é um exemplo clássico daquela simetria agradável de se ver. Ele está com uma camiseta preta que revela o corpo enxuto e faz os cabelos e os olhos parecerem ainda mais intensos. Para completar, não há nem sombra de uma aliança de casamento na mão esquerda.

Mas o melhor de tudo é a maneira como ele encara meu olhar. Se eu fui atingida por um raio, ele também foi. Sou capaz de apostar.

— Estou bem — digo. — Só um pouco… abalada. Não é para menos, né?

O Homem Misterioso dá uma olhada para confirmar que Kevin sumiu mesmo de vista.

— Ele é seu namorado?

Balanço a cabeça.

— A gente acabou de se conhecer. Nós marcamos um encontro pelo Cynch. — Fico ligeiramente corada. — Mas não deu muito certo, obviamente. Foi nosso primeiro encontro. — E, mesmo sem precisar, acrescento: — Um péssimo encontro.

— Percebi.

— Ele não sabe onde eu moro. — Cruzo os braços. — Vou denunciar o cara no aplicativo. Eles levam esse tipo de situação muito a sério. Acho que ele não vai me incomodar de novo. Mas… obrigada pela ajuda.

Ele me dá um sorriso discreto.

— Acho que você deu uma lição no cara. Ele mal conseguia andar.

Lembrar da joelhada gratificante que dei no saco de Kevin me faz sorrir.

— Obrigada.

O Homem Misterioso continua olhando para mim com um esboço de sorriso no rosto. A tensão entre nós é palpável. Às vezes, fico em dúvida se um cara está de fato interessado em mim. Mas, pela forma como o Homem Misterioso me olha, eu *sei* que ele está interessado. E, apesar de me sentir abalada com o que acabou de acontecer, eu ficaria feliz de dar meu telefone para ele.

Esta noite vai render uma boa história. Já me imagino contando tudo para os nossos filhos. *Um idiota estava tentando me beijar… E foi assim, crianças, que conheci seu pai.*

Tá bom, talvez eu esteja me precipitando um pouco. Mas tem coisas que você simplesmente sabe.

— E é tranquilo para você voltar para casa sozinha? — pergunta o Homem Misterioso.

Olho ao redor. Nos últimos minutos, as ruas ficaram mais movimentadas. Não parece mais tão deserto como estava quando Kevin me agarrou.

— É tranquilo.

— Que bom — diz ele.

E então, para minha surpresa, ele me dá as costas. Para *ir embora*.

— Obrigada mais uma vez! — exclamo. — Obrigada pela ajuda. Você foi o meu herói.

Com esse comentário, consigo arrancar um belo sorriso do cara. E, como se isso fosse possível, ele fica ainda mais bonito quando sorri. Ele deve ser ator, ou modelo, ou *alguma coisa* assim. Quer dizer, *nossa!*

— Disponha — diz ele. — Que bom que você está bem.

Ficamos nos encarando por mais um instante, e fico imaginando o que ele poderia dizer em seguida…

Eu posso te ligar qualquer hora dessas?

Você tem compromisso no sábado à noite?

O *que acha de passarmos a noite fazendo amor? Você se anima?*

Mas ele não diz nada disso. Ele nem pergunta o meu nome, simplesmente levanta uma das mãos e diz:

— Então boa noite.

E vai embora.

Mas. Que. Diabos?

CAPÍTULO 4

ANTES

TOM

Daisy.

Não consigo parar de olhar para ela.

Estou sendo previsível demais. Daqui a pouco, ela vai achar esquisito eu ficar só encarando em vez de puxar conversa. Mas é difícil não encarar. Ela está tão linda hoje. O cabelo dela é da cor do miolo de uma margarida e parece ouro brilhando à luz do sol, enquanto ela conversa com amigos na frente da nossa escola. O casaco azul-claro valoriza as curvas do seu corpo.

Pare de encarar, Tom. Agora. Deixe de ser esquisito.

Ela olha para mim e, por um segundo, não consigo me mexer. *Fui flagrado.* Fico esperando que ela estreite os olhos na minha direção, mas isso não acontece. Em vez disso, um sorriso surge lentamente em seus lábios. Algumas amigas percebem que estamos olhando um para o outro e noto algumas risadinhas. Consigo ler lábios que dizem "Tom" e "fofo" na mesma frase.

— Minha nossa, Tom. Para de ser tão bundão e vai lá falar com ela!

Meu melhor amigo, o Lesma, se inclina para soltar essa pérola no meu ouvido. Ele ainda está com hálito de cigarro mesmo depois de ter espirrado o spray de menta que usa para que os pais não percebam o cheiro. A menos que os dois sejam tapados, eles sabem que o filho fuma e escolheram não se importar. O Lesma é o mais novo de cinco irmãos e, até onde sei, seus pais já não se importam mais com nada. Se ele não se jogar de nenhum prédio, já ficam felizes.

— Vou falar com ela — digo.

Mas não consigo me mexer. Parece que meus pés estão colados no chão.

Lesma revira os olhos de uma forma tão dramática que só a parte branca do olho fica visível.

— Se uma garota olhasse para mim do jeito que a Daisy olha para você, a gente estaria dando uns amassos atrás da arquibancada neste exato momento.

O Lesma baba em todas as meninas da escola, e todas elas o acham nojento. Para ser honesto, ele *é* nojento. Obviamente, o nome dele não é Lesma. Ele ganhou esse apelido quando estávamos no ensino fundamental porque comia insetos — insetos *de verdade*. No parquinho, enquanto outras crianças corriam de um lado para o outro ou jogavam bola, o Lesma mastigava insetos. Principalmente formigas. Mas, um dia, ele encontrou uma lesma se contorcendo na terra, levou para a cantina na hora do lanche e, de um jeito bem teatral, engoliu o bicho na frente de todo mundo.

Depois desse episódio, ninguém mais quis ser amigo do Lesma. No dia em que me sentei na frente dele na cantina, na hora do lanche, ele pareceu impressionado. Dez anos depois, nós ainda somos melhores amigos. Ele parou de comer insetos, pelo menos na frente de outras pessoas, mas continua com poucos amigos.

O que você pensaria de um cara de dezessete anos que tem o apelido de Lesma? E o que você pensaria de *mim* ao saber que ele é meu melhor amigo? Meu *único* amigo.

Além disso, nos últimos dois anos, ele cresceu muito: seu um metro e meio de altura passou de um metro e oitenta, e ele engordou apenas cinco quilos no mesmo período. Ele parece um esqueleto ambulante de calça jeans e camiseta, e com o rosto cheio de espinhas.

Ele tira uma onda com a minha cara.

— Você tem medo do quê? Você *sabe* que ela gosta de você.

Arrumo a alça da mochila no meu ombro.

— Tá bom.

Ele se anima.

— Quando você for conversar com ela, fale de mim para a Alison.

— Claro — digo, para ele ficar feliz, muito embora o Lesma tenha mais chances de ficar com uma modelo da Victoria's Secret do que com a melhor amiga de Daisy.

Enquanto sigo na direção de Daisy e suas amigas, meu coração quase sai pela boca. As garotas estão paradas diante da escada na entrada da escola, na frente de um monte de cartazes colados no muro. Bem atrás da cabeça de Daisy, tem um cartaz do musical que a escola vai apresentar neste ano, daqui a duas semanas — *Grease* — e, do lado, tem uma foto em preto e branco de uma adolescente com a legenda "DESAPARECIDA". Reconheço o rosto de Brandi Healey, uma colega da nossa sala que fugiu de casa no início do ano letivo, o que explica o fato de o cartaz estar velho e desgastado.

— Tom! — O rosto de Daisy se ilumina quando chego perto o suficiente para ouvir o que ela diz. — Achei que estivesse dando aula hoje!

Balanço a cabeça. Sempre fui bom em matemática e ciências, e por isso dou aulas particulares desde o meu primeiro ano. No semestre passado, para ganhar um dinheiro extra, dei aula três dias por semana, mas, neste semestre, diminuí para dois. Fico feliz de ver que Daisy sabe da minha rotina.

— Hoje não.

Quando ela olha para mim, seus olhos têm a cor do Oceano Pacífico. Nunca vi um tom de azul tão cristalino. Não consigo imaginar outra garota tão linda e perfeita quanto Daisy Driscoll.

Mas, por algum motivo, meu olhar se desvia do rosto e se concentra em seu pescoço fino. Na pulsação da artéria carótida, abaixo da mandíbula. O coração da maioria das pessoas bate entre sessenta e cem vezes por minuto — e me pergunto quantas vezes por minuto bate o coração de Daisy. Se eu pudesse observar por um minuto, conseguiria calcular a frequência cardíaca.

— Então você está livre hoje, hein? — pergunta Daisy.

— A-hã. — Coço a nuca. As amigas de Daisy estão dando cotoveladas umas nas outras e olhando para mim. Seria legal se ela se *afastasse* das amigas para a gente poder conversar sem eu me sentir envergonhado. Mas ela não se mexe.

— Você gostaria… quer dizer, eu poderia… te acompanhar até a sua casa?

Meu pedido provoca uma leva de risadinhas das amigas. Uma garota chega a tapar a boca com a mão, como se tivesse acabado de ouvir a coisa mais engraçada do ano.

— Quietas. — Daisy olha ao redor para intimidar as amigas. Em seguida, se vira para mim com uma expressão séria. — Tom, eu *adoraria* que você me acompanhasse até a minha casa.

Fico muito feliz. Nem me importo que as garotas não parem de rir. Deixe que riam. Vou levar Daisy para casa.

Mas, antes que Daisy se afaste das amigas para se juntar a mim, a garota que está mais perto dela, de cabelo castanho liso e óculos de lentes grossas, segura seu braço. O nome dela é Alison, a melhor amiga de Daisy. Eu tenho o Lesma, e Daisy tem Alison. Nós dois merecíamos amigos melhores.

— Daisy — murmura ela.

E não diz mais nada. *Daisy*. O que me faz pensar que ela já deve ter falado bastante de mim. E, agora, essa única palavra é um lembrete de todas as coisas horríveis que ela disse sobre mim quando eu não estava por perto.

Alison não vai com a minha cara. Ela não esconde isso de ninguém. E não é como se ela não me conhecesse e não me entendesse. Alison me conhece. Na verdade, nós somos parceiros no laboratório de biologia deste ano. Nós convivemos bastante. E, a cada minuto que passamos juntos, ela gosta menos de mim.

— Quieta — diz Daisy, dessa vez mais firme.

Alison solta o braço da amiga, mas não sem antes olhar para mim com uma cara tão feia que deixa todas as outras caras feias no chinelo. Se nós fôssemos animais na floresta, ela estaria arrancando meus olhos neste exato minuto. Não entendo como o Lesma pode ter uma queda por essa garota.

Mas não faz diferença porque, um segundo depois, Daisy acena para as amigas e nós começamos a nos afastar da escola, seguindo em direção à casa dela. E, quando ela sorri para mim, esqueço completamente de Alison. Quem é Alison?

Hoje o dia está muito bonito. O sol está brilhando e, depois do inverno mais frio e mais longo de todos os tempos, finalmente podemos guardar nossos casacos. Daisy não sai da minha cabeça. Ela tem uma expressão sonhadora no olhar e está praticamente saltitando ao meu lado. Faz muito tempo que a gente se conhece e, às vezes, ela parece aquela mesma garota com rabo de cavalo que chamou minha atenção no parquinho quando eu tinha quatro anos, apesar de, naquela época, tudo o que poderíamos ser era amigos. Mas, mesmo aos quatro anos, eu já sabia que queria me casar com Daisy Driscoll.

E um dia eu vou me casar com ela.

— Deixa eu carregar a sua mochila — digo, sem pensar.

Ela me olha surpresa.

— Não preciso de ajuda para carregar minha mochila.

Mas não é isso que se espera de um cara? Que ele carregue coisas para a garota? Não quero pisar na bola. Daisy é muito importante para mim.

— Sei disso, mas eu gostaria de carregar a mochila para você.

Ela pensa na minha oferta por um instante. Por fim, ela me passa a mochila roxa.

— Tom, você é um cavalheiro.

Estou rindo sozinho — mandei bem. Pelo menos até colocar a mochila nas costas. O negócio pesa *uma tonelada*. O que ela está carregando? *Tijolos?* Minha nossa.

— Você… carrega bastante coisa — murmuro.

— Gosto de estar sempre com todas as apostilas. — Ela pisca para mim. — Está muito pesada para você?

— Nossa. *Não*. Claro que não.

Não posso devolver a mochila. Eu não precisava ter me oferecido para carregar, mas você não precisa ser o Einstein para saber que não pegaria bem dizer que a mochila dela é muito pesada para mim. Então sofro em silêncio. Eu me concentro para não cair de costas com o peso das duas mochilas enquanto a gente percorre vários quarteirões até a casa dela. Felizmente, não é muito longe. Nós moramos em uma cidade pequena, a cerca de noventa minutos de Buffalo, no norte do estado de Nova York, onde há apenas uma escola de ensino médio, todo mundo se conhece e você consegue atravessar a cidade a pé em uma hora.

— Tom, você está sempre tão quieto — comenta Daisy.

Droga, essas mochilas estão me distraindo.

— Você acha?

— Não na aula — explica ela. — Na aula, você levanta a mão o tempo inteiro.

Fico vermelho. Será que ela acha que estou me exibindo na aula? Não é essa a minha intenção. Só quero tirar notas boas. No ano que vem, vamos para a universidade, e quero tentar entrar em uma das melhores. Minha ideia é fazer medicina. A vida inteira quis ser cirurgião. Não paro de *pensar* nisso. Tenho uma estante cheia de livros de medicina e já li todos.

Fico imaginando como é cortar uma pessoa usando um bisturi. Sentir a pele se abrindo ali, na minha mão. Ver o corpo por dentro.

É minha maior curiosidade.

— Eu não ligo — diz ela. — Você é inteligente. Não tem problema nenhum ser inteligente. Na verdade — diz ela, sorrindo para mim —, eu acho sexy.

Por essa eu não esperava.

— Você… acha?

Daisy para de andar e vira a cabeça para olhar para mim.

— Tom, você sabe que eu gosto de você, né?

Paro de pensar no peso que estou carregando nas costas e, em vez disso, me concentro em seu pescoço mais uma vez. Ela é tão magra que consigo ver sua carótida pulsando perfeitamente. Consigo ver até como a pulsação aumenta, enquanto ela espera para ver como vou reagir à sua confissão.

A carótida é a maior artéria que leva sangue para o cérebro. Ela fica a mais ou menos três centímetros da superfície da pele. Se você cortar a artéria carótida, a pessoa morre em cerca de dez segundos. A veia jugular é ainda mais vulnerável — ela fica abaixo da linha do queixo e pode ser cortada facilmente com uma lâmina afiada.

No entanto, imagino que Daisy não se interesse por saber curiosidades a respeito das veias e artérias delicadas que ficam no pescoço. Em vez disso, estico meu braço para segurar sua mão.

Ela parece muito feliz com essa reviravolta. Acho que muito mais do que ela estaria se eu tivesse cortado sua jugular com uma faca.

Daisy tagarela enquanto a gente segue andando, falando das aulas e das amigas dela. Escuto, faço que sim com a cabeça e pergunto as coisas certas na hora certa. Muito embora eu esteja preocupado com o tanto que minha mão ficou suada. Estou tentando não pensar nisso, mas é difícil. A mão de Daisy é seca, macia e perfeita.

Por mais que eu goste da companhia de Daisy é um alívio quando chegamos à casa dela e posso devolver a mochila de cinco toneladas e soltar sua mão. Tento ser discreto ao secar a mão suada na calça jeans. Como se ela não tivesse notado todo aquele suor.

Daisy mora em uma casa bonita — tem dois andares e foi pintada recentemente de um azul-claro que combina com seus olhos. É uma das casas mais novas do bairro, muito diferente da minha, que precisa urgentemente de uma reforma. A família de Daisy tem mais dinheiro do que a minha, e sou capaz de apostar que ela não acorda no meio da noite com os pais gritando um com o outro e arremessando pratos na parede.

— Bom — diz ela. — Obrigada por ter me acompanhado. E obrigada por ter carregado a minha mochila.

— De nada.

— Você é tão *educado*. — Ela dá uma risadinha, como se estivesse contente de saber que sou educado, mas também achasse a situação divertida. Eu sempre *sou* educado porque, na minha casa, se eu não for, sofro as consequências. — Você é *sempre* assim tão gentil?

Há algo na voz de Daisy que me faz pensar que ela espera alguma coisa de mim. Será que quer um beijo? Nós ficamos de mãos dadas por vinte minutos. Um beijo seria o próximo passo. Mas não é fácil para mim. Nunca tive uma namorada e acho que Daisy nunca teve um namorado.

Para falar a verdade, só beijei uma garota uma única vez — uma garota que eu não queria beijar. Foi ela quem *me* beijou. Mas as únicas pessoas que sabiam disso éramos eu e ela. Bom, agora, só eu.

— Tom?

Ela inclina a cabeça na minha direção — é óbvio que ela quer um beijo. Com o dedo, faço um carinho na base de sua mandíbula. Seus lábios, voltados na minha direção, brilham com o batom cor-de-rosa. Eles devem ser muito macios e delicados, e, minha nossa, por que eu simplesmente não dou um beijo nela?

— Ei, esse aí não é o Tom Brewer?

Dou um salto de dois metros para longe de Daisy ao ouvir a voz que veio da casa dos Driscoll. Fico um pouco chocado de pensar que, se eu não tivesse sido tão bundão, o pai de Daisy teria me flagrado beijando sua filha. Dos males, o menor.

— Oi, pai. — Daisy sorri. — Voltou mais cedo hoje.

Jim Driscoll, aquele homem de quase um metro e noventa, se aproxima de nós. Ele é uma parede sólida de músculos e, se tivesse me flagrado beijando Daisy, provavelmente me daria uma sova. Daisy tem dois irmãos mais velhos que fazem faculdade fora, então ela é a caçula e também a única menina. Seu pai é superprotetor.

Mas talvez ele não tivesse me espancado se tivesse flagrado nosso beijo. Parece que ele está se divertindo mais do que qualquer outra coisa. Além disso, não sou um jovem rebelde. Não é como se ele tivesse flagrado o *Lesma* quase beijando sua filha.

— Vou trabalhar até mais tarde hoje — explica ele para Daisy. — Só passei em casa para trocar de roupa e dar um beijo em você e na sua mãe.

Daisy franze seu narizinho.

— Credo, pai. Sem detalhes, por favor.

Seu pai dá uma gargalhada sonora.

— Você acha que beijar é nojento? Acho que o Tom não concorda muito com você. — Ele pisca para mim. — Não é?

Se eu pudesse cavar um buraco e entrar lá dentro, juro que faria isso.

Ele põe a mão enorme no meu ombro. Eu tenho um metro e setenta e cinco, então o pai de Daisy ainda é mais alto do que eu. Assim como meu próprio pai.

— Apareça para jantar qualquer hora dessas. A Daisy fala de você o tempo inteiro. Eu e minha esposa ficaríamos felizes de conhecer você melhor.

— Pai! — Não sei o que é melhor: descobrir que a garota dos meus sonhos fala de mim o tempo todo ou ver que ela fica chocada ao presenciar o pai falando do assunto. Ela me olha de um jeito constrangido. — Isso não é verdade.

O pai a ignora.

— O que você acha, Tom?

— Sim, senhor — resmungo. — Seria ótimo.

O pai de Daisy pisca para mim.

— Combine um dia com a minha esposa e ela vai preparar um banquete. Nem precisa usar gravata, embora vá ganhar pontos extras se aparecer aqui com uma.

A pele branca de Daisy ganhou um tom rosado lindo. Quando o pai dela volta para dentro de casa, ela balança a cabeçapara mim.

— Você não precisa jantar com a gente. Mesmo.

Fico feliz que ela tenha dito isso, porque não tenho nenhuma intenção de jantar com a família Driscoll. Apesar de pensar em Daisy o dia inteiro, não tenho vontade de conhecer os pais dela. Não quero conversar com eles. Muito menos com o pai. Por mim, se eu nunca mais conversar com o pai de Daisy, ótimo.

Afinal, quanto menos tempo eu passar com o delegado da polícia, melhor.

CAPÍTULO 5

DIAS ATUAIS

SYDNEY

No percurso de três quarteirões até a minha casa, vou ficando deprimida.

Sim, acabei de ter um dos piores encontros da minha vida. O cara quase me *atacou* e estou extremamente abalada com tudo o que aconteceu.

Mas é no outro cara que não consigo parar de pensar. O Homem Misterioso.

Ele me salvou. Não havia mais ninguém por perto para me socorrer, mas ele estava lá. E, quando nossos olhares se cruzaram, algo aconteceu. Não foi coisa da minha cabeça. Nós nos conectamos.

E, no entanto, ele não quis continuar com a conversa. Ele não perguntou o meu nome. Nem me disse o dele.

Talvez seja culpa minha. Ele tinha acabado de ver um homem me atacar e com certeza não quis me assustar, por isso não deu em cima de mim logo em seguida. Talvez ele estivesse esperando que eu desse algum sinal. Eu devia ter pedido a ele que me levasse até a minha casa. Qual é o meu problema?

Bom, não adianta ficar remoendo essa história. Como essa cidade tem milhões de pessoas, é muito provável que eu nunca mais veja o Homem Misterioso. Perdi a chance.

Quando chego ao meu prédio, estou me sentindo péssima. Destranco a porta, feliz por não ter um porteiro com quem devo conversar amenidades. Passo pelos escaninhos de correspondência e dou de cara com minha amiga e vizinha Bonnie sentada no único banco disponível, mexendo no celular.

Bonnie mora no andar de baixo, é um ano mais velha que eu e igualmente solteira. Ela também adora usar o Cynch para conhecer gente e, nos últimos dois anos, saiu com pelo menos metade de toda a população masculina e solteira de Nova York. E essa é uma estimativa conservadora. Ela diz que paquera on-line é uma questão de estatística, por isso chega a sair até sete vezes numa mesma semana, às vezes até mais. Afinal de contas, dá para marcar almoços e jantares, e nada impede que você beba um drinque com um cara e depois saia para jantar com outro.

Porém, apesar dos números e do fato de Bonnie ser muito linda — ela tem um corpo curvilíneo, cabelo loiro acetinado e o rosto de uma boneca de porcelana —, ainda está solteira.

— Oi, Bonnie — digo.

Bonnie está achando graça de alguma coisa que vê no celular. Ela está usando um batom vermelho intenso e sombra nos olhos e, pelo que dá para perceber, também teve um encontro hoje à noite. Espero que o dela tenha sido melhor do que o meu.

— Oi, Syd. — Ela não tira os olhos do telefone. — Como foi o seu encontro?

— De zero a dez? Menos um milhão.

Enfim Bonnie desvia os olhos do celular e me encara com uma expressão triste. Ela coloca a mão sobre a boca.

— Ai, meu Deus.

A expressão de horror no rosto de Bonnie me deixa nervosa. Por que ela está me olhando desse jeito?

— O que foi?

— Você… — Ela toca a testa com os dedos. — Você está sangrando, e muito.

Ai, não.

Começo a procurar em minha bolsa até encontrar o estojo de maquiagem. Quando, finalmente, consigo me olhar no espelhinho, fico perplexa. Acho que, quando bati a cabeça na lata de lixo, acabei me machucando mais do que imaginava. Um corte pequeno deixou minha testa toda suja de sangue. Estou parecendo uma vítima de filme de terror.

— Ai, meu Deus — resmungo. Foi por isso que o Homem Misterioso não quis pegar meu telefone. Ele deve ter ficado com nojo do meu machucado. Os homens *não* sabem lidar com esse tipo de coisa.

E sei do que estou falando. Eu sangro por qualquer coisa.

Sofro de um mal chamado doença de von Willebrand. Bom, resumindo, um cortezinho com papel é o suficiente para deixar um rastro de sangue atrás de mim. Fui diagnosticada quando ainda era criança, porque meu nariz sangrava muito e com frequência. Quando eu era pequena, meus amigos se divertiam me vendo sangrar de maneira descontrolada. Na minha adolescência, era constrangedor e nojento.

Felizmente, os sangramentos nasais estão sob controle. Já aceitei que, se me cortar, vou sangrar mais do que uma pessoa normal. Tomo anticoncepcional para não menstruar. E não acho *nada* de mais.

Quer dizer, a não ser quando gosto de um cara que acabei de conhecer e ele perde o interesse por mim em função de um maldito corte na testa que não para de sangrar.

— Que ótimo — resmungo ao sacar um dos muitos lenços de papel que tenho na minha bolsa e limpo o corte. Sem

dúvida vou precisar de água para limpar direito o machucado. Para emergências, também carrego Band-Aids nas profundezas da minha bolsa.

— Você está bem? — pergunta Bonnie.

— Estou, não foi nada tão grave.

— Como foi que você se cortou?

— Caí e bati a cabeça em uma lata de lixo.

— Eca. Você não precisa tomar vacina antitetânica?

Desmorono no banco ao lado de Bonnie.

— Acho que não. Mas não precisa se preocupar. Estou com as vacinas em dia.

— Que bom. — Ela dá uma piscadinha para mim. — Já pensou você com tétano?

De todas as pessoas no prédio, Bonnie é a que mais poderia simpatizar comigo depois da noite horrível que tive. Mas não estou a fim de falar do assunto. Quero esquecer as últimas duas horas da minha vida para sempre.

— E do que você estava rindo? — pergunto. — Deu sorte com seu *date*?

Bonnie mexe no cabelo loiro, que está preso num fru-fru lilás que combina com sua blusa. Bonnie é a única mulher que conheço que consegue usar fru-fru de cabelo em pleno século XXI sem passar vergonha. É uma marca registrada dela.

— Na verdade, dei sorte. Ele me deixou aqui.

Apesar de tudo, fico feliz por ela. Além disso, se uma garota como Bonnie — inteligente, linda e divertida — não consegue encontrar um companheiro, não há nenhuma esperança para o restante de nós.

— Tenho até medo de falar — diz ela —, mas já faz um ano que eu e esse cara estamos ficando, mas não somos exclusivos. Ele é muito gato, mas tem pavor de compromisso. Para ele, sou só uma ficante. Em outra situação, eu não me incomodaria com isso, mas, como disse, ele é gato. E, além disso, ele é bom de cama. — Ela confere o celular. — Mas hoje ele veio com um papo de parar de sair com outras pessoas. Disse que já estava cansado de só ficar e que queria algo mais sério.

— Não sei, não… — Não quero acabar com a alegria de Bonnie, mas esse tipo de cara só dá problema. — Você acha que um cara assim conseguiria ter um relacionamento sério?

— A questão — argumenta ela — é que ele é um cara sério. Ele não faz o tipo pegador. Para falar a verdade, apesar de sermos só ficantes, não acho que ele esteja saindo com outras pessoas. Ele é superlegal, inteligente e engraçado. Na verdade, ele é *médico*.

Um médico gato e solteiro que só dá sinal de vida quando quer sexo casual? Bonnie está louca se acha que esse cara vai querer algo mais sério.

— Então boa sorte — digo. — Você vai para a ioga amanhã?

Faz um ano que eu, Bonnie e Gretchen fazemos ioga três vezes por semana. Foi assim que a gente se conheceu.

— Vou — responde ela.

— Ótimo — digo. — E, quando tiver novidades sobre o Dr. Gostoso, me conte.

Mas Bonnie não está mais prestando atenção. Ela voltou a sorrir para a tela do celular. É, já era. Espero que o Dr. Gostoso não acabe virando o Dr. Pavoroso.

Pego o elevador até o décimo andar, onde moro em um apartamento de um quarto que aluguei depois que meu último relacionamento terminou abruptamente e fui obrigada a sair de casa. Eu estava namorando um cara muito legal e, honestamente, achei que ele era o homem da minha vida. Quer dizer, nós estávamos morando juntos, e o relacionamento era sério. Mas aí…

Bom, não gosto de ficar me lembrando disso. Nem dele.

Quando chego ao meu andar, atravesso o corredor pouco iluminado até o último apartamento da esquerda. Apesar de morar num bairro decente e de ter duas fechaduras na minha porta, uma parte de mim sempre fica um pouco apreensiva de entrar no apartamento. Na cidade, de tempos em tempos, você ouve notícias sobre alguma mulher solteira que morreu estrangulada ou esfaqueada em sua própria casa.

Mas isso é improvável. Não há nenhum sinal de arrombamento. Tenho certeza de que ninguém está me esperando. Além disso, quais são as chances de ser atacada duas vezes na mesma noite?

Insiro a chave na fechadura com jeitinho, como sempre faço porque ela agarra. Depois de alguns segundos, consigo girar a chave e abrir a porta.

CAPÍTULO 6

Meu apartamento está silencioso.

Até demais. Silêncio absoluto é algo raro em um apartamento em Manhattan, não importa a hora da noite. Mesmo quando preciso ir ao banheiro às três da manhã, consigo ouvir alguém fazendo festa do lado de fora. É por isso que o silêncio do apartamento me perturba.

— Olá? — digo, numa voz rouca.

Em resposta, uma sirene quebra o silêncio, cruzando a rua que passa abaixo da minha janela. Fico parada por um instante, esperando o barulho da sirene cessar, então suspiro aliviada.

Está tudo normal. Nenhum sinal de arrombamento nem de invasores. Esse nível de barulho é normal na cidade. Nada para me preocupar.

Entro no meu pequeno apartamento. E, por pequeno, quero dizer *minúsculo*. Se você consegue colocar uma mesa na cozinha de um apartamento em Manhattan, ele já é considerado grande. Não cabe uma mesa na minha cozinha.

Aqui, mal cabe uma pessoa. Minha maior motivação para controlar meu peso é saber que, se eu engordar, não vou entrar na minha cozinha nem no meu banheiro. Mas, vendo pelo lado positivo, não se trata de um daqueles microapartamentos em que você não consegue nem ficar de pé e o forno é também uma geladeira.

Largo a bolsa no lugar de sempre perto da porta, na estante de livros cheia de romances bobos com protagonistas que se parecem muito com o Homem Misterioso. Romances bobos mostram uma visão extremamente inverossímil do amor. Se eu fosse personagem de um desses livros, meu encontro com o Homem Misterioso terminaria com ele rasgando a camiseta para revelar seu abdome sarado e esfregando suas pulsantes partes íntimas no meu corpo.

Meu apartamento está quieto, sem ninguém esperando para me matar. A sala de estar tem poucos móveis: um sofá da IKEA, uma televisão grande e uma mesa para o meu notebook, que tenho usado cada vez mais, porque comecei a trabalhar de casa durante o lockdown.

Primeiro, vou ao banheiro para ver como está o machucado na minha testa. O corte é pequeno, mas, devido ao meu problema de saúde, está sangrando muito. Minha aparência é assustadora. Não é de admirar que o Homem Misterioso tenha batido em retirada.

Como isso acontece com frequência, tenho um kit caprichado de primeiros socorros. Pego um pedaço de gaze e pressiono contra a testa. Depois de absorver um pouco do sangue que ainda escorre do corte e de limpar o sangue que já estava seco, faço um curativo. Espero que até amanhã pare de sangrar para que eu use só um Band-Aid.

Aquele idiota do Kevin. Vou escrever uma reclamação enorme no Cynch. No fim das contas, eu deveria ter chamado a polícia.

Quando termino de fazer o curativo, avalio o resto do meu rosto. Estou com uma aparência pálida e cansada. Acabei de fazer trinta e quatro anos e, apesar de muita gente achar que ainda tenho vinte e tantos, agora estou com cara de quarenta. Não sou bonita como a Bonnie, mas muitos homens me acham atraente. Meu cabelo castanho tem mechas mais claras e naturais, meus olhos são de um cinza intrigante e um pouquinho de rímel já basta para destacar meus cílios claros e quase invisíveis. Quando sorrio, tenho covinhas discretas e meus dentes certinhos são resultado de três anos usando aparelho na pré-adolescência.

E, mesmo assim, não consigo encontrar um cara decente.

Tenho a impressão de que Bonnie é exigente, mas eu não sou. Não estou atrás do cara mais maravilhoso do mundo. Não estou tentando me casar com um milionário. Tudo que eu quero é um homem decente que não tenha problema com bebida nem com jogo, que seja divertido e tenha um sorriso simpático, e que goste de mim tanto quanto eu goste dele.

Será que isso é um sonho impossível?

Acho que deve ser, porque, se não fosse, eu não estaria sozinha agora.

Enquanto estou ocupada sentindo pena de mim mesma, meu celular toca no outro cômodo. Refaço meus passos até o lugar onde deixei a bolsa, na estante ao lado da porta, e pego o celular. Por uma fração de segundo, fico animada com a possibilidade de o Homem Misterioso ter descoberto meu número e querer me convidar para sair.

Mas não. É a pior alternativa possível: minha mãe.

Neste momento, nada me desanima mais do que falar com a minha mãe, mas seria cruel não atender a ligação. Ela fica muito preocupada quando vou a um encontro, mesmo sabendo que sempre marco com os homens em lugares públicos e que eles não sabem onde eu moro. Depois do que aconteceu hoje, não posso dizer que a preocupação dela é infundada.

Nos últimos anos, ela tem se mostrado ainda mais preocupada, desde que meu pai morreu repentinamente de um ataque cardíaco. Ele era a pessoa que a acalmava, mas, agora que ela se aposentou do emprego de professora e está morando sozinha, tenho certeza de que passa o dia inteiro em casa preocupada comigo. Se eu morasse em qualquer outro lugar que não fosse Manhattan, ela provavelmente venderia sua casa em Connecticut para virar minha vizinha de porta. Como ela se sente intimidada pela cidade, estou livre de ter minha mãe morando ao meu lado — pelo menos por enquanto. Se eu contasse do Kevin para minha mãe, era capaz de ela colocar sua casa à venda amanhã.

— Sydney! — berra ela antes que eu possa dizer alô. — Você saiu com alguém hoje?

— Saí. — Vou com o celular até a cozinha para pegar aquela taça de vinho que queria ter bebido no jantar. — Mas já estou em casa.

— Ah. — Não sei dizer se ela está aliviada ou desapontada. É provável que as duas coisas. — E como foi?

— Humm.

— Isso é bom ou ruim?

Pego um copo de plástico e encho de vinho até a metade — não tenho vontade de ser fina quando estou sozinha. Bom, pelo menos não estou bebendo no gargalo.

— Não acho que haverá um segundo encontro.

O eufemismo do século.

— Não consigo entender — diz minha mãe. — Você é uma garota tão linda. Era para os rapazes estarem fazendo fila para sair com você!

Eu me pergunto quantos anos preciso ter para minha mãe parar de chamar os homens com quem eu saio de “rapazes”. E me imagino solteira aos cinquenta anos — o que parece cada vez mais provável —, com minha mãe ainda perguntando dos rapazes. Até lá, ela provavelmente estará morando comigo. E, ao que tudo indica, dividiremos a mesma cama.

— É um mistério — resmungo e tomo um bom gole de vinho.

— Ah, mas eu tenho uma boa notícia!

Que não seja um encontro arranjado. Por favor.

— Hum, que boa notícia?

— A filha da minha amiga Susan acabou de ter um bebê!

Bebo mais um tanto de vinho.

— Uau. Que incrível.

— Não, você não está entendendo — diz minha mãe. — Ela tem trinta e oito anos! Ela tem trinta e oito e ainda assim conseguiu ser mãe. E você tem só trinta e quatro, então você tem pelo menos quatro anos de fertilidade. Ou mais, se congelar seus óvulos.

— Que maravilha. — Termino de beber o vinho. — Olha, estou meio cansada, então vou desligar.

— Não fique brava comigo, Sydney. Só estou tentando mostrar que você tem opções!

— Não estou brava. Só estou cansada.

Levo mais um minuto para fazer minha mãe desligar. Apesar de ela me dar um pouco de dor de cabeça toda vez que a gente conversa, quando desligo, o silêncio do apartamento parece ensurdecedor.

Por que namorar é tão difícil? Por que não consigo encontrar um cara legal com quem possa me casar e viver feliz para sempre? Será que é pedir demais?

CAPÍTULO 7

A aula de ioga termina às quatro e meia.

Arlene dá uma aula de hatha yoga no fim da tarde que sempre fica cheia, mas cheguei antes e consegui guardar lugar para as minhas amigas. Quer dizer, sei que ioga é feita de pranayama e shatkarma, mas é feita também de olhares agonizantes que você dá para suas amigas quando a professora manda fazer uma posição ridícula de difícil e pede para você *respirar*, sendo que a única coisa que você quer fazer é desmaiar.

Arlene encerra a meditação guiada de quinze minutos, que é como a gente termina todas as aulas. Dou uma olhada para Gretchen à minha direita, que já voltou a se sentar com as palmas das mãos unidas.

— Namastê — diz Gretchen, em uníssono com as outras mulheres da sala.

Como sempre, Bonnie dá uma risadinha. Ela não leva a coisa tão a sério quanto Gretchen, mas gosta de ter flexibilidade para... bom, você sabe.

— Certo, pessoal — diz Gretchen, ao se levantar. — Vamos tomar um café, né?

Olho para Bonnie enquanto termino de enrolar meu tapete de ioga. Quase sempre preciso de duas tentativas para conseguir enrolar o tapete firme o suficiente de modo que caiba na bolsa.

— A não ser que você precise se arrumar para ver o médico gato.

Bonnie ri e Gretchen levanta uma sobrancelha.

— Médico gato? Que história é essa, mocinha?

Adoro Gretchen, mas ela é muito intrometida quando o assunto é nossas vidas amorosas. Ainda mais depois que ela começou um relacionamento sério com Randy e parou de sair com outros caras. Ela disse que precisa viver essas experiências através de nós, embora eu ache essa história meio ofensiva, porque adoraria ter um namorado sério como ela tem.

Quer dizer, talvez não um namorado como *Randy*. Mas alguém de quem eu gostasse tanto quanto ela gosta dele

Porém, não tenho *muita* inveja de Gretchen. Quando nos conhecemos, ela ainda estava sofrendo por um cara que tinha partido o seu coração, mas agora parece que já o superou. É isso que um bom relacionamento faz com você. E isso me dá esperanças.

Bonnie solta o cabelo para arrumá-lo e depois prendê-lo com o fru-fru verde novamente.

— Vamos tomar um café e eu te conto tudo.

Quinze minutos depois, nós três estamos sentadas a uma mesa numa cafeteria perto do estúdio de ioga. O lugar é famoso pelo mau atendimento, mas somos preguiçosas demais para ir atrás de outro. Gretchen tenta chamar uma garçonete, acenando a mão freneticamente para atrair a atenção da mulher.

Lembrem — diz Gretchen — que hoje é por minha conta.

— Por quê? — pergunta Bonnie.

— Porque Gretchen estava muito ocupada transando gostoso com o namorado e esqueceu que deveria fazer uma ligação para me salvar — explico.

— Fiquei *muito* chateada com isso. — Gretchen desiste da garçonete e olha para mim, fazendo um leve biquinho. Entre minhas duas amigas, de maneira mais objetiva, Bonnie é a mais bonita. Ela tem os cabelos loiros acetinados e um corpo curvilíneo. Mas Gretchen tem um rosto delicado com um narizinho de botão salpicado de sardas e olhos grandes como se ela fosse um anime. Além disso, ela fica muito bem de legging e camiseta larga com estampa de flor e gola em V. — Você me odeia, né?

— Um pouquinho — respondo.

— Eu não teria esquecido de ligar para você, Syd — diz Bonnie.

Balanço a cabeça.

— Você não estava ocupada com o Dr. Gostoso?

— É verdade! — Gretchen arregala os olhos. — Que história é essa? Não sabia que você estava num relacionamento sério!

— Não estou. — Bonnie se contorce na cadeira. — Quero dizer, não é nada oficial ainda. Ele é muito fugidio, mas… — Um sorriso se insinua em seus lábios. — Gosto bastante dele. Muito, muito.

— Ele é gato? — pergunta Gretchen.

— *Muito* gato — confirma Bonnie. — Para falar a verdade, ele é simplesmente… Perfeito. Ele é o tipo de cara que faz eu me sentir feliz por não ter me acomodado a nenhum outro relacionamento.

Sem querer, percebo que ela olha diretamente para Gretchen quando diz "acomodado". Tomara que Gretchen não tenha percebido.

— Que incrível, Bonnie. — Aperto a mão dela. — Espero que ele não se revele um idiota.

Bonnie faz uma careta para mim.

— Nossa, obrigada.

Percebo agora que meu comentário foi desnecessariamente cruel. Bonnie conheceu um cara legal. Por que estou colocando o relacionamento dela em xeque? Eu devia ficar feliz por ela. Mas é difícil não ser cética depois de todas as experiências que tive na cidade, culminando no Pior Encontro de Todos os Tempos, na noite passada.

— Sem dúvida, ele é um cara legal — digo. —Essa cidade é que é cheia de idiotas.

— Sem dúvida. E eu saí com quase todos eles — observa Bonnie. — Ele não é um dos idiotas, garanto. Mereço ter um cara decente depois de todos os canalhas que encontrei pelo caminho.

— Nossa, sim! Você merece! — afirma Gretchen. —Aposto que ele é incrível. Espero que vocês sejam tão felizes quanto Randy e eu.

Bonnie faz menção de responder esse comentário, mas ainda bem que fica quieta. Se Gretchen soubesse o que Bonnie realmente pensa de Randy, ficaria arrasada.

— Enfim — diz Gretchen —, mudando um pouco de assunto, a nova exposição que estou organizando no museu abre amanhã. Eu ficaria feliz se vocês fossem!

Gretchen trabalha no museu e provavelmente ganha uma mixaria. Ela mora em um daqueles microapartamentos no centro da cidade, e sei que está ansiosa para ir morar com Randy, que mora em um apartamento alugado de tamanho decente. Não posso culpá-la.

— Eu adoraria ir! — digo.

— Nossa, sim — diz Bonnie, sem entusiasmo.

Então Gretchen tenta mais uma vez chamar a garçonete, e ouço o zumbido do meu telefone. Pego o celular e é claro que a mensagem é de Bonnie:

A gente tem mesmo que ir nesse negócio do museu?

Dou uma olhada para ela. Todo mundo sabe que Bonnie não está nem aí para as exposições que Gretchen organiza no museu de história natural, mas eu acho superlegal. Gretchen ama o emprego que tem e fico feliz pela minha amiga. Não que eu não ame trabalhar como contadora, mas… Quero dizer, ninguém sonha em virar contadora. Isso foi consequência de uma daquelas coisas práticas que meus pais mandaram eu fazer.

É uma ótima profissão e você pode trabalhar com isso em qualquer lugar. E pode continuar trabalhando depois que casar e tiver filhos.

Sim, eu estava me preparando para casar e ter filhos quando ainda estava na universidade. Patético, né? Jamais sonhei que, dez anos depois, continuaria longe de atingir essas metas. No último ano, não tive nem sequer um encontro decente.

E, apesar de estar feliz por elas, é difícil ver Gretchen com o namorado… e até o relacionamento de Bonnie com o Dr. Gostoso está ficando sério. Sinto falta de ter um namorado. Sinto falta de me aninhar em alguém no sofá. Sinto falta de ter um corpo quentinho ao meu lado antes de cair no sono todas as noites. Sinto falta…

Bom, você sabe. *Daquilo.*

Meu Deus, por que as coisas não deram certo com Jake?

Mas, quando fecho os olhos, não é Jake que vejo. É o homem misterioso da noite passada que não consigo esquecer. Não me sentia mexida assim havia um tempão. Estraguei tudo na noite passada quando minha testa começou a pingar sangue, mas parte de mim se pergunta se ainda há chance de acontecer alguma coisa. Se ao menos eu pudesse vê-lo de novo.

— Ei — digo. — Como é que se faz para encontrar alguém que a gente só viu uma vez?

— Como assim? — questiona Bonnie.

Gretchen olha para mim e, então, conto para elas minha história dramática. Gretchen põe a mão na altura do coração, agora se sentindo ainda mais arrependida por não ter ligado para mim quando pedi. Mas, quando falo do cara que me salvou, as duas parecem bem animadas. Se a garçonete tivesse se dado o trabalho de atender a gente, Gretchen poderia ter se engasgado com o café.

— Que romântico! — exclama ela, com seus olhos grandes bem abertos. — Mas o que aconteceu?

— Infelizmente — dou um sorriso amarelo —, eu estava com um corte horrível na testa e ele deu no pé. A Bonnie viu.

— Não era tão horrível assim — diz Bonnie, embora suas bochechas tenham ficado rosadas como sempre ficam quando ela está mentindo.

— De qualquer forma — digo —, fico me perguntando como posso encontrar esse cara de novo, para estar mais apresentável desta vez.

— Nossa, sim! — Gretchen faz que sim com a cabeça. — Ouvi uma história de um cara que conheceu uma mulher no avião e não perguntou o sobrenome dela nem o número de telefone. Aí ele fez uma campanha no Twitter para encontrar a mulher e conseguiu!

— Quanto trabalho — digo. — Eu nem tenho conta no Twitter.

— E no Craigslist? — pergunta Gretchen. — Eles não fazem esse tipo de campanha?

— Craigslist? — Bonnie balança a cabeça. — Você quer que ela seja *assassinada*?

Gretchen a ignora.

— Ou talvez você possa procurar no Cynch e ver se ele tem um perfil lá... Se vocês se encontraram aqui perto, acho que dá para fazer uma busca em um raio de poucos quilômetros.

Essa ideia não é ruim. Parece que todo mundo na cidade tem um perfil no Cynch. Se ele for solteiro, aposto que também tem.

— Vou parecer uma *stalker* se mandar uma mensagem pelo Cynch? — pergunto.

— De jeito nenhum — diz Bonnie. — Hoje em dia, esse negócio de relacionamento é uma selva. A gente faz o que for preciso para sobreviver, entende? E, se ele for um cara decente, vai valer a pena.

— Nossa, sim! — concorda Gretchen.

Bonnie e Gretchen quase nunca concordam em nada. O fato de as duas acharem que devo procurar esse cara parece uma espécie de sinal. Vou tentar encontrar o Homem Misterioso.

Porém, mesmo bolando planos de como encontrar esse cara com a ajuda das minhas amigas, fico me perguntando se deveria mesmo fazer isso. Talvez não seja uma boa ideia me envolver com um cara qualquer que encontrei vagando pelo meu bairro numa terça-feira à noite.

Mas acho que não tem problema. Afinal, ele me salvou.

CAPÍTULO 8

ANTES

TOM

Daisy tem compromisso hoje, depois da aula. Ela trabalha como voluntária em um abrigo para animais. Ela está sempre envolvida com trabalhos voluntários. Eu, por outro lado, estou com dificuldade para compensar as aulas particulares que perdi neste semestre, o único jeito que tenho de ganhar algum dinheiro. De qualquer forma, Daisy não está aqui para eu acompanhá-la até em casa, então acabo indo embora com o Lesma.

— Conseguiu fazer alguma coisa com a Daisy ontem? — pergunta o Lesma, enquanto chuta umas pedrinhas na calçada com seu tênis tamanho 46.

— Não posso falar sobre isso.

Ele sorri para mim.

— Então não fez nada.

— Só *não posso falar sobre isso* — digo, muito embora ele esteja certo. Eu não fiz nada.

— Quem sabe a gente não faz um programa de casais? Você, Daisy, eu e a Alison.

— Hum, a Alison não vai com a nossa cara.

Infelizmente, isso é verdade. Quando falei com Daisy na saída da escola, Alison estava por perto me olhando de cara feia. Ela me odeia. Mas se tem alguém que ela odeia ainda mais é o Lesma. Mas ele ganha por pouco.

Espero que ela não fale mal de mim para Daisy. Se ela falar…

— Qual é, Tom? Você tem que me ajudar — diz o Lesma. — Todas as meninas gostam de você. Não é justo.

— Isso não é verdade.

— Como assim? É verdade, sim, e você sabe disso.

É, ele não está completamente errado. Depois que ganhei alguns centímetros de altura, comecei a chamar a atenção das meninas. Minha mãe é bem bonita — foi até modelo quando era mais nova — e diz que sou parecido com ela. Mas, na verdade, não dou a mínima para o fato de as meninas gostarem de mim. Só existe uma que me interessa.

— Vou ver o que consigo fazer — minto. Não consigo arranjar uma namorada para o Lesma. Eu arranjaria se pudesse, mas não consigo. Ele é um cara legal, mas tem alguma coisa nele que deixa as garotas nervosas.

— Valeu, cara. — Ele para de andar e olha para um formigueiro particularmente movimentado. Ele é fascinado por qualquer coisa que tenha a ver com insetos. — Agora que o inverno acabou, aposto que as rainhas estão botando ovos de novo.

O Lesma é um poço de informações sobre formigueiros. Por exemplo, você sabia que a superfície de um formigueiro é feita de pequenas entradas que as formigas abrem e fecham como se fossem portas? E você sabia que formigueiros podem ultrapassar os dois metros de altura e ter mais de cem anos?

Se você destruir um formigueiro na frente do Lesma, vai arranjar um inimigo eterno. Para ele, isso é um crime imperdoável.

A única vez que ele ganhou uma suspensão na escola foi quando acertou um soco no olho de Johnny Calhoun depois de ele ter chutado um formigueiro. Enquanto brigava com Johnny, o Lesma gritava: *Você está cometendo um genocídio!*

E ele ainda se pergunta por que não consegue arranjar uma namorada.

— Você tem vontade de comer essas formigas? — pergunto. Apesar de ter ficado furioso com o fato de Johnny ter chutado um formigueiro, o que considera uma destruição *desnecessária*, o Lesma acha que comer insetos é perfeitamente aceitável. Algo como o ciclo natural da vida.

Ele ri.

— Não sei por que as pessoas ficam tão incomodadas com a ideia de comer insetos. Eles são animais, assim como todos os outros que a gente come. Você acha pior do que comer uma vaca ou um pato? Ou um *porco*?

— Hum, sim. É pior.

— Um dia, vou fazer um bolo de grilos para você experimentar. E vai ser o melhor bolo da sua vida.

— Vai ser, provavelmente, o *último* bolo da minha vida.

Ele me dá um soquinho no ombro, sem a intenção de me machucar.

— Ei, vamos fazer o trabalho de matemática juntos?

O que ele *realmente* quer é que eu faça o trabalho para ele copiar as respostas depois. A gente se conhece há tempo suficiente para eu saber como as coisas funcionam com ele. E, depois de copiar minhas respostas, ele vai ficar para jantar e comer tudo que encontrar na cozinha.

— Se continuar copiando os meus trabalhos, você nunca vai conseguir fazer as provas.

— E daí? Matemática é inútil.

— Mas você ainda tem que fazer as provas.

— Não é importante para o meu futuro profissional. — Ele dá de ombros.

O Lesma descobriu há pouco tempo que estudar insetos é um trabalho de verdade e, agora, o que ele mais quer fazer da vida é se tornar entomologista. Mas vai saber quanto tempo esse desejo pode durar. Antes disso, ele queria ser carteiro. E, antes *disso*, policial, e isso foi depois que o delegado Driscoll convidou nossa turma para conhecer a delegacia.

— Tá bom — digo. — Vamos lá para casa.

Ele sorri de novo. Apesar de ter só dezessete anos, seus dentes já são amarelos. Deve ser dos cigarros.

— Valeu, Tom.

Tá bom. Tá bom.

Quando chegamos à minha casa, descubro que a porta está destrancada, e isso significa que minha mãe está em casa. Com frequência, ela se esquece de trancar a porta, porque a vizinhança é tranquila, então isso não me surpreende. Mas fico *surpreso* de encontrar meu pai no hall de entrada, vestindo o casaco.

— Pai? — digo.

Meu pai, assim como o pai de Daisy, é mais alto do que eu. Ele tem quarenta e cinco anos, mas parece pelo menos dez anos mais velho por causa de pequenas veias roxas que tem no nariz e nas bochechas. Nas aulas de biologia, aprendi um pouco sobre genética, mas sou capaz de jurar que não herdei nenhum gene desse homem. Ele é alto e encorpado, enquanto eu tenho estatura mediana e sou magro. Mesmo que cresça mais cinco centímetros, jamais vou ficar parecido com ele. A gente não tem nada a ver.

Nadinha.

— O que você está fazendo em casa a essa hora? — resmunga ele.

— Não tenho mais aula — respondo.

Ele exala um cheiro de álcool. Ainda não são nem quatro da tarde e meu pai já está bêbado. Que ótimo.

Seu rosto está vermelho por causa da pele fina. Você sabia que o corpo de um homem tem algo entre quatro e seis litros de sangue? Se você perder mais de quarenta por cento dessa quantidade, é morte na certa. Isso significa que, para um homem do tamanho do meu pai, basta perder pouco mais de dois litros de sangue para morrer.

— E você veio com o Barata, aquele seu amigo que não serve para nada — comenta meu pai. — Que beleza.

Considero corrigir meu pai dizendo que o apelido do meu amigo é Lesma, mas não adianta nada. Acho que lesma não soa tão melhor assim do que barata.

— Vou chegar tarde — resmunga meu pai. — Não incomode a sua mãe, ok?

Antes que eu possa responder, ele passa por mim, então sai de casa, batendo a porta. Jamais gostei do meu pai, nem quando eu era pequeno. Para ser sincero, é um alívio quando ele não está em casa. Tomara que não volte antes do jantar.

Ou quem sabe ele sofra um acidente de carro e não volte para casa nunca mais.

Escuto o motor do Dodge do meu pai na garagem quando eu e o Lesma atravessamos a casa. Naturalmente, ele faz uma linha reta até a cozinha. Lesma come o tempo inteiro. O *tempo inteiro*. Ele pesa menos do que a mochila de Daisy, mas nunca para de comer.

Minha mãe está na cozinha lavando louça. Ela está de cabelo solto, que vai até o meio das costas. Quando ela era mais jovem, seu cabelo era muito escuro como o meu, mas agora está grisalho. Ela não faz questão de pintá-lo.

Não sei se é minha imaginação, mas o corpo da minha mãe parece enrijecido quando entramos na cozinha. Ela abaixa a cabeça de um jeito que o cabelo grisalho se torna um muro ao redor de seu rosto.

— Oi, Sra. Brewer — diz o Lesma.

Minha mãe murmura um oi sem olhar para nós. Olho para a parte de trás de sua cabeça com o coração acelerado. Tenho um mau pressentimento e acho que sei o que está acontecendo. Afinal de contas, não é a primeira vez.

— Mãe? — chamo.

Ela demora alguns segundos, mas acaba se virando para mim. A expressão em seu rosto é de arrependimento, embora *ela* seja a pessoa com o lábio cortado. Olho para ela e fecho minhas mãos até os nós dos dedos ficarem brancos.

— Mãe…

— Bati o rosto no armário do banheiro. — Com cuidado, ela toca o corte no lábio inferior, que certamente não foi causado por um *acidente*. — Parece pior do que é, na verdade.

Olho para o Lesma, que já está fuçando na geladeira atrás de alguma coisa para comer. Não sei se ele viu o rosto da minha mãe, mas, de qualquer forma, não quer se envolver.

— Tommy — diz ela, delicadamente. — Não foi nada de mais. Está tudo bem, mesmo.

A última vez que vi minha mãe com o rosto machucado foi há seis meses. Foi a última vez que tive vontade de esmurrar a cara do meu pai. Achei que as coisas tinham melhorado. Ele diminuiu a bebida. Achei que…

— Está tudo bem — diz ela, com firmeza. Ela olha para o Lesma, que pegou um pedaço inteiro de queijo e um pacote de salgadinhos no armário. — Você e o Lesma podem ir para o quarto.

— Mãe…

— Tom, *deixa pra lá*.

Ela está com o maxilar trincado. Minha mãe foi modelo quando era mais nova, mas isso faz tempo. Assim como meu pai, ela parece dez anos mais velha do que realmente é. Embora ela ainda seja bonita o suficiente para, às vezes, ganhar uns olhares bem inapropriados do Lesma.

Não quero deixar pra lá, mas o que posso fazer?

Mesmo depois de subir com o Lesma para o meu quarto, não consigo parar de pensar no rosto machucado da minha mãe. Estamos sentados na minha cama e deveríamos estar fazendo o trabalho de matemática, mas não consigo me concentrar. Fico pensando no meu pai acertando um soco na boca da minha mãe.

Meu pai é muito maior do que eu. Se um dia eu o desafiasse, acho que me daria mal. Ainda mais se ele estiver num de seus acessos de raiva regados a uísque, quando parece capaz de levantar um carro do chão e girá-lo acima da cabeça. Numa briga entre nós dois, ele levaria a melhor.

A não ser que eu desse um jeito de tornar a briga mais equilibrada...

— Não acredito que ele bateu nela de novo... — desabafo.

O Lesma está sentado na beirada da cama, comendo Doritos.

— Cara, você está bem?

— Não. — Arremesso meu lápis do outro lado do quarto. Ele bate na parede, deixando uma mancha cinza. — Odeio o meu pai.

Lesma resmunga.

— Eu sei.

Chamei a polícia uma vez. Cansei dos ataques de raiva dele e achei que podia ajudar minha mãe, mesmo ela dizendo para eu não fazer nada. Ainda me lembro da cara de surpresa que ele fez quando a polícia apareceu na nossa porta. Gostei de ver que ele ficou com medo, até minha mãe negar tudo. Ela *defendeu* o meu pai. Ela inventou uma história besta, dizendo que tinha caído da escada. Então não tinha nada que o policial pudesse fazer.

— Tenho vontade de matar o meu pai — desabafo.

O Lesma larga o caderno e olha para mim. Eu e o Lesma somos amigos há dez anos, e ele nunca me ouviu falar desse jeito. Nunca falo sobre os pensamentos loucos que às vezes tenho. Sempre tive esse cuidado. Apesar de o Lesma ser meu melhor amigo, acho que ele não entenderia. Não sei por que deixei escapar agora. Talvez seja porque não consigo pensar em outra coisa.

Espero o Lesma fazer uma careta de reprovação, mas, estranhamente, ele não faz. Em vez disso, diz:

— Então, por que não mata?

O *quê?*

Olho para ele.

— O que foi que você falou?

Ele dá de ombros.

— Não tem nada de errado, matar alguém que merece morrer.

— Na verdade, tem sim.

— Na real, não.

— Isso é crime. Eu iria para a *cadeia*.

— Só se descobrirem que foi você.

O Lesma começa a espremer uma espinha no rosto que estava bem amarela e quase saindo sozinha. Ele está me zoando. Quer dizer, isso que ele falou não chega a ser uma piada, mas meu amigo tem um senso de humor perverso. Ele não pode estar falando sério sobre eu matar meu próprio pai.

Pelo menos, é o que eu acho.

Por um instante, me permito imaginar a situação. Imagino aqueles dois litros de líquido vermelho saindo do corpo do meu pai até ele começar a definhar no chão e revirar os olhos. E, por uma fração de segundo, a sensação é tão real que chego muito perto de passar mal.

CAPÍTULO 9

DIAS ATUAIS

SYDNEY

Depois de, *finalmente*, tomarmos nosso café, Gretchen vai ao museu para cuidar de alguns detalhes da exposição, que abre amanhã. Eu e Bonnie voltamos para o nosso prédio e, o tempo inteiro, ela tem o mesmo esboço de sorriso no rosto. Ela está caidinha por esse cara mesmo. Nunca vi minha amiga desse jeito.

Estamos a três quadras de casa, no lugar exato em que Kevin me atacou na noite passada. Quando nos aproximamos do prédio onde fingi que morava, vejo um homem sentado nos degraus. Quando nos vê, ele se levanta rápido.

— Sydney! — exclama o homem.

Ai, não. É o *Kevin*, com seu cabelo ralo preso em outro rabo de cavalo desgrenhado. Será que ele não entendeu a mensagem quando levou uma joelhada no saco ontem à noite? Para mim, ela foi bem clara. Mas ele está vindo na minha direção de braços abertos, como se fôssemos um casal apaixonado e ele não me visse há muito tempo.

Bonnie me olha com cara de dúvida, obviamente se perguntando se esse é o Homem Misterioso. Balanço a cabeça enfaticamente.

— Sydney — diz ele de novo —, posso falar com você um minuto? — Ele olha para Bonnie. — A sós?

Cruzo os braços.

— Não, não pode. Você me atacou ontem à noite.

Bonnie arregala os olhos.

— *Esse* é o tal cara?

— Ele mesmo — afirmo, com convicção. — E gostaria que você fosse embora, Kevin.

Ele está usando um jeans velho que parece frouxo na cintura estreita e ergue a calça segurando pelo cós.

— Foi um mal-entendido. Eu só estava tentando me despedir e você me entendeu mal.

— Tenho certeza de que não foi isso que aconteceu.

— Sydney — diz ele, suplicando —, você é a mulher perfeita para mim. Não desista dessa relação maravilhosa que a gente pode ter.

Sou a mulher perfeita para ele, a não ser pelos braços monstruosos.

— Sinto muito. Não estou interessada.

Kevin acena a cabeça na direção do prédio onde ele acha que eu moro.

— Podemos entrar e conversar melhor? Por cinco minutos?

Bonnie está ouvindo a conversa toda e, quando me dou conta, ela parece furiosa.

— Ai, meu Deus — diz ela, de repente. — É óbvio que Sydney não quer conversar com você! — Ela tira o celular de dentro da bolsa. — Saia daqui agora ou vou ligar para a polícia e contar que a gente está sendo ameaçada por um cara esquisito de rabo de cavalo.

Kevin olha para nós duas como se estivesse pensando no que fazer. Por fim, ele dá um passo para trás com as mãos levantadas.

— Tá bom, tudo bem. Mas vocês estão cometendo um erro. — Ele me olha de um jeito sinistro. — Um erro *grave*.

Eu me retraio ao lembrar dele me agarrando na noite passada. Tive sorte de receber ajuda, mas talvez não tenha a mesma sorte na próxima vez em que ele me atacar.

— Não, é você quem está cometendo um erro grave ao vir atrás da minha amiga! — rebate Bonnie. Ela já está ligando para a polícia e então para por um instante. — Você quer que eu chame a polícia? Eu chamo, com prazer.

Dessa vez, Kevin entende a mensagem. Ele se afasta com passos largos e o rabo de cavalo balançando na cabeça. Quando ele desaparece de vista, seguro no braço de Bonnie.

— Mandou bem, hein? Sério, você é incrível.

— Sou mesmo. — Ela esfrega as unhas na manga da camisa. — É mais fácil quando o cara não está obcecado *por mim*. Se ele tivesse tentado me assediar, eu provavelmente o convidaria para tomar um café.

Quando tenho certeza de que Kevin foi mesmo embora, continuamos seguindo pelas quadras que faltavam até nosso prédio de verdade. Ao entrar no saguão, encontramos Randy em cima de uma escadinha portátil, trocando uma lâmpada. Ele mal precisa da escada porque é bizarramente alto — mais alto que Kevin. Ele tem mais de um metro e oitenta, sem dúvida, os olhos esbugalhados, e vive com os dedos sujos. Não faz meu tipo, mas entendo por que Gretchen se sente atraída: ele é cheio de energia.

— Ei. — Ele pisca para nós assim que nos vê. — Cadê a minha mulher?

— Ela voltou para o museu — respondo.

— Ah. Já estou com saudade.

Bonnie revira os olhos para mim e eu respondo com uma cotovelada em suas costelas.

— Ela disse que volta em uma hora, mais ou menos — digo.

— A propósito — diz Bonnie —, meu banheiro voltou a fazer aquele barulho estranho toda vez que dou a descarga. Você pode dar uma olhada?

— Claro. — Randy termina de trocar a lâmpada e desce da escada, limpando as mãos na calça jeans. — Tudo bem se eu for amanhã de manhã? Tem um monte de gente com problema no ar-condicionado, e o povo vai reclamar se eu não consertar hoje.

— Acho que sim. — Bonnie estreita os olhos. — Amanhã de manhã? Que horas?

— Pode ser às nove?

Assim como eu, Bonnie também trabalha de casa, então ela faz que sim com a cabeça.

— Perfeito.

Quando Bonnie e eu seguimos para o elevador, Randy já está trocando outra lâmpada. É só depois que a porta do elevador se fecha que ela diz, baixinho:

— Você poderia dar um pulinho no meu apartamento amanhã às nove?

— Você está falando sério?

— Estou. — Ela ajusta o fru-fru no cabelo. — Não quero ficar sozinha com o Randy. Ele me dá medo.

— Bonnie, ele é inofensivo. Tanto que ele e a Gretchen estão *namorando*.

Ela levanta uma sobrancelha.

— Você não fica *nem um pouco* desconfortável na presença dele?

Para ser honesta, Randy parece ser muito legal. Ele trabalha como zelador do nosso prédio desde que me mudei para cá e, todas as vezes que foi ao meu apartamento, me tratou com muito respeito. Nunca fez nada que parecesse minimamente ameaçador.

E, no entanto...

Ele me olha de um jeito estranho às vezes. Não sempre, mas de vez em quando. Como se me encarasse por mais tempo do que o normal. E ele não parece estar me avaliando como outros caras fazem. É outra coisa. Não sei exatamente o quê, mas entendo o que Bonnie quer dizer quando fala que ele dá medo.

— Sabe que o meu banheiro também faz barulhos estranhos às vezes? — digo. — Normalmente, abro a tampa da caixa-d'água e mexo no...

— Não, obrigada! — Bonnie me interrompe. — Vou deixar o zelador resolver o problema no banheiro. Você pode ir ou não?

— Tá bom — concordo. — Nove horas?

— Melhor quinze para as nove — diz ela. — Eu faço café.

Noventa por cento da minha vida social hoje consiste em tomar café com as minhas amigas. Mas tudo bem. Podia ser pior.

E quem sabe Bonnie possa me ajudar a encontrar o Homem Misterioso.

CAPÍTULO 10

Tenho que estar no apartamento de Bonnie em quinze minutos.

Acordei faz mais ou menos uma hora. Tomei um banho e quase coloquei a calça de moletom que tenho usado cada vez mais durante a semana. Trabalhar de casa tem suas vantagens, mas estou começando a parecer uma preguiçosa. Em vez disso, coloco a legging que uso nas aulas de ioga, que é um pouquinho melhor.

Bonnie disse que faria café, então agora estou bebendo um café antes do café. Passei a última meia hora olhando o feed do Facebook e pensando em deletar meu perfil. Antes, eu não me incomodava, mas agora parece que todas as minhas amigas só postam fotos de bebês. Será que existe alguém além de mim que *não* está procriando?

Parece que essas mulheres que eram minhas amigas tiram fotos dos mais insignificantes eventos da vida de seus bebês só para postar. E se os bebês quiserem mais privacidade? *Eu* não gostaria que publicassem oito imagens diferentes dos meus cílios na internet.

Há também, claro, as barrigas de grávida. Será que preciso ver uma foto nova da sua barriga toda semana ao longo de nove meses?

E, sim, posso julgá-las porque, nesse ritmo, *jamais* vou ter filhos. Não consigo nem imaginar a situação em que isso poderia acontecer.

Na noite passada, perdi pelo menos uma hora no Cynch. Ao longo do último ano, o Cynch se tornou o aplicativo de paquera mais famoso da cidade, talvez por se vender como "exclusivo" para nova-iorquinos. É preciso ter um CEP de Nova York para poder acessá-lo e, claro, isso torna o app irresistível. Ele não aceita garotas de Nova Jersey.

Tirando o fato de ser exclusivo para Nova York, trata-se de um aplicativo de paquera bem convencional. Cada perfil tem uma foto e as informações de sempre: se você é solteira ou divorciada; se tem filhos ou quer filhos; se trabalha como consultora de investimentos ou como zeladora. Outra vantagem do app é a possibilidade de pesquisar os perfis disponíveis em um raio de distância específico.

Foi assim que tentei encontrar o Homem Misterioso.

Pesquisei pelos caras na faixa etária aproximada do Homem Misterioso e que moram num raio de três quilômetros. Depois aumentei para cinco e depois para oito quilômetros. Pesquisei cada perfil e não encontrei ninguém parecido com o Homem Misterioso morando em um raio de oito quilômetros desse prédio.

(Sim, estou desesperada nesse nível.)

De qualquer forma, restam quatro possibilidades:

1. O Homem Misterioso é solteiro e o único cara da cidade que não está no Cynch.

2. O Homem Misterioso é solteiro, mas não mora na minha vizinhança.
3. O Homem Misterioso não é solteiro.
4. O Homem Misterioso é gay. (Esse é um filtro de busca diferente.)

A primeira parece a mais provável. Talvez ele seja solteiro, mas não goste de namorar pela internet. É razoável.

A segunda me deixa um pouco perplexa. Se ele é solteiro e não mora nessa região, o que estava fazendo sozinho em uma área residencial em plena terça-feira à noite?

E foi nesse momento que um pensamento maluco me passou pela cabeça.

Bonnie estava no saguão quando cheguei da rua, e ela tinha acabado de se despedir do Dr. Gostoso. E, por acaso, encontrei um cara atraente a algumas quadras do nosso prédio.

Será possível que o Homem Misterioso e o Dr. Gostoso sejam a mesma pessoa?

Não, acho que isso não é possível. Seria uma coincidência estranha, não? Enfim, Bonnie disse que o namorado médico tem cabelo loiro, e o Homem Misterioso tem o cabelo castanho bem escuro.

Espera um pouco, ela disse isso, não? Acho que sim.

Estou pensando nessa possibilidade quando recebo uma mensagem no Cynch. Ontem, procurando pelo Homem Misterioso, um cara chamado Chad pediu para me seguir. Pela foto de perfil, ele é bem bonito — tem olhos verdes radiantes e um sorriso com covinhas — e parece ser minimamente legal, então aceitei o pedido. E agora Chad quer conversar comigo.

Está vendo? Não preciso do Homem Misterioso. Existem muitos caras disponíveis no mundo e estou pronta para voltar para o jogo, desde que a gente se limite a lugares públicos cheios de gente.

Pego meu celular para conferir a mensagem, esperando que Chad queira marcar um drinque qualquer dia para nos conhecermos. Ele não fez nada heroico para mim como o Homem Misterioso, mas não preciso de um herói. Só preciso de um cara decente.

Mas, quando leio a mensagem, perco as esperanças.

Ei, Sydney, desculpe pelo perfil falso, mas é o Kevin. Gostaria muito de falar com você sobre o que aconteceu naquela noite. Realmente acho que a gente tem uma boa química e não quero que você estrague tudo por causa de um mal-entendido.

Ele não quer que *eu* estrague tudo? Esse cara está falando sério?

Bloqueio o perfil e o denuncio para o Cynch. Fico irritada que ele tenha conseguido se cadastrar usando um perfil falso. Será que eles não têm nenhum tipo de controle? O homem é *perigoso*. E me pergunto se não deveria denunciá-lo para a polícia dessa vez. Isso não é assédio?

De qualquer forma, não tenho tempo para falar com a polícia agora. Tenho que ir para o apartamento de Bonnie. Ela, que adora ser pontual, me pediu que chegasse às quinze para as nove. Além disso, o Cynch está começando a me deixar deprimida. Será possível que não exista mais nenhum homem decente na cidade? Estou começando a achar que metade dos caras no Cynch deve ser Kevin usando perfis falsos.

Desço pelas escadas para ir ao apartamento de Bonnie, que fica praticamente embaixo do meu. Toco a campainha às oito e quarenta e seis, esperando ouvir seus passos ecoarem pelo apartamento.

Mas, trinta segundos depois, não ouço nada. Bonnie não atendeu à porta. Não há qualquer sinal de que tem alguém em casa.

Que ótimo.

Toco a campainha de novo, pressionando o botão por mais tempo dessa vez. Bonnie me pediu que chegasse precisamente nesse horário. Será que ela sairia de casa sem me avisar? Bom, emergências acontecem.

Pego meu celular no bolso lateral da minha legging. Checo as mensagens, mas não há nenhuma de Bonnie avisando para não vir. Mando uma mensagem para ela:

Ei, está tudo bem? Achei que a gente ia se encontrar no seu apartamento às oito e quarenta e cinco...

Espero para ver se ela vai digitar, mas nada.

Um minuto depois, a porta do elevador se abre. *Finalmente* — ela deve ter saído para comprar café ou algo assim. Mas não é Bonnie que sai do elevador. É Randy, com seu jeans velho e uma camiseta folgada cobrindo o corpo magro.

Ele levanta a mão para me cumprimentar.

— Oi, Sydney. O que você está fazendo aqui?

Bonnie me pediu que viesse porque tem medo de ficar sozinha com você.

— A Bonnie me convidou para tomar café, mas acho que ela não está em casa.

Assim como eu, Randy toca a campainha. De novo, esperamos ouvir passos atrás da porta, porém, mais uma vez, o apartamento continua em silêncio.

Isso é muito estranho. Bonnie não faria uma coisa dessas.

Ele confere seu relógio Casio.

— Meu dia está cheio. Não tenho como esperar por ela.

— Mas você tem a chave, não?

Os dedos longos de Randy percorrem o chaveiro gigantesco pendurado na calça jeans. Ele tem a chave de todos os apartamentos do prédio. Ele entrou no meu apartamento várias vezes quando eu não estava em casa — com a minha permissão, claro.

— Então você consegue entrar, né? — pressiono.

— Acho que sim. — O pomo de adão se mexe um pouquinho no pescoço de Randy. Ele é tão magro que seu pomo de adão parece dolorosamente grande e pontudo. É como se ele fosse afiado o suficiente para cortar um dedo. — Mas a Bonnie não gosta que eu entre no apartamento quando ela não está aqui.

Então Randy sabe que Bonnie não gosta dele. Eu me pergunto se ele tem ideia das coisas que ela diz a respeito dele. Mais importante do que isso, me pergunto se *Gretchen* faz alguma ideia disso. Gretchen é o tipo de pessoa que precisa ser querida por todo mundo, e tenho certeza de que ela quer que todo mundo goste de seu namorado também.

— Estou preocupada com ela — admito. — Ela não costuma fazer esse tipo de coisa.

— Talvez tenha surgido uma emergência?

— Olha — digo —, você não precisa mexer no banheiro, mas a gente pode pelo menos entrar e ver se ela está bem? Um minutinho?

— Acho melhor não…

— Por favor! Estou preocupada de verdade. — Quando ele hesita, eu acrescento: — Eu falo para ela que fui eu que fiz você entrar.

Ele confere o relógio mais uma vez e suspira.

— Tá bom. Mas tem que ser rápido.

Randy leva uma eternidade para encontrar a chave certa no chaveiro gigante. Fico de olho nos elevadores na esperança de que Bonnie apareça de repente trazendo cafés do Dunkin'

Donuts. Quer dizer, tenho certeza de que ela está bem. Ela deve ter saído ontem à noite com o Dr. Gostoso e agora está na casa dele, deitada em uma cama enorme com lençóis de um milhão de fios.

Fico feliz por ela — juro.

Finalmente, Randy consegue abrir a porta, mas me deixa entrar primeiro. Achei que veria Bonnie na sala de estar enrolada em uma toalha, furiosa por termos invadido o apartamento enquanto ela tomava banho.

Mas não. O silêncio é total.

O apartamento de Bonnie é quase idêntico ao meu na distribuição dos espaços, mas parece bem diferente. Bonnie tem bom gosto. Eu tenho uns móveis velhos — sofá, mesa e estante —, enquanto ela investe muito mais tempo escolhendo um sofá de couro caríssimo, uma mesa de centro de castanheira e um armário comprado em um antiquário. É o tipo de apartamento que ilustraria um artigo de revista sobre residências de Manhattan.

— Bonnie? — chamo.

Sem resposta.

— Acho que ela não está em casa — diz Randy.

Ele tem razão. Parece que ela não está aqui. Sem dúvida, ela deve estar com o namorado médico. Sei bem como é estar aninhada na cama de alguém e não querer pegar um Uber para ir embora às duas da manhã. Mas, pelo amor de Deus, ela podia pelo menos ter me ligado para avisar sobre a mudança de planos.

— Vou aproveitar que estou aqui para dar uma olhada no banheiro — diz Randy.

Ele vai até o banheiro. Eu fico na sala de estar e pego meu telefone mais uma vez. Nenhuma mensagem de Bonnie. Sério, isso é até ofensivo. Eu entenderia se ela cancelasse no último minuto, mas não avisar?

Por fim, encontro o nome de Bonnie na minha lista de contatos. Quero pelo menos que ela saiba que fiquei esperando, como havia prometido, e que agora ela vai ter que me pagar um café, assim como Gretchen fez.

Mas, quando começa a chamar, escuto o celular dela tocar. Dentro do apartamento.

Que estranho…

Tento identificar de onde vem o barulho do telefone. Ele está na cozinha.

Vou até a cozinha, que é tão pequena quanto a minha, então preciso de apenas cinco segundos para encontrar o celular em cima do balcão, ao lado de um fru-fru preto. O telefone de Bonnie ainda está no apartamento.

E não é só isso.

Meu olhar percorre o chão de linóleo. Via de regra, Bonnie é a louca da limpeza. Mas o chão não está limpo. Percebo uma trilha de gotas de um marrom escuro que sai da cozinha e segue pelo corredor até o quarto da minha amiga.

Ai, meu Deus.

— Randy? — chamo.

— Já vou! — responde ele. — Estou terminando de arrumar a descarga.

Sigo a trilha de gotas pelo corredor e sinto meu coração palpitar. Passo pelo banheiro, onde Randy está lidando com alguma coisa na caixa-d'água da privada, indiferente às manchas de sangue no chão. A trilha segue direto até a porta do quarto de Bonnie, que está fechada.

Está tudo bem. Talvez ela tenha se machucado e esteja deitada para se recuperar.

É claro que Bonnie não costuma se machucar assim. Ao contrário de mim, a maioria das pessoas não deixa um rastro de sangue por onde passa.

Coloco a mão na maçaneta. De repente, penso que talvez seja melhor chamar a polícia em vez de investigar a situação por conta própria. Mas, por outro lado, já estou aqui. Não quero chamar a polícia por causa de uma besteira. Bonnie deve estar bem. Talvez esteja tudo bem.

Devagar, giro a maçaneta. Abro a porta para revelar a cama queen size de Bonnie com uma colcha cor de lavanda.

E, quando vejo o que está sobre a cama, não consigo parar de gritar.

CAPÍTULO 11

ANTES

TOM

Hoje é o dia em que vou beijar Daisy.

Talvez.

É a terceira vez que a acompanho da escola para casa. Quando me despedi do Lesma, ele me disse que não amarelasse. Hoje estou determinado a dar um beijo nela.

Eu e Daisy estamos de mãos dadas de novo e estou me saindo muito bem em não ficar com a mão toda suada. Estou concentrando toda a minha energia nisso. Daisy não para de sorrir, enquanto fala sobre a feira da saúde em que vai trabalhar como voluntária no fim de semana. Ela está sempre envolvida com trabalhos voluntários. Daisy é uma pessoa tão *boa*. E eu sou tão…

— Tom, o que você acha? — pergunta ela.

— Do quê? — pergunto, sem pensar.

Ela ri.

— De trabalhar como voluntário na feira da saúde! Eles estão sempre precisando de ajuda. E como você quer ser médico, esse tipo de trabalho é bom para o seu currículo.

— Claro. — Pode ser bom para o meu currículo, mas não faz diferença. Se Daisy pedisse para eu comer lixo, eu comeria.

Ela bate palmas.

— Maravilha! E será que o Lesma também vai?

— Duvido. Ele só iria se fosse para encontrar uma namorada na feira.

Ela ri.

— Ele ainda come insetos?

Embora ele não faça mais isso em público, tenho certeza de que ainda come um besouro ou dois, de vez em quando. Ele dá a impressão de saborear os bichos. Mas não ajudaria em nada se surgisse um rumor dizendo que o Lesma ainda come insetos, então respondo apenas:

— Nossa, não.

— Enfim — diz Daisy —, vamos nos encontrar em frente ao centro comunitário, no sábado à tarde, antes de a feira começar.

— O que acha de almoçar antes?

Daisy faz uma carinha triste.

— Desculpa, não consigo. Tenho um monte de coisa para fazer!

Rejeitado. Talvez Daisy esteja com dúvidas a meu respeito. Talvez essa seja a última vez que ela me pede que a acompanhe até sua casa. Talvez *seja melhor* não tentar beijá-la...

— E se a gente almoçar no domingo? — sugere ela. — Depois da missa?

Sorrio e concordo com a cabeça, sem mencionar o fato de que minha família não frequenta a igreja. Minha mãe costumava ir à igreja quando era jovem, e meu pai acha que todo mundo na igreja é "um bando de vigaristas" e proíbe a gente de ir. Mas, mesmo se eu pudesse, não iria. Eu me sinto desconfortável só de entrar numa igreja.

Ao passarmos pelo jardim de uma casa, vejo uma flor crescendo no meio da grama, de miolo amarelo e pétalas brancas. Uma margarida. Como era de esperar, Daisy adora margaridas. Arranco a flor do chão e lhe ofereço.

— Para você — digo.

Achei que ficaria feliz com o gesto, mas ela faz uma expressão triste.

— Achei que você gostava de margaridas — digo.

— Eu gosto, mas... — Ela franze o cenho ao olhar para a flor que ainda está na minha mão. — Você *matou* a flor. Ela estava crescendo feliz na terra e agora vai *morrer*.

— Ah! — Nem me ocorreu que ela pudesse pensar assim. — Será que ainda dá para salvar a flor?

Ela balança a cabeça, triste.

— Não dá mais. — Ela pega a flor da minha mão. — Mas vou colocá-la na água assim que chegar em casa. Assim ela vai sobreviver mais alguns dias.

Ótimo. Virei o assassino de flores.

— Está tudo bem, Tom. — Ela aperta minha mão. — Você não sabia.

Coloco a mão espalmada no meu peito.

— Eu nunca mais vou matar uma flor.

E falei a verdade. Nunca mais vou matar uma *flor*.

Minha declaração faz Daisy sorrir. Ela agarra a manga da minha camiseta e me puxa para mais perto dela. Então me dou conta de que agora estamos a uns quinze centímetros de distância um do outro. Ela olha para mim com seus olhos azuis. Mal consigo pensar direito, mas tem uma ideia na minha cabeça que está muito, muito clara:

Dê um beijo nela!

Então eu dou. Aproximo a cabeça e encosto meus lábios nos lábios de Daisy. E eles são macios e perfeitos como eu tinha imaginado. Ela é muito delicada. Não sou um cara grande, mas ela é bem menor do que eu. Se eu segurasse sua cabeça e a torcesse com força para a esquerda, seu pescoço quebraria. Isso nem seria difícil de fazer.

— O senhor beija *muito* bem, Sr. Brewer — diz Daisy assim que nossos lábios se separam.

— Obrigado — digo.

Ela pisca para mim.

— É sua primeira vez?

Hesito por um instante antes de decidir contar uma mentira.

— Sim.

— A minha também. — Seu dedo corre sobre meu peito. — Eu sempre soube que meu primeiro beijo seria com você.

E, agora, estou ainda mais feliz por ter mentido. Não existe a menor chance de ela descobrir a verdade. Porque a única pessoa viva que sabe a verdade sou eu.

— Gostaria de repetir o beijo muito em breve — diz ela.

— Eu gostaria também — afirmo, sem jeito.

Ela se afasta de mim e me dou conta de que a margarida caiu de sua mão. Olho para o chão e vejo que pisei na flor com a sola do meu tênis e esmaguei as pétalas na calçada.

CAPÍTULO 12

DIAS ATUAIS

SYDNEY

Não paro de tremer.

A polícia está aqui. Agentes usando proteção nas botas e luvas entram e saem do apartamento de Bonnie, fazendo o que policiais fazem em cenas de crime. Estou sentada no sofá de couro de Bonnie, um móvel caro que ela tinha ficado feliz de comprar por um preço melhor, e passei os últimos vinte minutos de braços cruzados balançando meu corpo para a frente e para trás. Ninguém me pediu que saísse do apartamento, o que é bom, porque não sei se seria capaz de andar neste momento.

Randy chamou a polícia. Ainda ouço a voz dele ecoando na minha cabeça. *O nome dela é Bonnie Griffin. Ela me pediu que consertasse a privada e nós a encontramos no quarto. E ela… ela está morta.*

Nunca vou esquecer a imagem de Bonnie caída na cama — nunca na minha vida. Não se trata de uma mulher que foi dormir e não acordou na manhã seguinte. Não foi *desse jeito* que ela morreu. Acho que nunca vi tanto sangue em toda a minha vida, e olha que já vi muito sangue.

Uma policial se aproxima e se senta ao meu lado. O cabelo dela está preso em um coque que lhe dá um ar sério, mas sua expressão é gentil. Ela delicadamente coloca a mão no meu ombro, como se tivesse medo de me quebrar.

— Como você está se sentindo, Srta. Shaw? — pergunta ela.

Não consigo responder. Acho que isso também é uma resposta.

— Tem um investigador colhendo informações lá fora — explica a policial. — Ele gostaria de fazer algumas perguntas, tudo bem? Você acha que consegue falar com ele agora?

De novo, não consigo fazer minhas cordas vocais funcionarem.

— Sei que é difícil — diz ela, gentilmente. — Mas você quer descobrir quem fez isso com sua amiga, não quer?

Quero. Quero muito. E quero que o monstro que fez isso com Bonnie pague caro pelo seu crime. Porque ela não merecia morrer assim. Ninguém merece.

E a pessoa que fez isso com ela é alguém muito, muito perturbado. Do tipo que você tranca numa cela e joga a chave fora.

— Tudo bem — sussurro. — Vou ajudar no que for possível.

Viro a cabeça ao ouvir alguém abrir a porta. Deve ser o investigador à frente do caso de Bonnie. Estou me sentindo péssima, mas, agora, preciso ser forte. É a única maneira de buscar justiça pela morte da minha amiga. Espero que eles tenham enviado um de seus melhores investigadores e que ele encontre o assassino o mais rápido possível.

Assim que o investigador entra na sala, consigo ver seu rosto.

Ai, não.

A policial que estava do meu lado se levanta para falar com ele.

— Sousa — diz ela. — Essa é Sydney Shaw. Ela é amiga de Bonnie Griffin. Foi ela que encontrou o corpo.

O investigador está olhando para mim. Ele não se apresenta, mas nem precisa. Já sei que seu nome é Jake Sousa.

Sei porque nós moramos juntos por um ano.

— Conheço a Srta. Shaw — diz ele. — Nós, ã... Enfim, pode deixar que assumo o caso daqui em diante. Obrigado, Morales.

Não consigo nem imaginar quantas pessoas trabalham no Departamento de Polícia de Nova York. Centenas? Milhares? E este caso caiu logo no colo de Jake? Não dava para ser um detetive que não me trouxesse más lembranças?

Jake hesita em se aproximar de mim, como se eu pudesse voar no seu pescoço e arrancar sua cabeça. É uma possibilidade. Aproveito a oportunidade para avaliar meu ex-namorado de cima a baixo. Infelizmente, ele continua bonito. Está perto dos quarenta anos e tem alguns fios grisalhos nas têmporas. Ele é tão alto quanto o Kevin de verdade, mas não é nada esquelético, e sim musculoso, e fica muito bem de terno. Observo sua mão esquerda — sem aliança, mas isso não me surpreende. Aquele ali vai morrer solteiro.

Jake abre um sorriso forçado para mim.

— Sydney — diz ele. — Quanto tempo!

— Pois é — digo, com a voz firme. Não acho que o fato de ele estar aqui seja uma coincidência. Eu me recuso a acreditar que meu ex-namorado foi escolhido para investigar esse crime *por acaso*.

— Quando vi o endereço, pedi para assumir o caso — confessa ele, finalmente. — Lembrei que era para esse endereço que eu encaminhava correspondências depois que você se mudou.

— Entendi.

Eu realmente queria que ele não estivesse aqui agora. Essa situação já é difícil, e ter de lidar com meu ex pela primeira vez desde que nós terminamos só piora as coisas.

Jake se senta ao meu lado no sofá e me encara com aqueles olhos castanhos.

— Sydney, é o seguinte... sei que essa situação é estranha e não vou fingir que não é. Mas tenho um trabalho a fazer.

Não respondo, mas reconheço que o argumento é excelente.

— Preciso da sua ajuda — diz ele, com a voz grave e segura. Jake passa a impressão de que tem tudo sob controle. Isso era uma coisa que eu amava nele. — Precisamos encontrar o monstro que matou a sua amiga.

Limpo as lágrimas que se formam no canto do meu olho direito. Ele tem razão. Preciso deixar de lado a raiva que sinto de Jake, porque o mais importante é buscar justiça para Bonnie.

— Tá bom.

— Primeira coisa — diz ele —, me conte tudo que aconteceu hoje de manhã.

Com a voz trêmula, repasso todos os acontecimentos da manhã, incluindo o momento em que desci até o apartamento de Bonnie e encontrei Randy em frente à porta, e a hora em que encontrei o corpo da minha amiga cortado em pedaços no quarto. Não se trata de um crime passional. Bonnie foi *torturada*. E *mutilada*.

Jake ouve tudo daquele jeito atento e silencioso que é típico dele. De todos os homens que conheci na vida, Jake é o que mais sabe ouvir. Ele tem muita habilidade em ignorar todo o resto e colocar você no centro do universo.

— Sinto muito, Syd — diz ele, quando termino meu relato. — Deve ter sido horrível para você. Mas você tem a minha palavra. — Ele põe uma das mãos no peito. — Vou descobrir quem matou a sua amiga, e essa pessoa vai pagar pelo que fez.

— Obrigada — digo, delicadamente. E, na verdade, acredito nele.

— Agora me diga uma coisa. — Ele pigarreia. — Você sabe de alguém que teria a intenção de machucar a Bonnie?

— Não, ela era incrível. Todo mundo gostava dela.

— Ela estava saindo com alguém?

Ela estava saindo com *todo mundo*. Mas não quero dizer isso. Vai parecer que estou criticando minha amiga morta e, de qualquer forma, ela estava tentando engatar um relacionamento sério.

— Ela saía bastante para conhecer pessoas. Usava aquele aplicativo Cynch. Sabe qual?

— Sei.

— Você consegue ter acesso às pessoas que estavam falando com ela pelo aplicativo?

— Sim, estamos correndo atrás disso. Não há sinais de arrombamento, então o criminoso é alguém que ela conhecia e que deixou entrar no apartamento.

Não estou contando para Jake nada do que ele já não soubesse — ele é o tipo de pessoa que está sempre um passo à frente. Ainda assim, quero contar uma coisa que talvez ele ainda não saiba. Uma coisa que pode ser importante.

— Mas tinha um cara que era especial — digo.

— Ah, é? — Ele olha para mim com interesse. — Quem é esse cara?

— Ela saiu com ele algumas vezes no último ano — explico. — Mas os dois tinham acabado de engatar um relacionamento mais sério.

Ele faz que sim com a cabeça.

— Qual é o nome dele?

Abro a boca para falar, mas não consigo dizer nada. Qual era mesmo o nome dele? Ela falou o nome dele, não falou? Podia jurar que ela disse o nome em algum momento. Começava com… J, talvez? Ou era G?

Talvez ela não tenha dito o nome para a gente. Ela sempre foi muito reservada em relação aos caras de quem gostava, porque não queria que desse azar se falasse. E a verdade é que eu estava com tanta inveja da felicidade recém-descoberta dela que acabei não perguntando os detalhes.

— Não sei o nome dele — admito. — Mas Bonnie disse que ele era médico.

— Você sabe qual era a especialidade dele? E onde trabalha?

Não e não.

— Desculpa.

Jake olha para mim como se minha ajuda fosse completamente inútil. E não tenho nem como me defender. Bonnie era uma das minhas melhores amigas, e eu não sei nada sobre esse cara por quem ela estava completamente fascinada. Como pude não insistir para saber o nome dele?

— Ela estava falando com ele por mensagem na noite retrasada. — Eu lembro de repente. — Os dois tinham saído e, no fim da noite, ficaram conversando por mensagem. Você pode dar uma olhada no telefone e ver com quem ela estava falando.

Ele coça o queixo como se estivesse considerando me contar alguma coisa. Por fim, Jake suspira.

— Vimos as mensagens no telefone que pareciam ter sido enviadas por um namorado. Mas todas elas vieram de um celular pré-pago.

Um calafrio percorre minha espinha. O médico sexy de Bonnie usou um celular pré-pago para falar com ela. Se duvidar, ele não deve nem ser médico. E provavelmente mentiu sobre todo o resto também. Mesmo se ela soubesse seu nome, nada garantia que era o nome verdadeiro dele.

Será que ele queria matar Bonnie desde o primeiro encontro?

— Então foi ele. — Sinto um nó na garganta. — Foi esse cara que matou a Bonnie.

— Estamos considerando essa possibilidade — admite Jake. — Mas não é a única possibilidade.

Parece tão óbvio, mas ele tem razão. Há outras possibilidades. Por exemplo, existe um homem que tem a chave do apartamento de Bonnie. Um homem que poderia ter entrado sem nenhuma dificuldade. Um homem com quem Bonnie tinha medo de ficar sozinha.

Mas como eu poderia acusar Randy de alguma coisa? Ele é o namorado de uma das minhas amigas mais próximas e faz anos que a gente se conhece.

Por outro lado, se ele é capaz de fazer uma coisa dessas com Bonnie, é minha responsabilidade contar isso para a polícia.

— Escuta — digo. — Nosso zelador, o Randall Muncy… ele tem a chave do apartamento da Bonnie e…

Jake acena com a cabeça lentamente. Ele não parece nem um pouco surpreso em saber disso.

— O Sr. Muncy tem um álibi. Ele passou a noite inteira com a namorada.

Claro. Não me surpreende que Randy e Gretchen tenham passado a noite juntos, uma vez que é isso que eles fazem todos os dias. Fico aliviada de saber que Randy não tem nada a ver com o que aconteceu. Mas preciso falar de mais um possível suspeito.

— Além disso — acrescento —, tive um encontro horrível dois dias atrás com um cara que conheci no Cynch. Talvez você deva dar uma olhada nele.

— Você está saindo com outros caras? — Ele deixa escapar.

Olho bem séria para Jake.

— *Sim*. Enfim, o cara meio que… — Não quero contar tudo que aconteceu com o Kevin de verdade, porque não vou suportar o olhar de julgamento de Jake, mas preciso que ele leve essa história a sério. — A noite não foi boa, e ele voltou ontem para tentar falar comigo. A Bonnie… Ela me defendeu…

De repente sinto um nó na garganta e não consigo falar mais. Sinto vontade de chorar quando lembro que Bonnie encarou o Kevin de verdade ontem. Ela foi uma verdadeira amiga. Se houver a mínima chance de ela ter sido morta por minha causa...

— Olha, a gente vai descobrir quem fez isso — garante Jake. — Pode acreditar em mim, temos uma equipe trabalhando nesse caso e dou minha palavra que a gente vai encontrar o responsável. A gente vai atrás desse cara do Cynch e de todos os suspeitos que surgirem até descobrir quem é o assassino. — Vejo um vinco entre suas sobrancelhas. — Você acredita em mim, Syd?

Eu acredito. Não conheço ninguém que seja mais envolvido com o trabalho do que Jake Sousa. Na verdade, foi exatamente por isso que seu primeiro casamento terminou em divórcio. Esse também foi o motivo que me fez desistir da nossa relação, quando me dei conta de que havia duas semanas que não conseguia sequer fazer uma refeição com meu namorado, porque ele não parava de trabalhar. *De que adianta estar em um relacionamento com uma pessoa que você nunca vê?*, foi o que gritei para ele, enquanto arrumava minhas malas.

Jake nunca prometeu trabalhar menos. Ele me disse naquela sua voz sincera que o trabalho era a coisa mais importante da vida dele e que qualquer mulher que quisesse viver com ele teria de entender e respeitar isso.

E foi assim, senhoras e senhores, que terminou minha relação com o primeiro homem que cheguei a amar.

Deixei de amar Jake. Senti raiva dele por um tempo, mas hoje estou contente que ele esteja aqui. Se existe alguém capaz de descobrir a verdade sobre o que aconteceu com Bonnie, esse alguém é Jake.

CAPÍTULO 13

ANTES

TOM

Minha mãe insiste em me dar uma carona até o centro comunitário onde será a feira da saúde, porque o lugar fica do outro lado da cidade.

A princípio, digo que não precisa. O carro dela está caindo aos pedaços e parece que saiu de um ferro-velho. É constrangedor. Mas, quando ela diz que posso dirigir, aceito na hora. Tirei minha carteira de motorista no verão e mal tive chance de aproveitar.

— Está olhando no retrovisor? — pergunta minha mãe pela enésima vez, quando troco de faixa para fazer uma curva à esquerda.

— Sim, claro.

— Só para confirmar.

— Mãe, eu sei dirigir.

Por fim, ela para de pegar no meu pé por causa do retrovisor e da seta e me deixa dirigir. É um trajeto de apenas quinze minutos de carro, mas desfruto de cada segundo. Talvez ela me deixe usar o carro para ir para a faculdade no ano que vem.

Vários alunos mais velhos vão de carro. Economizei o dinheiro que ganhei com as aulas particulares e acho que consigo comprar um carro tipo o da minha mãe.

— E a sua namorada vai nessa feira da saúde? — pergunta ela.

Ainda bem que estamos parados em um sinal vermelho, porque senão eu teria batido, com certeza.

— O *quê?*

— Daisy Driscoll. Ela é sua namorada, não?

Como ela sabe disso? Sinto meu rosto queimar de vergonha.

— Mais ou menos. Acho que sim. Não sei.

Eu e Daisy não conversamos sobre nos assumir como namorados. Não sei se ela gosta da ideia. Por outro lado, por que não gostaria? Nós nos beijamos. E eu só estou interessado nela. Ainda assim, não quero *assumir* que somos namorados.

Minha mãe sorri ao ver minha expressão. Quando ela sorri, as rugas em seu rosto ficam mais profundas. Não sei como ela ficou com uma aparência tão velha de repente. Às vezes fico triste com isso.

— A Daisy é uma menina boa — diz ela. — Fico contente de saber que você, finalmente, teve coragem de falar com ela.

Não sei o que dizer. *Obrigado?* Então só dou um grunhido.

— Tom, se você quiser um conselho...

— Não quero.

— Preste atenção para não se esquecer do aniversário dela, nem do Dia dos Namorados — diz minha mãe. — E todas as garotas amam ganhar flores.

Mas não Daisy. Ela quase chorou quando arranquei a margarida do jardim. Quem sabe eu deva dar um vaso de flores ou algo assim para ela? De qualquer forma, não quero falar sobre isso com minha mãe. Em vez disso, uso todas as minhas forças para não bater o carro.

Chegamos ao estacionamento do centro comunitário com dez minutos de antecedência. Dou um beijo na bochecha da minha mãe e contorno rápido o carro para ir até a entrada, na esperança de ter um tempo com Daisy. Infelizmente, quando chego à porta do evento, é Alison quem está ali esperando.

Não estou a fim de lidar com Alison. Não dormi bem na noite passada. Acordei às duas da manhã com meus pais gritando um com outro. Quer dizer, meu pai estava gritando, minha mãe só chorava. De repente, ouvi um estrondo e desci as escadas correndo para ver o que tinha acontecido. Mas meu pai já havia se fechado no porão e minha mãe estava sentada no sofá, tentando disfarçar o choro.

É difícil voltar a dormir depois de uma situação dessas. Pelo menos não vi nenhum machucado no rosto dela. Porém, não sei dizer como estava o restante do corpo.

Tento não pensar no assunto, porque isso me deixa furioso.

Quando me aproximo, Alison faz aquela cara feia típica de quando me vê.

— Ah — diz ela. — Não sabia que *você* vinha.

— A Daisy me convidou — digo, tentando não soar na defensiva. Será que preciso, realmente, me justificar para ela?

— Que maravilha — diz ela, numa voz monótona.

Desde que a gente se conheceu, Alison nunca foi legal comigo. Uma parte de mim gostaria de perguntar por que ela não vai com a minha cara. Mas outra parte já sabe por que e não quer ouvir a resposta.

— Bom — diz ela, por fim —, a Daisy vai ficar feliz por você ter vindo.

— Hum, é.

De repente ela faz uma careta.

— O Lesma não vem, né?

— Não. — O Lesma não viria a um lugar desses nem se a vida dele dependesse disso. Mesmo se tivesse chance de ficar com Alison, mas ele definitivamente não tem.

O corpo dela estremeceu, enfatizando o quanto despreza o Lesma. Não entendo como ele pode gostar dela. O Lesma vive dizendo que Alison parece uma bibliotecária sexy, mas não entendo por que um cara como ele acharia isso interessante.

Estamos diante de um enorme quadro de avisos. Há um folheto grande anunciando aulas de violão. Fico imaginando se Daisy gostaria de me ver tocando violão. As garotas gostam desse tipo de coisa, não? Eu faria praticamente qualquer coisa para impressioná-la.

Alison se vira para ver o que tinha chamado minha atenção. De início, acho que ela está olhando para o folheto das aulas de violão, mas então ela diz:

— Ela nunca foi encontrada, né?

— Quem? — pergunto, mas então percebo o que ela estava olhando. É um daqueles cartazes de Brandi Healey, que fugiu de casa. — Ah. Acho que não.

— Faz quanto tempo?

Dou de ombros.

— Não sei. Uns quatro ou cinco meses?

— Vocês se conheciam, né?

Uma sensação estranha, fria, percorre minha espinha.

— A gente era da mesma turma.

Alison fixa seus olhos cor de lama no meu rosto.

— Sei. Mas você também dava aula particular para ela, né?

Um alarme soa na parte de trás da minha cabeça. Ela tem razão, Brandi era minha aluna antes de desaparecer. Mas e daí? Eu não tenho culpa nenhuma por ela ter fugido de casa. Eu era só um bobão que estava ajudando a menina a passar em geometria. A polícia mal falou comigo.

Faço menção de me explicar, mas não sei muito bem o que dizer. Porém, sou interrompido pela chegada de Daisy, com o rosto corado e sorridente.

— Tom! Alison! — diz ela, esbaforida. — Vocês vieram!

— Claro que eu vim — dispara Alison.

Apesar da atitude de Alison, Daisy lhe dá um abraço carinhoso. Depois de Alison, eu também ganho um abraço. E o nosso abraço é mais demorado. *Muito* mais demorado. Tanto que fico feliz quando Daisy me dá um avental de voluntário que posso usar para cobrir a barraca armada na minha calça.

— Tom — diz Daisy —, tenho que arranjar um trabalho para você. Sabe como medir a pressão das pessoas?

Não sei.

— Posso aprender.

Ela considera a possibilidade, mas depois balança a cabeça.

— Alison, que tal você medir a pressão? E Tom pode tirar sangue.

Tirar... *o quê*?

Quando entramos na feira, Daisy segura minha mão e me leva até uma senhora de meia-idade que está segurando uma prancheta.

— Oi, Elise — ela cumprimenta a mulher. — Tenho um voluntário novo que pode ajudar nos exames de diabetes.

Elise sorri para mim com a caneta posicionada sobre a prancheta.

— Que ótimo. E como ele se chama?

— O nome dele é Tom Brewer — responde Daisy. — Ele é meu namorado.

O sorriso no meu rosto congela. Daisy acabou de dizer que sou *namorado* dela? Será que sou mesmo namorado dela? Será que fui aprovado? De repente, me sinto eufórico.

Depois que Elise anota meu nome, Daisy me leva até uma mesa sob um cartaz que diz "teste de diabetes". Há um conjunto de cadeiras ao redor da mesa e alguns medidores de glicose.

— A sua função — explica ela com uma voz estranhamente formal — é usar o dispositivo da Accu-Chek para furar o dedo das pessoas e pingar uma gota de sangue na tira de teste para ver o nível de glicose.

— Sem problemas — digo.

Não demonstro o quanto fiquei animado com a ideia de passar a tarde executando essa tarefa. Imaginei que teria de fazer algo como distribuir panfletos sobre dieta saudável e recomendando a prática de exercícios. Jamais imaginei que poderia furar as pessoas com *agulhas*. Jamais imaginei que faria uma coisa dessas antes de concluir o curso de medicina.

Preciso fazer trabalho voluntário em feiras da saúde com mais frequência.

Ela sorri para mim.

— Imaginei que você daria conta dessa tarefa. Alison fica com receio, mas sei que você não vai ficar.

— Não mesmo.

— Perfeito. Só não conte para ninguém que você ainda não tem dezoito anos porque, tecnicamente, menores de idade não podem realizar testes de glicose nos outros.

É a primeira vez que Daisy sugere fazer algo imoral como mentir e, de alguma forma, isso me faz gostar dela ainda mais — e eu não tinha ideia de que isso era possível. Não consigo parar de pensar nela e, quando estamos juntos, é demais para mim. Gosto tanto dela que às vezes tenho a impressão de que estou sendo sufocado.

— A propósito, espero que você não se incomode com o que eu falei naquela hora — acrescenta ela, com a voz hesitante.

— O que você falou?

Ela alterna o peso do corpo entre ambas as pernas.

— Aquilo de você ser meu namorado. Sei que a gente ainda não conversou sobre isso. — Ela soa insegura. — É que... não sei, falei sem pensar. Mas você não precisa ser meu namorado se não quiser. Quer dizer, não é nada de mais.

— Não — digo rápido. — Eu quero ser seu namorado.

Os olhos azuis dela brilham.

— Sério?

Ela não faz a menor ideia.

— Muito sério.

Daisy parece muito feliz depois de ouvir minha resposta. Ela começa a cantarolar enquanto me mostra a embalagem dos exames e explica como inserir os resultados no monitor. Eu a observo com atenção, em parte porque é difícil para mim não olhar para ela e em parte porque preciso aprender como fazer esse negócio.

Depois que Daisy me mostra tudo, pergunta:

— Entendeu?

— Entendi. — Não é nenhum bicho de sete cabeças.

Ela inclina a cabeça para o lado.

— Quer fazer o teste em mim para ver como é?

Meu coração acelera. Furar o dedo de Daisy com uma agulha? Acho que não é uma boa ideia. Tenho feito um esforço tremendo para não pensar nesse tipo de coisa.

— Não sei...

— Ah, vai. Você não pode atender o público sem ter nenhuma experiência.

Mas não poderia ser com qualquer outra pessoa que não fosse Daisy Driscoll?

Aparentemente, não. Daisy se senta em uma das cadeiras de plástico e não sossega até que eu esteja sentado do seu lado.

Ela coloca a mão macia em cima da mesa e mal consigo notar seu batimento cardíaco na artéria radial do pulso.

— Você precisa inserir a lanceta no dispositivo — explica ela. — E não pode reutilizar as lancetas, óbvio.

— A-hã…

Daisy me explica o que fazer, mas minhas mãos estão tremendo tanto que preciso de quatro tentativas para inserir a lanceta. É constrangedor. Ela até começa a rir.

— Por que você está tremendo tanto? Você não quer ser cirurgião?

Quando consigo, finalmente, inserir a lanceta, Daisy me oferece seu dedo indicador. Pressiono o dispositivo na ponta macia do dedo dela. Aperto o botão lateral e o dispositivo vibra assim que a agulha fura o dedo. Quando removo o aparelho, uma gotinha vermelha se forma na ponta de seu dedo.

— É só isso de sangue mesmo? — pergunto.

— Você pode apertar meu dedo para tirar um pouco mais. Eu não sangro com facilidade.

Seguro o dedo de Daisy entre os meus dedos, espremendo sangue suficiente para preencher a tira de teste. Observo, fascinado, vendo a gota vermelha aumentar de tamanho. É incrível como Daisy, apesar de ser a garota mais bonita que eu já vi, parece ter o sangue igual ao de qualquer outra pessoa. A mesma cor, a mesma consistência.

E, se perdesse dois litros de sangue, ela morreria como qualquer outra pessoa.

Na verdade, ela morreria com menos de dois litros. Com um litro e meio, provavelmente. Imagino seu rosto macio empalidecendo, o corpo dela ficando sem forças. Mas, depois, com o *rigor mortis*, ele acabaria enrijecido. Li bastante a respeito disso.

Seria muito fácil matar Daisy. Eu não teria nenhuma dificuldade.

— Tom? — A voz de Daisy parece preocupada. — Você está bem? Você ficou pálido.

— Estou bem.

— Você está machucando o meu dedo.

O mais rápido que posso, coloco o sangue de Daisy na tira de teste. Ela desvencilha a mão da minha e me olha com uma expressão um pouco aflita. O monitor de glicose faz uma contagem regressiva enquanto analisa a amostra de sangue. Trinta, vinte e nove, vinte e oito...

— Você quer um Band-Aid? — pergunto.

Ela olha para mim por um segundo e depois balança a cabeça.

— Pode deixar que eu me viro.

Ela pega um Band-Aid na caixa em cima da mesa e usa a outra mão para colocá-lo no dedo. Ela tem um pouco de dificuldade e tento ajudá-la, mas Daisy me ignora. Eu pisei na bola. Devia ter mentido e dito que sabia como medir a pressão. Eu teria dado um jeito.

Medir a pressão teria sido a opção mais segura para mim.

— Tom, você tem certeza de que consegue dar conta dos testes de diabetes? — pergunta ela.

— Consigo.

— Tem certeza?

— *Tenho.*

O monitor de glicose apita. O teste de Daisy dá 120.

— Esse número é normal se você não estiver em jejum — explica ela. — Aqui tem uma tabela que você pode consultar. Se a taxa de açúcar no sangue for alta, você orienta a pessoa a procurar um médico o mais rápido possível.

— Entendi. — Arrisco um sorriso. — Foi só o nervosismo da primeira vez. Mas sei o que fazer. Não se preocupe.

Daisy fica olhando para mim por um tempo e depois seu rosto relaxa. Ela segura minha mão.

— Eu não estou preocupada.

Eu me pergunto se ela ainda se sentiria assim se soubesse o que estava passando pela minha cabeça quando fiz seu dedo sangrar.

CAPÍTULO 14

DIAS ATUAIS

SYDNEY

Hoje à noite eu e Gretchen acabamos com uma caixa de lenços de papel. E bebemos uma garrafa inteira de vinho.

Nossas lembranças de Bonnie foram ficando mais tristes à medida que bebíamos. Os olhos e o nariz de Gretchen ficaram vermelhos e inchados e, mesmo sem me olhar no espelho, tenho certeza de que os meus também. Está tarde, mas ela não dá sinais de querer ir embora. E eu não quero que ela vá.

— Você viu a Bonnie praticando sorrisos alguma vez? — pergunta Gretchen.

— Praticando sorrisos?

— Sim! — Ela dá um jeito de sorrir em meio às lágrimas. — Flagrei a Bonnie fazendo isso uma vez na frente do espelho. Para não parecer esquisita, ela me disse que gostava de praticar vários tipos de sorriso para situações diferentes. Ela tinha um sorriso para quando se sentia feliz, óbvio. E um sorriso diferente para quando tentava impressionar um cliente. E outro para alguém que estivesse parecendo bobo.

— Uau — digo. — Eu não sabia disso! Qual será que era o sorriso que ela dava para nós?

Gretchen parece ofendida.

— O sorriso *de verdade*, claro.

— É possível...

Mas me pergunto se não existia um lado de Bonnie que nós não conhecíamos. Mesmo tendo sido muito próxima dela, sei que havia uma parte de Bonnie à qual eu não tinha acesso. Por exemplo: ela estava apaixonada pelo Dr. Gostoso e queria engatar um relacionamento sério com esse médico, mas nunca contou o nome dele nem fez questão de apresentá-lo para nós.

Se ela tivesse apresentado esse cara para mim e para Gretchen, tudo teria sido diferente. É possível que ele não quisesse correr o risco de matá-la sabendo que as amigas poderiam identificá-lo.

Só de pensar nisso me dá vontade de chorar ainda mais.

— Ei — Gretchen mexe na bolsa. — Eu trouxe uma coisa.

Pego mais um lenço de papel para enxugar as lágrimas.

— O quê?

De maneira triunfal, ela exibe dois fru-frus.

— Bonnie deixou esses fru-frus no meu apartamento. O que você acha de a gente usar? Como uma homenagem, sabe?

Solenemente, aceito um fru-fru e prendo meu cabelo com ele. Gretchen faz a mesma coisa. É claro que a gente fica ridícula. Só Bonnie conseguia usar um fru-fru sem parecer ridícula.

Gretchen pega a taça na mesinha de centro com o que sobrou da garrafa de vinho tinto que estava cheia hoje de manhã.

— À Bonnie.

Bato minha taça na dela.

— À Bonnie.

Então nós duas arrematamos o resto do vinho. Queria que a gente tivesse mais uma garrafa. Tenho que comprar mais vinho para o caso de outra amiga ser assassinada em um futuro próximo.

Gretchen hesita.

— Melhor eu ir embora. Está ficando tarde.

Não quero que ela vá embora, mas já é quase meia-noite. Eu devia tentar dormir um pouco, mas tenho certeza de que vou ficar rolando na cama.

— Você precisa chamar um Uber?

Ela balança a cabeça.

— Vou dormir no Randy.

Verdade, Gretchen não precisa passar a noite sozinha como eu.

— Como ele está?

Ainda tenho sentimentos conflitantes em relação a ele, mas preciso admitir que Randy se saiu bem hoje cedo. Ele apareceu na mesma hora para me acudir assim que comecei a gritar. Eu estava quase desmaiando e ele assumiu o controle da situação. Ele me levou até a sala de estar, fechou a porta do quarto e ligou para a polícia. A essa altura, comecei a hiperventilar, mas Randy continuou muito calmo. Sou grata por ele ter segurado as pontas.

— Ele está bem — responde Gretchen. — Consegue ficar calmo em situações difíceis.

Ele consegue ficar calmo ao encontrar um corpo mutilado? Tá bom.

— Enfim… — Gretchen se levanta e esfrega os olhos inchados. — Já vou, mas a gente se fala amanhã, né?

Quando a acompanho até a porta, só consigo pensar em uma coisa: não quero que Gretchen vá embora. Já é tarde, mas tenho certeza de que a gente consegue comprar mais uma garrafa de vinho. Quero que ela fique comigo e que a gente continue conversando sobre Bonnie até dormir.

Mas não posso pedir para ela ficar. Gretchen me abraça antes de sair e depois segue até o elevador. Fico com uma fresta da porta aberta até ela entrar no elevador.

E agora estou sozinha.

Às vezes, adoro ficar sozinha no meu apartamento. Já tive colegas de quarto péssimas, e sou o tipo de pessoa que lida bem com a solidão. Mas, agora, eu odeio. O apartamento parece mais vazio que o normal. Eu me sinto completamente sozinha.

Como o vinho acabou, vou até a cozinha e apelo para a segunda melhor coisa disponível: um pote de sorvete. Confiro o sabor: menta com flocos de chocolate. Odeio menta com flocos de chocolate. Considerando que moro sozinha, não sei por que o único sorvete que tenho no freezer é de um sabor que eu não gosto, mas então lembro que foi Bonnie quem trouxe o pote. A gente tinha combinado de jantar. Eu ia cozinhar e ela ficou responsável pela sobremesa. Reclamei por ela ter trazido o pior sabor de sorvete que existe, mas ela só respondeu assim: *É sorvete, Sydney. Não existe sabor ruim*.

Pelo jeito, vou usar fru-fru e comer sorvete de menta com flocos de chocolate em homenagem à Bonnie.

Eu me ajeito no sofá com o pote de sorvete. Pode até não ser meu sabor favorito, mas mesmo assim é bom. Quer dizer, é sorvete. Não tem erro.

Enquanto estou me empanturrando de sorvete, pego meu celular. A primeira coisa que faço é entrar no Cynch. Eu estava procurando o Homem Misterioso hoje de manhã e parece que isso aconteceu cem anos atrás. Ele é a última coisa em que eu pensaria agora.

Desta vez, digito algo bem específico no campo de busca. Digito o nome de Jacob Sousa.

E lá está ele.

CAPÍTULO 15

Se eu precisava de uma prova da solteirice de Jake, acabei de conseguir. Ele ainda está no Cynch. Ele ainda está atrás da Mulher Certa, depois que deixamos bem claro que eu não era essa pessoa.

Jake está bonito na foto. Não é uma foto falsa igual à de Kevin. Ele se revela na foto mais do que a maioria das pessoas costuma fazer, mas isso não me surpreende. Jake não é o tipo de cara que tem algo a esconder — ele é autêntico. Ele está com a mesma camisa e gravata que normalmente usa no trabalho, e está com a eterna barba por fazer. Juro que, cinco segundos depois de ele se barbear, os pelos crescem de novo. A barba também esconde algumas marcas de acne da adolescência, embora seja difícil imaginar Jake como um típico adolescente. Ele passa a impressão de ter surgido no mundo com trinta e cinco anos.

Leio as informações que Jake lista em seu perfil. *Não tem filhos. Quer ter filhos. Não fuma. Sem filiação política. Hobby favorito: assistir a jogos de futebol americano.*

Bom, isso não é verdade. Jake não tem tempo para hobbies.

No item sobre o que procura, ele escreveu: *Quero uma mulher que fique feliz de me encontrar em casa depois de um longo dia de trabalho para a gente jantar e ver um filme na TV.*

Tudo mentira. Jake não quer encontrar uma mulher em casa. Porque ele nunca quer voltar para casa.

Mas, apesar do meu ressentimento, quando vejo a foto, me lembro da sensação de quando estávamos juntos. A gente se conheceu no Cynch anos antes, depois de termos passado por um monte de experiências ruins e, assim que olhei para ele… Bom, é aquela história de ter sido atingida por um raio. Eu sabia que não teria mais de enfrentar experiências ruins por um bom tempo.

Como foi que nosso relacionamento deu errado? A essa altura, era para eu e Jake estarmos casados e com filhos. Era para termos virado dois insuportáveis que postavam fotos das crianças no Facebook.

Percorro os contatos no meu telefone e, como não poderia deixar de ser, o nome de Jake ainda está lá. Uma mulher mais inteligente teria deletado o contato depois de terminar, mas eu não fiz isso. A menos que ele tenha trocado de número, ainda tenho seu contato no meu celular.

Antes que possa mudar de ideia, clico no nome dele.

As chances de Jake atender o telefone são pequenas — afinal de contas, é meia-noite e ele está investigando um caso —, então fico surpresa ao ouvir sua voz grave do outro lado da linha. Quer dizer, fico surpresa até me lembrar de que o homem não dorme nunca.

— Sydney?

— Oi.

Ele não me pergunta por que estou ligando, mas o fato de não ter me deletado de seus contatos diz muito.

— Oi.

Apesar de estar tão sozinha agora quanto estava um minuto atrás, me sinto melhor de estar falando com Jake. Ele sempre conseguiu me deixar segura. Ele tem muita personalidade, mesmo por telefone.

— Como estão as investigações? — pergunto. — Você encontrou o tal namorado?

— Syd, você sabe que não posso falar com você sobre esse assunto. Não até terminarem as investigações.

Jake sempre foi de seguir regras.

— Tá bom. Entendi.

Ele dá um longo suspiro.

— O que posso te contar é que ainda não prendemos ninguém.

— Você tem algum suspeito?

Ele hesita.

— Não.

Ótimo. Então o cara que matou Bonnie continua solto por aí, enquanto ela está no necrotério.

— Não consigo entender. Vocês não têm todas essas tecnologias que usam DNA e impressões digitais? Como é que ainda não prenderam o assassino?

— Não é tão simples assim, Sydney. Temos como usar o DNA e as digitais, mas não identificamos ninguém a partir do nosso banco de dados. — Ele faz uma pausa. — A não ser Randall Muncy, mas sabemos que ele não é o assassino.

— Ótimo.

Liguei para Jake porque queria me sentir segura e talvez descobrir que o filho da mãe que matou Bonnie já estava preso. Mas saber que eles nem sequer têm um suspeito… me deixa chocada. Como é que a polícia não consegue encontrar o namorado de Bonnie?

— Escuta — diz Jake —, você ainda mora sozinha?

Fico na defensiva.

— Por que você está me perguntando *isso*?

— É que, na verdade… — Ele pigarreia. — Você precisa tomar cuidado. Não se esqueça de trancar a porta com chave. Você tem trancas?

— Tenho

— Então use as trancas. Você ainda está no Cynch?

— Estou.

— Acho que você devia dar um tempo.

Cerro os dentes.

— Uma das minhas melhores amigas foi morta ontem à noite. Não estou preocupada com essas coisas.

— Entendi, que bom.

Essa conversa está me deixando incomodada.

— Existe algum motivo para eu me preocupar, Jake?

Ele fica quieto por um longo tempo e, se estivesse sentado ao meu lado, eu provavelmente ia querer torcer seu pescoço.

— Tá bom — diz ele, finalmente —, vou te contar uma coisa que nós ainda não vazamos para a imprensa. Mas acho que você precisa saber.

— Saber o *quê*?

— Mas tem que ficar entre nós.

— Claro!

— Não fui totalmente sincero com você antes. — Jake respira fundo. — Na verdade, nós identificamos as impressões digitais.

Puxo o ar pela boca. Que *ótimo*. Isso quer dizer que eles devem prender o suspeito a qualquer momento.

— Então por que vocês ainda não prenderam o cara?

— Porque não sabemos de quem são as impressões digitais.

Franzo a testa.

— Não entendi. Mas vocês não identificaram as digitais?

— Sim, elas batem com as digitais encontradas em outra cena de crime.

À medida que tento entender o que ele está me dizendo, sinto minha frustração aumentar. As digitais encontradas no apartamento de Bonnie correspondem às digitais encontradas em outra cena de crime. Então, quer dizer que…

— Era uma mulher com mais ou menos a mesma idade de Bonnie — explica ele. — E também era meio parecida com ela. E existem outros detalhes que também são semelhantes. Como o que foi feito com o corpo antes e depois do assassinato.

Por acaso, ouvi um dos policiais dizendo que Bonnie tinha sido torturada antes de morrer. É o tipo de coisa que você não consegue esquecer tão fácil.

— Tem algum detalhe em particular que conecta os dois casos? — pergunto.

— Sim — confirma ele. — Mas, Syd, você tem que me prometer que não vai contar para ninguém. Essa informação não é de domínio público, mas você merece saber.

Pela forma como ele está falando, não sei mais se quero saber. No entanto, se ele não me contar, não vou conseguir dormir hoje.

— Qual é o detalhe?

— Nos dois casos… as mulheres tiveram uma parte do cabelo cortada rente à cabeça, exatamente no mesmo ponto. E não encontramos os cabelos em nenhum lugar nos apartamentos das vítimas. É como se o assassino tivesse levado… uma lembrança.

E agora estou imaginando um lunático com o cabelo de Bonnie guardado em um recipiente no porão.

— A outra vítima também saía com vários homens que conhecia pelo Cynch — diz Jake. — Eles conseguiram localizar vários desses caras e foram reduzindo a lista de suspeitos, mas encontraram impressões digitais e amostras de DNA que não puderam ser identificadas.

— Quando foi isso?

— Há um ano e meio, mais ou menos.

Bonnie me disse que ela começou a sair com aquele cara há cerca de um ano. Então ele deve ter matado aquela mulher e feito uma pausa de seis meses antes de escolher sua próxima vítima.

Estou me sentindo tonta, e não é por causa do vinho. Imediatamente me arrependi de ter comido aquele sorvete de menta com flocos, porque acho que vou botar tudo para fora.

— Sydney — diz Jake, com firmeza —, nós vamos encontrar esse cara. Eu prometo.

— Só que vocês ainda não encontraram.

— Como não parece ter sido um crime passional, pode demorar um pouco mais. — Consigo imaginar o vinco sexy de Jake entre as sobrancelhas. — Um serial killer que planeja seus passos não costuma deixar pistas. Óbvio que ele teve o cuidado de não aparecer com ela em público nem nas redes sociais. Talvez ela nem soubesse seu nome verdadeiro. Mas não se preocupe. Nós vamos pegar o cara, mais cedo ou mais tarde.

Não sei se acredito nisso, mas que escolha me resta? Eu não tenho nenhum controle sobre a investigação. Mas penso que, se a polícia realmente acha que existe um serial killer à solta na cidade matando mulheres, vai fazer de tudo para encontrar o criminoso.

— Syd — diz ele. — Você está bem?

Olho para a minha garrafa de vinho vazia, para minha caixa de lenços vazia e para o que sobrou do sorvete.

— Mais ou menos.

— Quer que eu fique com você?

Sinto minhas bochechas corarem.

— Você quer dormir comigo?

— Não! Nossa, não. — Ele parece atrapalhado de um jeito que eu costumava achar muito sedutor. — Só achei que você poderia querer companhia hoje à noite. E eu poderia te fazer companhia. Fico no sofá, claro. Se você quiser.

— Você não precisa dormir um pouco?

— Dormir? Não sei o que isso significa.

Apesar de tudo, dou uma gargalhada. Jake parece funcionar bem com poucas horas de sono.

— Não se preocupe — digo. — Gretchen, a minha amiga, foi embora agora há pouco. E já vou deitar. E também seria esquisito se você viesse.

— Eu não deixaria ser esquisito.

— Não sei se você é capaz de controlar esse tipo de coisa — digo, bocejando. — Enfim, acho que vou tentar dormir um pouco.

— Tá bom — diz Jake. — Só não se esqueça de trancar a porta.

— Meu Deus — resmungo. — Não precisa ficar tão preocupado. Ninguém vai invadir a minha casa hoje para me matar. Acho muito improvável.

— Tranque a porta.

— Tá bem, mamãe — respondo. — Enfim, boa noite. Obrigada pelas informações assustadoras.

— Boa noite, Syd.

Nós dois desligamos e, por um momento, fico sentada sem me mexer, olhando para a tela do celular. Depois me levanto do sofá, vou até a porta e confiro se está trancada.

CAPÍTULO 16

ANTES

TOM

Acordo todo suado.

Estava sonhando com Daisy. *De novo*. Sonho com ela dia sim, dia não. E todas as vezes acordo com meu coração acelerado e os lençóis encharcados de suor.

No sonho, Daisy e eu estávamos na cozinha preparando algo para comer. Eu adorava cozinhar com minha mãe quando era pequeno, e ainda gosto, apesar de meu pai dizer que cozinhar é "coisa de mulher". Aprendi a afiar facas usando a borda da caneca de cerâmica, e por isso todas as nossas facas são muito afiadas. Afiadas até demais.

Daisy estava cortando legumes quando soltou um uivo de dor. Na vida real, ela teria cortado no máximo a ponta do dedo, mas, no meu sonho, ela conseguiu decepar a mão inteira, que ficou sobre a mesa com os dedos ainda se mexendo. Então Daisy olhou para mim com aqueles olhos azuis cheios de lágrimas. *Sofri um acidente, Tom*.

O *que eu devo fazer?*, perguntei, desesperado, vendo o sangue jorrar do toco de seu braço esquerdo.

Agora, disse Daisy, *fiquei assimétrica. Você vai ter que cortar a outra mão para eu voltar a ficar simétrica.*

Mesmo no meu sonho, reconheci que essa não era uma boa ideia. Mas, obedientemente, peguei a faca no porta-facas, enquanto Daisy posicionava a mão direita sobre o balcão da cozinha. Levantei a faca acima da cabeça e golpeei com força seu antebraço direito. Fiz um corte perfeito que atravessou o osso, decepando a mão direita.

Foi quando acordei.

Pela terceira ou quarta vez nesta semana, sonho que estou estrangulando ou esfaqueando minha linda namorada. Em outras duas ocasiões, eu a segurei debaixo da água até ela se afogar. E toda vez que acordo, sinto um alívio enorme.

Não fiz nada. Não machuquei Daisy. Ela está bem.

Porém, o alívio que sinto hoje à noite dura poucos segundos. É o tempo que levo para perceber o barulho que me acordou. Gritos.

Minha mãe está gritando.

Salto da cama e não me dou ao trabalho de vestir uma roupa, estou só de cueca e camiseta. Fazia muito tempo que não a ouvia gritar desse jeito. Quando eu era mais novo, isso acontecia com frequência. Minha mãe dizia para eu não sair do quarto, caso ouvisse barulhos assustadores. *Tommy, se esconda no armário*, ela me dizia. *Prometa que você só vai sair do armário quando eu chamar.*

Ao descer as escadas, percebo que os gritos vêm da cozinha. O som da voz potente de meu pai ecoa pela casa.

— O que eu faço fora de casa não é da tua conta! — grita ele. — Você só tem que fazer duas coisas nessa vida: ficar bonita e cozinhar o jantar! E está fazendo um trabalho de merda nas duas!

Alguma coisa quebra na cozinha — ele está jogando os pratos em cima dela. Sinto uma raiva intensa tomar conta de mim. Ele não pode falar com a minha mãe desse jeito. Ele podia fazer isso quando eu era pequeno. Mas hoje não.

Ele ainda é maior do que eu. Preciso equilibrar as coisas.

Preciso de uma arma.

Nesta casa, a maioria das coisas que poderiam servir de arma está na cozinha, e é onde ele está agora. Olho ao redor na sala de estar e vejo o atiçador de fogo apoiado na lareira. A ponta do atiçador é afiada o suficiente para perfurar a pele. Imagino como seria acertar meu pai com ela.

Sim, o atiçador serve.

Entro na cozinha segurando o atiçador de metal com a mão direita. Minha mãe está toda encolhida no chão da cozinha, chorando com as mãos no rosto, e meu pai está de pé diante dela, fedendo a uísque. Chego a tempo de ver meu pai quebrar uma caneca no chão, a dois centímetros do rosto da minha mãe, que grita mais uma vez.

— Ei — rosno. — Saia de perto da minha mãe.

Meu pai escuta minha voz, mas demora um instante para se dar conta de que estou na cozinha. E, quando ele me vê, ri da minha cueca.

— Volte para a cama, moleque — diz ele.

Ele nunca me chama pelo nome. É sempre "moleque" ou "menino". Mas hoje ele vai descobrir que não sou mais um moleque.

— Saia de perto da minha mãe. — Ergo o atiçador de fogo na altura da minha cabeça. — Ou você vai ver.

Meu pai me olha de cima a baixo. Ele observa a ponta afiada do atiçador de fogo na minha mão direita e, depois de alguns segundos, começa a gargalhar. Ele fala para minha mãe:

— Luann, dá para acreditar numa coisa dessas? Teu filho está me ameaçando com o *atiçador de fogo*.

Minha mãe tira as mãos do rosto. Não sei dizer se os olhos estão inchados de tanto chorar ou se ela apanhou do meu pai.

— Tommy, por favor, não faça nada. Volte para o seu quarto.

— Faça o que tua mãe mandou, menino. — diz ele. — Volte para o teu quarto e não se meta onde não é chamado.

— Não. Não vou voltar para o meu quarto.

Olho meu pai nos olhos. Sou muito mais parecido com a minha mãe — temos o mesmo nariz, queixo e constituição física —, mas eu e ele temos os mesmos olhos. Muito, muito escuros e focados naquilo que a gente quer.

Em dois passos rápidos, meu pai cruza a cozinha. Por um instante, ele fica perto o suficiente para eu acertá-lo. Poderia cravar a ponta afiada do atiçador na sua barriga de cerveja e tudo estaria resolvido. Ele nunca mais machucaria minha mãe.

Mas hesito. Afinal de contas, ele é meu pai. Eu seria mesmo capaz de fazer uma coisa dessas?

Essa hesitação é o que basta. Ele arranca o atiçador da minha mão antes que eu possa fazer qualquer coisa.

— Então, Tom. — Ele continua me olhando nos olhos. — O que você estava falando?

Não acredito nisso. Como pude perder essa chance? Minha mãe, que estava encolhida no chão, levanta com dificuldade e corre na direção dele.

— Bill, não se atreva a machucar o menino!

Ele a empurra para o lado com muita facilidade, como se ela fosse uma boneca de pano. Minha mãe cai de novo no chão e bate a cabeça na lateral do fogão, fazendo um barulho terrível. A batida não é suficiente para fazê-la desmaiar, mas ela fica sem ação.

E agora somos eu e meu pai, que segura o atiçador de fogo na mão direita.

— Escuta aqui, moleque — diz ele, com a voz grave e ameaçadora. — Não se meta onde não é chamado, entendeu?

Não respondo. Ele levanta o atiçador de fogo e encosta a ponta na minha barriga. Não é o suficiente para me cortar, mas rasga minha camiseta e me faz sentir dor.

— Bill! — minha mãe chora, caída no chão. — Por favor! Pare!

Ele vira a cabeça para falar com ela.

— Cala a boca, Luann. Senão, vou estripar o moleque.

Ele seria capaz de fazer isso. Está muito bêbado e é uma pessoa muito ruim. Além disso, não há a menor chance de eu arrancar o atiçador da mão dele. Basta um golpe bem dado para rasgar minha pele e perfurar meu intestino. Um jeito horrível de morrer.

— Você vai parar de se meter onde não é chamado? — ruge meu pai.

Quando não respondo, ele me golpeia com mais força. A ponta afiada corta minha pele e, rapidamente, a camiseta branca e rasgada fica vermelha com meu sangue. A dor é intensa o suficiente para fazer meus joelhos dobrarem. Minha mãe está chorando e implorando para ele não me machucar, mas ela não se mexe. Ela sabe que não pode me ajudar.

Uma parte de mim quer que ele vá em frente. Deixe que ele me mate e passe o resto da vida na cadeia, minha mãe estaria a salvo. Porém, outra parte de mim não quer morrer. Ainda quero fazer muita coisa na vida. Quero me tornar cirurgião. Quero perder a virgindade com Daisy Driscoll e, um dia, quero me casar com ela. Não sei se vou conseguir fazer todas essas coisas, mas sei o que *não* quero. Não quero ser morto pelo meu pai na cozinha desta porcaria de casa.

— Tá bom — digo. Levanto as mãos. — Você que manda.

Ele funga.

— E o que você vai fazer se ouvir alguma coisa no meio da noite? Você vai ficar na tua?

— Vou — respondo, com os dentes cerrados.

— O quê? Não ouvi direito.

— *Vou*.

Satisfeito, meu pai abaixa o atiçador de fogo. A dor intensa desaparece, substituída por uma dor fraca. A parte de baixo da minha camiseta está encharcada de sangue. Tenho que dar um jeito de me limpar antes de voltar para a cama. Não quero sujar meu lençol de sangue.

— Agora suma daqui, moleque — dispara meu pai.

Eu não quero, de forma alguma, deixar minha mãe sozinha, mas ela me olha como quem está implorando para fazer o que meu pai mandou. Essa história ainda não acabou. Ele vai ultrapassar os limites e matar minha mãe. Mas não vou deixar isso acontecer.

CAPÍTULO 17

DIAS ATUAIS

SYDNEY

Hoje é o velório de Bonnie.

Foi em uma igreja no Brooklyn, onde os pais dela moram. É irônico, porque tenho quase certeza de que Bonnie nunca pôs os pés em uma igreja desde que ficamos amigas. Ela não era religiosa nem nada, mas... Quero dizer, ela não era religiosa. Mas também não era *contra* a religião. Ela não ficaria ofendida de saber que seu velório aconteceu numa igreja, ainda mais se esse fosse o desejo de seus pais.

Ela se ofenderia em saber que teve um velório aos trinta e três anos.

Gretchen, Randy e eu estamos apertados em um táxi, a caminho de Bensonhurst, com um odor forte de assentos de couro no ar. Randy queria pegar a linha D do metrô em vez de um táxi, mas eu não estava a fim de encarar um transporte público usando minha roupa chique de velório. E se alguma coisa acontecesse e a gente não chegasse a tempo? Bonnie adorava ser pontual. Se a gente se atrasasse, acho que ela nos assombraria por um ano.

— Você trouxe lenço? — pergunto para Gretchen, que está sentada entre mim e Randy.

— Quilos — confirma ela.

— Por que você precisa de tantos lenços? — pergunta Randy. — Será que vai ter alguma coisa para comer?

Randy está usando um terno azul-marinho que pode, com certo esforço, ser confundido com preto. Parece que ele tentou pentear o cabelo castanho-escuro que vive bagunçado, mas, como deixou a janela do táxi entreaberta a corrida inteira, o vento acabou com seu penteado.

— Estamos indo a um velório — digo. Ele olha para mim com cara de paisagem, então acrescento: — É *triste*.

— Sim, mas… — Ele franze a testa. — Vocês eram só amigas. Não é como se ela fosse sua mãe ou sua irmã.

Olho para Randy, perplexa. Ele não está tentando ser um idiota. Está realmente confuso com o fato de estarmos tristes com a morte de Bonnie. Felizmente, antes que eu dissesse algo do qual me arrependeria mais tarde, Gretchen dá uma cotovelada nas costelas dele.

— Não seja idiota — diz ela.

Sábias palavras.

A igreja é uma estrutura gigantesca que parece ocupar metade da quadra. Ergo a cabeça para ver o campanário e a cruz que fica no alto da torre. O táxi encosta diante do que parece ser uma escadaria infinita na entrada da igreja.

Antes que eu consiga abrir minha bolsa, Randy entrega um punhado de notas para o motorista.

— É por minha conta — diz ele. — É o velório da Bonnie e vocês estão tristes.

Eu me sinto um pouco culpada, porque Randy não ganha muito como zelador, mas aprendi a aceitar quando as pessoas se oferecem para pagar. Desço do táxi e Gretchen está logo atrás de mim. Ela está arrumando a saia preta que revela suas pernas magras e definidas.

— Ai — diz ela. — Você acha que essa saia é curta demais para um velório?

— Não — respondo, apesar de pensar que é, sim, meio curta demais. Mas o que ela poderia fazer? Gretchen não tem como voltar para casa e se trocar.

Eu me viro para seguir Randy e Gretchen e subir a escadaria enorme que leva à porta de entrada, quando vejo um homem encostado do lado da igreja. Meu estômago se revira quando percebo que é o policial Jake Sousa. Digo para meus amigos guardarem um lugar para mim e me aproximo de Jake, com a bolsa agarrada ao corpo.

Jake me nota um segundo depois. E me dá um sorriso triste.

— Meus pêsames — diz ele.

Não quero os pêsames dele. Só uma coisa importa para mim.

— Você já prendeu alguém?

Ele abaixa a cabeça.

— Infelizmente, não.

Não acredito nisso. Faz uma semana que Bonnie foi assassinada e, a cada dia que passa, fica mais difícil para eles prenderem alguém.

— Você localizou o namorado dela?

Ele balança a cabeça.

— É por isso que estou aqui. Estou torcendo para que ele apareça.

— Você acha que ele é burro nesse nível?

— É muito comum os assassinos irem ao velório de suas vítimas. Vários já foram presos nessas circunstâncias.

— Uau. — Olho para ele com cara de desdém. — Você deve estar muito desesperado.

Ele olha para o chão.

— Olha, sinto muito. Sei que as notícias não são boas. Mas você não faz ideia de como estou me empenhando para encontrar esse canalha. Ainda nem sabemos se foi o namorado que cometeu o crime. Talvez tenha sido uma pessoa completamente diferente.

A frustração dele é visível. Quando estávamos namorando, Jake resolvia uma quantidade enorme de homicídios. Se eu fosse assassinada, gostaria que ele fosse o investigador responsável pelo meu caso. E acredito que, se ele não for capaz de encontrar a pessoa que matou Bonnie, ninguém mais é.

Mas talvez ninguém seja. O que é uma ideia muito deprimente.

E assustadora.

— Você continua trancando sua porta à noite? — pergunta Jake.

— Continuo — respondo. — Mas não se preocupe. Não estou saindo com ninguém.

Parece que ele não sabe o que fazer com essa informação. Jake é um policial grande e musculoso que nunca perde a pose, e eu sempre achava muito divertido quando conseguia deixá-lo sem jeito, nem que fosse só um pouquinho.

Eu me lembro do perfil de Jake no Cynch. Ele pode até passar a impressão de que está muito ocupado para se envolver com alguém, mas continua procurando. Ele ainda espera encontrar sua cara-metade, mesmo que não consiga dar a essa pessoa o que ela quer.

— Se notar qualquer coisa suspeita no velório, você me avisa? — pede ele.

— Aviso.

Ele franze a testa e aperta os lábios.

— Tome cuidado, Syd.

Jake me diz isso como se eu já não estivesse apavorada o suficiente.

Ao entrar na igreja, noto uma mulher de uns sessenta anos de pé mais para trás. Ela está usando saia e casaco pretos e tem os olhos inchados e dolorosamente vermelhos. É a mãe de Bonnie. Só de olhar para ela, sinto uma pontada no peito. Por mais terrível que isso seja para mim, deve ser um milhão de vezes pior para ela.

A mãe de Bonnie está conversando com alguém, mas olha para mim e sussurra "com licença" para a pessoa, então vem na minha direção. Por instinto, recuo. Não que eu não queira falar com a Sra. Griffin, mas me sinto profundamente triste só de olhar para ela.

— Você é a Sidney? — pergunta ela.

— Sou. — Concordo com a cabeça. — Eu… eu sinto muito, Sra. Griffin.

— Obrigada. — Mais lágrimas escorrem pelo seu rosto. — Sinto tanto a falta dela. É muito doloroso para mim.

— Sinto muito mesmo — digo mais uma vez porque não sei mais o que falar.

— Você foi uma boa amiga, Sydney. Valorizo muito isso.

— Obrigada. Ela era uma boa amiga também. Vou sentir muito a falta dela.

A Sra. Griffin enxuga os olhos delicadamente com um lenço de papel que já está nas últimas. Ela nem se deu ao trabalho de passar rímel, o que foi uma decisão acertada.

— A polícia me disse que ela estava envolvida com um homem. Você faz ideia de quem seja?

— Ela me contou que estava saindo com alguém, mas não deu muitos detalhes.

— Ela… ela não te contou o nome dele? Nem mostrou uma foto?

— Pior que não.

— Mas como é possível? — explode ela. — Vocês, meninas, conversam o tempo inteiro! E vivem tirando fotos de tudo quanto é coisa. Uma vez, a Bonnie me mandou cinco fotos de um sushi! Como é possível não ter nenhuma imagem desse homem que ela estava namorando?

Dou um passo para trás.

— Eu... Eu não sei.

— Você deve saber de alguma coisa! — Ela começou a chorar de novo. — Por favor, Sydney! Você tem que se lembrar de alguma coisa! Você não pode deixar esse homem se safar depois de ter matado a minha filha!

— Eu...

— Se fosse com você — dispara ela —, a Bonnie faria tudo o que estivesse ao alcance dela para encontrar o culpado! Ela não ia simplesmente dar de ombros e dizer para a sua mãe que não sabia de nada!

A Sra. Griffin está quase gritando. Felizmente, uma amiga ou parente aparece, coloca o braço ao redor de seus ombros e a leva para longe de mim. Apesar de que, a essa altura, já estou tremendo feito vara verde.

O pior é que ela está certa. Ainda me lembro de como Bonnie encarou o Kevin de verdade para me proteger. Se a situação fosse outra, ela não desistiria tão fácil. Não fiz nada para ajudar a prender o monstro que matou minha amiga.

Se eu pudesse voltar no tempo, teria perguntado mais sobre o cara. Qual é o nome dele? Você tem uma foto? Onde ele trabalha? É claro que as respostas poderiam ser mentirosas, mas pelo menos seria alguma coisa.

Mal consigo andar até onde Gretchen e Randy estão sentados, perto do altar da igreja. Tenho que me espremer para me sentar ao lado deles. De repente Gretchen começa a chorar de novo.

— Vi a mãe de Bonnie gritando com você — diz ela. — Você está bem?

— Sim — minto. — Ela está arrasada. Eu entendo.

— Mas é claro que ela está arrasada! — concorda Gretchen, fungando. — Isso é terrível!

Por um instante, imagino como seria se fosse minha mãe no meu velório, chorando desesperadamente como ela fez quando meu pai morreu. O assassinato de uma filha é o tipo de coisa que você não consegue aceitar. No fim, Gretchen e eu vamos seguir com nossas vidas, mas a Sra. Griffin, não. Nunca mais.

Randy dá a mão para Gretchen. Ela lhe agradece com um sorriso, o que me deixa ainda mais triste por não ter ninguém que me dê a mão. E talvez eu nunca tenha. Afinal, minhas experiências recentes foram ruins ou péssimas, e agora tenho pavor até de entrar no Cynch.

Olho para trás tentando ver se Jake entrou na igreja. Pelo menos a presença dele me conforta, mesmo as coisas não tendo dado certo entre a gente. Mas, em vez de Jake, vejo algo que me deixa chocada.

É Kevin.

Kevin veio para o velório de Bonnie.

CAPÍTULO 18

O que o Kevin de verdade está fazendo no velório da Bonnie?

Jake me pediu que o avisasse se eu visse algo suspeito, e a mãe de Bonnie praticamente me intimou a falar sobre o assassinato da filha. Preciso admitir que ver o homem que Bonnie tinha enfrentado aparecer em seu velório é a coisa mais suspeita que aconteceu desde que encontrei o corpo da minha amiga.

Mas… será que é ele mesmo?

Não tenho certeza. Ele está do outro lado da igreja, que está surpreendentemente escura. Então, é possível que eu esteja enganada. Bem possível.

Estico o pescoço, tentando enxergar melhor, mas não sou bem-sucedida, porque as portas da igreja se abrem. É o caixão de Bonnie sendo carregado por um grupo de pessoas.

Não consigo tirar os olhos do caixão de carvalho enquanto ele cruza a igreja. Considerando que, duas semanas atrás, eu e Bonnie estávamos fazendo fotos engraçadas e tomando *chai latte* juntas, me parece impossível que ela esteja dentro daquele caixão agora, onde vai permanecer por toda a eternidade. Entre os que estão carregando o caixão, reconheço o irmão dela, que está tentando se manter firme.

Eles colocam o caixão no suporte e, mais tarde, ela será enterrada em um cemitério local. É um caixão fechado por causa do que foi feito com Bonnie, mas ela não se importaria com isso. Uma vez, ela me disse que achava esquisito quando as pessoas deixavam os caixões abertos. Quem quer ficar olhando para uma pessoa morta?

Porém, eu teria gostado de vê-la uma última vez. Teria gostado de confirmar se está usando seus sapatos favoritos de salto alto e se está com o cabelo preso em um fru-fru. Eram coisas importantes para ela.

Enquanto o padre fala, não consigo tirar os olhos do caixão. Não consigo acreditar que Bonnie está morta e que seu corpo está naquela caixa. Como é possível? Como ela pode estar morta? Ela era tão jovem e havia tanta coisa que ela queria fazer na vida. Ela falava sobre tirar um ano de folga só para passar um ano viajando pela América Latina. Ela desejava guardar dinheiro para comprar uma casa na praia. Ela não sabia tocar nenhum instrumento e dizia que, com certeza, aprenderia a tocar violão. *Quando eu tiver mais tempo*, dizia.

Uma coisa muito importante para ela era encontrar sua cara-metade. Ela não gostava de ter um encontro por dia. Só se submetia a isso porque queria amar e ser amada. Queria compartilhar a vida com alguém.

Agora, nada disso jamais vai acontecer. Ela nunca vai se apaixonar. Nunca vai tocar violão. Nunca vai ter uma casa na praia. Em vez disso, vai passar a eternidade debaixo da terra.

Só de pensar nessas coisas começo a me sentir mal, como se fosse hiperventilar. Agarro meus joelhos, tentando respirar fundo. Tudo bem. Vou ficar bem. Não vou morrer com trinta e poucos anos como Bonnie.

Gretchen percebe que não estou legal e começa a acariciar as minhas costas.

— Você está bem? — sussurra ela.

— A-hã — respondo.

Gretchen fez círculos com as mãos nas minhas costas enquanto me esforço para respirar. Mas é difícil. Não consigo parar de pensar em Bonnie naquele caixão. Morta, para sempre. Apodrecendo debaixo da terra.

Isso não vai acontecer comigo. Não vou permitir.

Nunca.

CAPÍTULO 19

ANTES

TOM

Quando chego à escola, vejo duas viaturas da polícia estacionadas perto da entrada.

Quase faço meia-volta e vou embora. A presença das viaturas não é um bom sinal. Passo a mão no meu abdome, que já melhorou bastante desde que meu pai quase me matou com o atiçador de fogo.

O Lesma está encostado no muro da escola e, assim que vê o delegado, joga fora o cigarro e pisa na guimba. Embora os policiais não pareçam nem um pouco preocupados com dois adolescentes fumando.

— Ei, Lesma. — Apresso o passo para alcançar meu melhor amigo, certo de que ele deve saber o que está acontecendo. Ele sempre sabe. — Você sabe o que a polícia está fazendo aqui?

Um sorriso surge no rosto do Lesma. Ele está com uma espinha horrível no canto da boca.

— Você não sabe? Eles encontraram Brandi Healey.

— Ah, é? Ela voltou para casa?

— Não, eles encontraram *o corpo* dela. — Ele ri da minha cara. — No fim das contas, ela não fugiu de casa.

Sinto que vou passar mal. Eles encontraram Brandi. Isso quer dizer que...

— Ela estava enterrada no meio do mato perto daqui — explica ele. — Por conta de toda aquela neve do inverno, ninguém tinha visto o corpo. Parece que uma senhora estava passeando com o cachorro e foi o cachorro que desenterrou o corpo.

Eu me apoio no muro da escola, desejando ser um fumante como o Lesma, porque parece que um cigarro cairia muito bem neste momento.

— Que... horrível.

O Lesma faz que sim com a cabeça.

— E, sem querer, ouvi os policiais dizerem que ela foi torturada antes de ser morta, que fizeram a menina sofrer bastante.

— Meu Deus.

— Um negócio doentio — diz o Lesma, embora ele pareça quase contente. — Tom, vocês se conheciam bem, não?

Respiro fundo.

— Não muito.

— Conheciam, sim. Você deu aula particular para ela, não foi?

— Bem pouco. Ela nem ia às aulas direito.

— Cara. — O Lesma balança a cabeça. — Eu não teria como dar aula para aquela menina, porque ela era *muito* gostosa. Eu ia tentar ficar com ela. — Ele ri. — Mas agora já era.

Cerro os punhos porque não gosto do jeito que o Lesma está falando de Brandi.

— Não fale assim dela.

Ele me olha, surpreso.

— Qual é o problema, Tom?

Balanço a cabeça. Não quero mais falar sobre Brandi, mas tenho o mau pressentimento de que hoje ninguém vai falar de outra coisa. E se descobrirem que eu...

— Tom!

É a voz de Daisy. Ela está correndo na minha direção, com lágrimas no rosto. Antes que eu possa perguntar qualquer coisa, ela me abraça. Afasto todos os pensamentos sombrios e me concentro em tranquilizar Daisy.

— Que coisa horrível — murmura Daisy —, o que fizeram com a Brandi.

Naturalmente, Alison surge logo atrás. Enquanto estou com Daisy em meus braços e acaricio seu cabelo dourado, Alison fica olhando para mim. É difícil sacar o que se passa na cabeça dela, mas seus lábios formam uma linha reta. Naquele dia da feira da saúde, ela lembrou que eu dava aulas particulares para Brandi. Mas isso não é nenhum segredo. E não é nada de mais.

— Meu pai disse que vai descobrir quem fez isso com ela — garante Daisy, fungando na minha camiseta.

— Eles têm algum suspeito? — pergunta o Lesma.

Alison não para de olhar para mim, e isso está me dando arrepios.

— Daisy, o seu pai não disse que ele tem quase certeza de que o assassino estuda na escola?

— Foi o que ele falou — confirma Daisy. — É por isso que a polícia vai falar com todo mundo para tentar descobrir alguma coisa.

Só de pensar em ser interrogado pelo delegado, sinto vontade de vomitar. E se ele não gostar do que eu tenho para dizer…

— Tom, você me leva para casa hoje? — pergunta Daisy, toda delicada. — Sei que você tem que dar aula, mas…

— Eu cancelo.

— Mesmo?

Faço que sim com a cabeça. O menino que tem aula comigo hoje não se importa tanto assim — e é a mãe dele que paga a conta. E quer saber? Quando tocar o sinal da última aula, é possível que eu saia da escola algemado.

CAPÍTULO 20

ANTES

TOM

Devo estar no fim da lista de pessoas que conheciam Brandi Healey.

Passei a manhã inteira na escola ouvindo pessoas serem chamadas pelo alto-falante. Os primeiros vinte nomes, mais ou menos, eram de amigos de Brandi. Sem dúvida, ela tinha um monte. E depois chamaram alguns dos caras da nossa sala que, em algum momento, ficaram com ela.

Quando ouvi chamarem "Thomas Brewer", já era fim da manhã e acabei entrando em pânico. Estou tão transtornado que nem consigo me levantar da carteira e quase tropecei no meu próprio pé enquanto seguia até a porta.

— Você está bem, Tom? — pergunta a Sra. Anthony, nossa professora de inglês.

Antes que eu possa responder, um menino no fundo da sala dispara:

— Ele deve estar com medo da Daisy descobrir que ele tinha um caso com a Brandi.

Então uns imbecis ao redor dele começam a rir. Se eles acham que isso é engraçado, deve ser porque não me imaginam saindo com Brandi. Então eu não deveria nem me preocupar.

No caminho entre a porta da minha sala, no terceiro andar, e a sala do diretor, no primeiro andar, quase me convenço de que não tenho nada com o que me preocupar. Ensaio um sorriso calmo e confiante que pretendo usar quando falar com o policial. Não é nada de mais. Eles já conversaram com dezenas de outros estudantes. Sou só mais um.

Mas, quando vejo o delegado Driscoll na sala do diretor, com seu corpanzil encaixado na cadeira de madeira, perco toda a minha confiança. Não fazia ideia de que *o pai de Daisy* iria me interrogar. Por mais que me sinta intimidado por ele, o fato de ser delegado me deixa apavorado. Ser interrogado pelo delegado Driscoll é meu pior pesadelo.

Não, ele não vai me *interrogar*. Só vai fazer algumas perguntas. Preciso ficar calmo.

Pelo amor de Deus, Tom, fique calmo!

O delegado Driscoll sorri ao me ver à porta da sala. Por instinto, fico imóvel e ele acena com uma de suas manzorras indicando que devo entrar. Ele aponta para a cadeirinha na frente da mesa do diretor.

— Oi, Tom — diz ele, retumbante. — Pode sentar.

Em vez de apenas me sentar na cadeira, desabo nela, porque minhas pernas não conseguem sustentar meu peso.

— Oi, Sr. Driscoll — digo, mantendo a voz baixa e respeitosa.

— Então, Tom. — Seu sorriso desaparece e ele faz uma expressão sombria. — Já sabe por que chamamos você aqui?

— É… por causa da Brandi.

Ele faz que sim com a cabeça.

— Coisa horrível. Horrível demais. E precisamos prender o monstro que fez isso com ela.

— Sim. Com certeza.

— Então... — Ele junta as manzorras. As minhas mãos não param de suar. — Ouvi falar que você dava aulas particulares de matemática para Brandi.

— Dei, sim, por pouco tempo. E, para falar a verdade, ela faltou à maioria das aulas.

Isso não é bem verdade. Brandi nunca furou comigo. *Tom, não quero perder a chance de te ver*.

— Vocês eram próximos? — pergunta o delegado.

— Não muito.

— A-hã. — Ele coça a barba que desponta no queixo, embora deva ter se barbeado no início da manhã. — Você sabe se ela tinha namorado?

— Namorado?

Ele esboça um sorriso com o canto da boca.

— Ela comentou com as amigas mais próximas que estava interessada em um menino da sua sala, mas não disse quem era. Pelo visto, ele também estava interessado nela. E, de acordo com as amigas de Brandi, ela e o menino tinham planejado se encontrar na noite do desaparecimento dela. Mas, como eu disse, não sabemos quem é esse garoto.

Eu me esforço para manter a voz tranquila.

— Não faço ideia, senhor. Eu só era o nerd que dava aula particular de matemática para ela. Brandi não conversava esse tipo de coisa comigo.

— Certo. Entendi. — Ele suspira e se encosta na cadeira, que solta um rangido assustador. — Terrível o que aconteceu com a Brandi. E me dá vontade de deixar Daisy trancada em casa.

Faço que sim com a cabeça, tentando ser solidário.

— É claro que confio em *você*, Tom. — Ele sorri. — Estava conversando com Helen ontem à noite, e ela falou: "Que bom que a Daisy gosta do Tom, e não de um daqueles meninos rebeldes. Tom é um bom rapaz."

Tento engolir a saliva, mas parece que minha garganta está fechada.

— Obrigado, senhor.

— Aliás, quando você vai aparecer para jantar com a gente? — pergunta ele. — Minha esposa fica me perguntando.

O convite para jantar me acalma. Se ele suspeitasse de mim, não me convidaria para jantar. Ou convidaria? Não tenho como saber, mas *definitivamente* ele não ia gostar de me ver saindo com sua única filha.

Estou seguro. Por enquanto. Mas se ele descobrir...

— Vou perguntar para minha mãe se posso ir — digo. — Mas, sim. Seria ótimo.

Não há a menor chance de eu jantar na casa do delegado Driscoll.

CAPÍTULO 21

DIAS ATUAIS

SYDNEY

Até o fim do velório de Bonnie, Gretchen e eu usamos todos os nossos lenços de papel. Mas o lado bom é que estou tão exausta emocionalmente que meu pânico diminuiu.

As pessoas começam a sair da igreja e, somente nesse momento eu me lembro de ter visto o Kevin de verdade na área dos fundos. Fiquei tão abalada quando vi o caixão que não pensei em mais nada. Giro a cabeça achando que posso enxergar melhor agora, mas…

Para onde ele foi?

Ele estava sentado na última fileira. Eu vi. Bem perto do corredor. Mas ele não está mais lá. No lugar onde estava sentado, vejo um senhor de idade.

— O que você está olhando? — pergunta Gretchen.

— Hum… — Não sei como explicar isso para ela. — Você se lembra daquele encontro horrível que eu tive? Com aquele cara que tentou me agredir?

— Lembro.

— Ele estava aqui. No velório.

— Sério? — Ela arregala os olhos. — Onde?

— Ele *estava* aqui — repito. — Mas… acho que foi embora.

— O que devemos fazer? — Ela segura meu braço. — Devemos chamar a polícia?

Talvez Jake ainda esteja aqui, mas me sinto boba de falar com ele sobre isso. Quanto mais penso no assunto, menos certeza tenho de que era Kevin. Ainda estou tão abalada com o que aconteceu nos últimos dias que talvez minha imaginação esteja inventando coisas. Acho que não estou conseguindo raciocinar direito.

Enfim, nem sei se Kevin é o verdadeiro nome dele. Não tenho nenhuma outra informação. Não, já falei de Kevin para Jake e vou deixar que ele investigue o cara.

— Não se preocupe — resmungo.

— Tem certeza?

Faço que sim com a cabeça.

— Tenho. Acho… acho que me confundi.

Mas, mesmo depois de me convencer de que não era o Kevin de verdade no velório, não consigo me acalmar. Só que não posso me deixar abalar. Preciso seguir o conselho de Jake. Vou trancar a porta todas as noites e evitar o Cynch, e com sorte ele vai conseguir encontrar o monstro que matou Bonnie.

E depois a vida continua.

CAPÍTULO 22

DOIS MESES DEPOIS

SYDNEY

Estou no melhor encontro da minha vida.

No mês seguinte à morte de Bonnie, fiquei com medo da minha própria sombra e, sem dúvida, muito assustada para voltar ao mundo das paqueras. Ainda mais porque Jake e o resto do Departamento de Polícia de Nova York não conseguiram encontrar o assassino. Isso é o que mais me dá raiva. No início, eu telefonava uma ou duas vezes por semana para saber se havia alguma novidade e criticava Jake porque ele nunca tinha nenhuma. Prometi não sair com ninguém até a polícia descobrir quem tinha matado Bonnie.

Mas, um dia, eu estava jantando sentada no sofá, assistindo à TV, usando meu tradicional uniforme de camiseta e calça de moletom, quando de repente me dei conta de que, em seis meses, eu faria trinta e cinco anos. Minha vida estava passando e, depois de quase dois meses triste com a morte de Bonnie, decidi que não aguentava mais. Era hora de mudar.

Voltei para o Cynch no dia seguinte.

E fico feliz de ter feito isso, porque estou curtindo muito esse encontro. O nome do cara é Travis e ele é idêntico à sua foto de perfil. Tem cabelo castanho-avermelhado, o queixo anguloso, os braços musculosos e a altura perfeita: quinze centímetros a mais que eu.

E melhor ainda: ele parece *legal*. Temos coisas em comum. Gostamos dos mesmos filmes (não de *Rocky*), temos o mesmo senso de humor e, melhor de tudo, ele não me obrigou a falar com a mãe dele pelo FaceTime nenhuma vez desde que nos encontramos para um café.

— Preciso admitir uma coisa, Sydney — diz ele, enquanto toma uns golinhos de café. — Fazia tempo que eu não tinha um encontro tão bom.

— Eu também — concordo.

Combinamos de tomar café em um lugarzinho pretensioso que está cheio de gente porque foi indicado pelo *New York Times*. Sugeri o café, porque seria mais simples encerrar o encontro caso a gente não se conectasse, mas já pedimos dois muffins de mirtilo, um bolinho de chocolate branco com framboesa e um negócio chamado *cronut* — nem croissant, nem donut — que deve ter um milhão de calorias. Duvido que a gente consiga jantar depois disso, mas nós não queremos ir embora.

— Para ser sincero — diz ele —, eu estava a ponto de desistir. Ultimamente, só estava entrando em furada.

— Nem me fale — dou uma risadinha. — Tenho algumas histórias incríveis para contar.

— Aposto que as minhas são piores.

— Tenho lá minhas dúvidas.

Ele abre um sorriso, e eu faço o mesmo. Não quero soar apressada, mas acho que esse cara tem potencial. De verdade, acho que vamos ter um segundo encontro, depois um terceiro e talvez muitos outros depois disso.

Então, com meu olhar periférico, vejo a porta do café se abrir. Um homem entra e quase caio para trás quando vejo quem é.

É o Homem Misterioso. Depois de todo esse tempo.

Embora esteja me divertindo com Travis, não consigo deixar de olhar para o belo homem de cabelos escuros que está ocupando uma das mesas redondas de madeira. Travis é incrível, mas ele não me atingiu como um raio. A última vez que senti algo assim foi quando conheci o Homem Misterioso, e parece que faz uma eternidade que isso aconteceu. Mas, apesar de me lembrar muito bem dele, ou ele não me viu, ou não se lembra de mim, porque nem sequer olha na minha direção.

Que bom. Travis é ótimo e não devo me preocupar com um cara sexy que, obviamente, não está interessado em mim.

— Ei — diz ele, com seus intensos olhos azuis fixos em mim. — Acho que essa é a minha terceira xícara de café e duvido que consiga dormir à noite, mas não queria que esse encontro terminasse. O que você acha de sairmos daqui para jantar em algum lugar?

Fico feliz, porque estava pensando na mesma coisa.

— Eu adoraria.

— É mesmo? — O rosto dele se ilumina. — Perfeito!

Travis fica tão animado que me esqueço completamente do Homem Misterioso. Mal posso esperar para jantar com esse cara. Podemos comparar as experiências que tivemos com péssimos encontros e dividir uma garrafa de vinho. Estou feliz de verdade por não ter desistido de sair com outros caras. Bonnie estava certa: é mesmo uma questão de estatística. Embora ela estivesse errada sobre o Dr. Gostoso. Mas então o sorriso que estava no rosto de Travis desaparece. De repente, ele parece muito assustado. Sua pele fica tão branca quanto os sachês de leite sobre a mesa.

— Sydney — sussurra ele.

Não entendo por que ele parece tão chocado até ver as manchas de sangue na minha camisa.

— Ai, meu Deus! — Aperto meu nariz. — Desculpa, é que eu...

Que ótimo. Fazia mais de um ano que eu não tinha um desses malditos sangramentos de nariz e *é lógico* que isso ia acontecer no melhor encontro que tenho em anos.

Pego alguns guardanapos de papel no suporte em cima da mesa, tentando conter o sangue que escorre pelo meu rosto.

— Vou ao banheiro rapidinho e...

É quando algo terrível acontece.

Antes que eu consiga terminar a frase, Travis revira os olhos. Então desliza da cadeira e cai, batendo a cabeça no chão.

Que maravilha. O melhor encontro que tenho em anos e faço o cara *desmaiar* por causa do meu nariz idiota que não para de sangrar.

A cafeteria inteira fica em silêncio, observando meu show de horror: o nariz que continua sangrando e o cara desmaiado no chão. Uma mulher grita e, honestamente, acho um pouquinho exagerado.

— Está tudo bem — consigo dizer, com um guardanapo tampando o nariz. — Não se preocupem. É que eu...

Nesse momento, percebo que o Homem Misterioso se levantou e está vindo na minha direção, desviando das mesas pelo caminho. Uau, é claro que ele também tinha que ver meu nariz sangrando de um jeito épico. Isso está ficando cada vez melhor.

O Homem Misterioso se agacha ao lado de Travis, que aos poucos recupera a consciência, gemendo e passando a mão na cabeça. O Homem Misterioso franze a testa:

— Você está bem? — pergunta ele.

— Estou. — Travis pisca bastante e passa a mão na cabeça mais uma vez. Ele está tentando se levantar. — O que aconteceu?

— Parece que você teve um episódio de síncope vasovagal e desmaiou — responde o Homem Misterioso. — Sou médico e preciso saber se você está bem. Podemos chamar uma ambulância se você quiser.

— Um episódio do quê? — Travis passa a mão na cabeça. — Não, eu... estou bem. — Ele olha para mim e faz cara de dor. — Desculpa, eu... eu não posso ver sangue.

O Homem Misterioso olha para mim e, por uma fração de segundo, revira os olhos. Mas depois volta a olhar para Travis e começa a fazer um monte de perguntas sobre sua cabeça e sua nuca, e quer saber se ele consegue mexer os braços e as pernas. Travis parece bem, porém envergonhado. Ele não está olhando para mim do mesmo jeito que olhava antes. Na verdade, parece que está evitando fazer contato visual comigo.

— Estou bem — diz Travis para o Homem Misterioso. — Mesmo. Você deveria se preocupar *com ela*.

— Está tudo bem — digo, com convicção, apesar de estar no meu quinto guardanapo e continuar sangrando. Minha roupa já era — pelo menos por enquanto. Ao longo dos anos, aprendi alguns truques para remover manchas de sangue.

— Você não parece bem — observa Travis. Ele continua evitando olhar para mim e parece um pouco pálido. Dá para ver gotas de suor em sua testa.

— Não se preocupe — digo. — Isso acontece comigo, às vezes.

Essa era a pior coisa que eu poderia dizer para Travis, que dificilmente vai querer marcar outro encontro comigo.

— Escuta, Sydney — Travis pigarreia. — Acho que você precisa de um tempo para se recuperar dessa... situação. Vamos deixar o jantar para outro dia?

— Claro — digo. — Que tal sexta-feira?

— Hum, talvez. — Travis pega a jaqueta que estava na cadeira e suas mãos parecem um pouco trêmulas. — Eu te mando uma mensagem pelo aplicativo. A gente se fala — diz ele, enfiando os braços nas mangas da jaqueta. — Bom, até mais.

Não seria um exagero dizer que Travis saiu correndo da cafeteria, o mais rápido que pôde. Ele nem sequer pagou sua parte da conta.

E agora estamos eu e meu nariz ensanguentado com uma conta para pagar que soma seis cafés e vários muffins e bolinhos, mais um monte de guardanapos sujos de sangue e o Homem Misterioso olhando para mim.

— Duvido que a gente vá jantar na sexta-feira — digo, finalmente.

O Homem Misterioso começa a gargalhar.

— É, eu percebi.

— Isso não é engraçado. — Mesmo contra a minha vontade, meus lábios esboçam um sorriso. — Você pode não acreditar, mas, até o meu nariz começar a sangrar, esse foi o melhor encontro que tive em muito tempo.

— Com *aquele* cara? — O Homem Misterioso olha na direção da porta por onde Travis se escafedeu para nunca mais ser visto. — Acho difícil acreditar. Você merece coisa melhor. Quer dizer, um *homem feito* não pode desmaiar por causa de um nariz sangrando. É meio patético, não?

— Bom...

— Sério — diz ele —, você não vai querer ter filhos com um cara desses, vai? O que ele vai fazer quando a criança de vocês estiver jogando futebol e levar uma bolada no nariz? Você escapou por pouco.

— Talvez.

— Além disso, ele deixou a conta para você pagar. Que babaca. — O Homem Misterioso puxa a carteira do bolso de trás da calça, pega um maço de notas que cobre toda a conta e ainda sobra e coloca em cima da mesa. — Viu? Pagar a conta não é tão difícil assim.

Dou um sorriso discreto.

— Obrigada.

Tiro o guardanapo do nariz. Finalmente, parece que está parando de sangrar. Que diferença faz? Agora o estrago já está feito.

— Tem uma loja de suvenires aqui do lado — comenta o Homem Misterioso. — Vou lá pegar uma camiseta para você não ter que andar com a roupa toda suja de sangue.

— Sério? Mas lá tudo é muito caro. Você vai gastar uma fortuna.

Ele dá de ombros.

— Melhor do que ficar suja de sangue, né? — Quando ele percebe que estou hesitando, emenda: — Faço questão.

Não consigo conter o sorriso.

— Tá bom.

— E depois — diz ele —, se estiver disposta, eu adoraria levar você para jantar.

Olho para ele, chocada. Ele está mesmo me convidando para sair depois de testemunhar o vulcão de sangue que entrou em erupção no meu nariz? Ele não parece estar brincando. Ele tem os olhos castanhos e gentis concentrados em mim e um sorriso sutil nos lábios.

— Tá bom — concordo. — Eu aceito.

O Homem Misterioso abre um largo sorriso, exibindo os dentes brancos e perfeitos e, mais uma vez, é como se eu fosse atingida por um raio. Travis parecia ser um ótimo sujeito, mas eu não me senti atraída por ele com a mesma intensidade. Esse é o tipo de coisa que você não sente com tanta frequência. E parece que o Homem Misterioso também foi atingido por um raio.

Quem sabe meu nariz sangrar tenha sido a melhor coisa que podia acontecer.

— Meu nome é Sydney — digo.

— É um prazer, Sydney — diz ele. — Eu sou Tom. Tom Brown.

CAPÍTULO 23

ANTES

TOM

Já faz uma semana e tudo indica que "nenhum suspeito foi preso no caso envolvendo a morte de Brandi Healey".

O delegado Driscoll veio à escola de novo e chamou vários alunos para conversar novamente na sala do diretor, mas eu não estava na lista dessa vez. Eles ainda estão procurando o namorado misterioso de Brandi, mas não estão com muita sorte.

A maioria das pessoas convocadas é amiga próxima de Brandi. O único na lista que conheço bem é o Lesma. Não faço a menor ideia do motivo que levou a polícia a querer falar com *ele*. O Lesma mal conhecia Brandi.

Além de não ter me interrogado uma segunda vez, o delegado me pediu que levasse sua filha da escola para casa todo dia, enquanto a polícia não encontra o monstro que matou Brandi. Ainda dou aulas particulares, mas Daisy me espera — e não parece se incomodar com isso. Ela fica na biblioteca da escola, lendo seus livros de boa. Sempre que está concentrada em alguma coisa, ela coloca a língua um pouquinho para fora. É bem fofo.

Estou ansioso para acompanhar Daisy todos os dias. Porém, neste momento, estou ansioso para fazer outra coisa. Hoje, no laboratório de biologia, vamos dissecar um feto de porco. Faz meses que espero pela chance de fazer essa dissecação e a aula só não vai ser perfeita porque é Alison que forma dupla comigo no laboratório.

Eu achava que não era possível, mas Alison está me tratando com ainda mais frieza desde que encontraram o corpo de Brandi. Ela me ignora na maior parte do tempo e, quando olha para mim, está sempre com uma expressão de raiva no rosto. Essa é nossa primeira aula no laboratório de biologia desde que tudo aconteceu, e estou torcendo para que ela tenha falado com a professora para trocar de dupla. Eu não me importaria de trocar. Na verdade, até gostaria. Mas não tive tanta sorte. Quando chego ao laboratório, Alison já está ocupando seu lugar.

— Oi, Alison — digo, da maneira mais simpática possível.

Ela me encara como se estivesse chocada por eu ter cometido a ousadia de dar oi.

— Não vejo a hora de terminar essa aula — resmunga ela.

Para me preparar, li o conteúdo da aula na noite passada. Quando a professora coloca na nossa frente o porquinho estirado sobre a bandeja, com os olhinhos espremidos e os traços quase totalmente formados, sei exatamente o que fazer. Mas, como estou tentando ser legal com Alison, deslizo o bisturi na direção dela.

— Pode fazer as honras — digo.

— Não, obrigada. — Ela desliza o bisturi de volta para mim. — Pode fazer você.

— Certeza?

— Absoluta. — Então ela resmunga baixinho: — Você sempre faz.

Preciso dizer que me incomoda o fato de Alison estar sentada ao meu lado, me julgando em silêncio, enquanto faço o que precisa ser feito para conseguir a nota máxima no laboratório de biologia. Ela tinha de ficar feliz por fazer dupla comigo — já que eu faço todo o trabalho. Ela não tem nenhum interesse em dissecações. Parece que nem quer *olhar* quando abro a barriga do feto de porco para expor seus intestinos. Se não fosse por mim, ela seria reprovada nessa disciplina.

Sim, gosto das aulas no laboratório. E daí? Algum problema?

O tempo passa rápido e, perto do fim da aula, a Sra. Shipley vem conferir nosso trabalho. Ela vê os órgãos cuidadosamente dispostos sobre a bancada e me dá um olhar de aprovação.

— Tom e Alison, bom trabalho.

— Foi o Tom que fez tudo — diz Alison. — Eu só fiquei olhando.

A Sra. Shipley não sabe como reagir frente a essa confissão.

— Ele fez tudo?

— Sim — confirma Alison. — Ele gosta muito de dissecar. E eu não quis ser uma estraga-prazeres.

A Sra. Shipley franze a testa.

— Bom, a ideia é que cada um faça um pouco do trabalho. Para ser justo.

Ela diz isso e segue para a bancada seguinte. Alison está olhando para suas unhas cortadas bem curtas. Desde que formamos uma dupla, ela faz comentários sarcásticos sobre minhas habilidades no laboratório, e já estou ficando de saco cheio.

— Qual é o seu problema? — disparo.

Ela se vira para mim, piscando os olhos de cílios longos.

— O problema não é *comigo*.

A maneira como ela fala faz meu corpo congelar. Alison nunca gostou de mim, mas a coisa piorou de uns tempos para cá. Mais ainda na última semana.

Mas não vou deixar Alison me afetar. Está quase na hora de ir embora e vou poder ver Daisy e levá-la para casa. Alison *não* vai me impedir de fazer isso.

Pelo menos ela me ajuda a limpar tudo e, assim que terminamos de organizar a bancada, o sinal toca. A aula acabou. Finalmente, posso ir embora. Vou ficar uma semana sem ter de lidar com Alison, até a próxima aula no laboratório.

Pego minha mochila debaixo da bancada e estou pronto para encontrar Daisy no corredor. Mas, antes que eu consiga sair, sou agarrada pelo braço. Eu me viro e Alison está atrás de mim. Ela colocou o cabelo castanho e liso atrás das orelhas e me encara com os olhos turvos por trás dos óculos grossos.

— Tom — diz ela —, precisamos conversar. *Agora*.

CAPÍTULO 24

— Precisamos conversar. *Agora*.

Alison está com uma expressão muito séria quando diz essas palavras. Ela tem bolsas sob os olhos e imagino como será quando ficar mais velha. Parece que Alison já nasceu velha.

— Não posso — resmungo. — Tenho que encontrar a Daisy.

Isso não é totalmente mentira. *Tenho* que encontrar Daisy. Mas não é por isso que não quero conversar com Alison.

— É importante. — Ela inclina a cabeça para me sondar e, de repente, me dou conta de como Alison é baixinha, menor até do que Daisy. Mas alguma coisa faz Alison parecer mais alta do que realmente é, principalmente quando está sentada, como aconteceu durante a aula no laboratório, mas, quando está de pé, ela bate na altura dos meus ombros. — Vai ser rápido.

Algo na voz dela deixa claro que não tenho escolha. De um jeito ou de outro, Alison e eu vamos conversar. Então é melhor acabar logo com isso.

— Tá bom.

O sinal já tocou e os estudantes estão saindo da escola. Daisy está me esperando no corredor, então rapidamente mando uma mensagem de texto para ela dizendo que vou me atrasar. Preciso inventar uma desculpa para explicar o motivo do atraso, mas penso nisso mais tarde.

Perto do laboratório, há uma sala de aula que parece estar vazia. Alison me segura pelo braço e me leva até a sala. Só começo a ficar nervoso de verdade quando ela fecha a porta. O que ela quer? O que ela tem para dizer que ninguém mais pode ouvir?

— O que foi? — A irritação na minha voz disfarça a ansiedade. — O que é tão importante?

Alison olha para mim. As luzes da sala estão apagadas e, apesar de as janelas oferecerem um pouco de luz natural, as sombras no rosto de Alison dão a ela um ar ameaçador.

— Quero que você pare de falar com a Daisy.

— O *quê*?

— Você ouviu o que eu disse.

— A Daisy é minha namorada. — Apesar de tudo, sempre que menciono essas palavras, sinto uma descarga de felicidade. *A Daisy é minha namorada*. Sou o cara mais sortudo do mundo. — Não posso parar de falar com ela.

— Tudo bem — diz Alison —, então termine com ela.

O *quê*?

— Você está louca, Alison. — Passo a mochila para o outro ombro. — Não quero mais falar sobre isso. Vou embora.

Começo a seguir na direção da porta. Minha mão está quase alcançando a maçaneta quando Alison diz:

— Vi você beijando a Brandi Healey.

Ok, ela conseguiu chamar minha atenção. Eu me viro e a mochila faz um estrondo quando cai no chão.

— Não sei do que você está falando.

— Não minta, Tom. — A voz dela está carregada de ódio, ela me *despreza*. — Eu vi. Nos fundos da escola, poucos dias antes de ela desaparecer. E não foi só um beijinho na bochecha. Vocês estavam se pegando.

Acho que vou desmaiar. Achei que ninguém tinha visto. Achei que só eu e Brandi sabíamos disso, e depois só eu. Agora, parece que Alison também sabe.

Isso é um problema.

— Você é o namorado — continua ela. — O misterioso namorado que Brandi ia encontrar na noite em que foi morta.

Não posso dizer que isso é mentira.

— É você que a polícia está procurando — diz ela. — Brandi não contou nada para ninguém, mas eu *vi* vocês.

Eu me apoio em uma das mesas, tentando controlar meu coração acelerado. Abaixo a cabeça, incapaz de olhar para ela.

— Nós não éramos namorados. Foi só um beijo. Não significou nada.

— Então por que vocês estavam se encontrando escondido?

Não sei como responder a essa pergunta. Não vou mentir: nosso beijo foi bem intenso. E também não vou mentir dizendo que não gostei do beijo. Mas, por fim, decidi não falar mais nada além disso. Na época, apesar de não ter tido coragem de me declarar, eu já estava apaixonado por Daisy. Não estava interessado em Brandi, embora ela estivesse muito interessada em mim.

Na noite em que deveria encontrar Brandi, minha ideia era confessar isso tudo. Mas ela nunca apareceu.

— Você contou isso para alguém? — pergunto.

— Não — responde ela —, e não vou contar para ninguém, mas você precisa parar de falar com a Daisy.

— Ela não vai gostar disso.

— Ela vai superar. Não vou permitir que você machuque a Daisy.

— Eu *jamais* machucaria a Daisy.

— Sinceramente — diz ela —, não sei do que você é capaz. Todo mundo acha que o Lesma é o cara esquisitão e que você é o cara legal, porque você é educado, inteligente e bonito. Mas você é tão ruim quanto ele. Na verdade, você é pior. Porque você disfarça. O Lesma pode ser esquisitão, mas você é *perigoso*.

— Isso não é verdade — digo.

— Besteira. — Seus olhos brilham. — Passei o ano inteiro fazendo laboratório de biologia com você. Vi como você é. Vi como você é bom na hora de dissecar um bicho. Ninguém consegue ficar bom assim só de ler o conteúdo da aula. Você sabe... *exatamente* o que está fazendo. Vai me dizer que não matava e dissecava bichos quando era pequeno? Igual a um psicopata?

Cada palavra que ela pronuncia parece um soco no meu estômago. Eu me inclino para a frente e descanso minhas mãos sobre as pernas, ao mesmo tempo que tento respirar fundo.

— Por favor, não diga mais nada.

— Fique longe da Daisy.

Mesmo com tudo que ela está dizendo, mesmo com todas as ameaças, balanço a cabeça.

— Não me peça uma coisa dessas. Eu amo a Daisy. E nunca a machucaria.

— Se você ama a Daisy de verdade — diz ela —, você sabe que tenho razão. Sabe que é melhor você se afastar. Enquanto vocês estiverem namorando, Daisy corre perigo, e não vou ficar parada sem fazer nada. Eu também amo a Daisy.

As palavras de Alison mexeram comigo. Eu amo a Daisy. Mas, quando sonho com ela, parece que estou em um filme de terror barato. Não quero que nada de ruim aconteça com ela, mas existe uma parte minha que não confia em mim mesmo. Às vezes, fico preocupado que meu relacionamento com Daisy possa colocar sua vida em perigo.

— Por que você não contou para a polícia sobre mim e Brandi? — pergunto. — Por que veio falar comigo primeiro?

Ela dá de ombros, relutante em me dar uma resposta. Mas consigo ver a verdade em seus olhos. Alison tem medo de mim. Ela sabe que sou muito bom em não deixar rastros e o delegado virou meu fã. Ela tem medo de falar com a polícia e não dar em nada, e aí ela não terá mais o que fazer. Nós dois seríamos inimigos, e ela não quer uma coisa dessas.

Esse é o tanto que ela tem medo de mim.

— Você pode pensar no assunto por alguns dias — diz ela. — Mas depois vou falar com o delegado Driscoll.

Se ela contar para o pai de Daisy que eu era o namorado secreto de Brandi, existe uma possibilidade de ele não acreditar na história, mas existe uma possibilidade ainda maior de ele me proibir de ver Daisy. Só isso já acabaria com nosso relacionamento. Alison me deixou sem saída. Amo Daisy, mas não importa a minha escolha, nós vamos acabar terminando.

Não sei o que fazer.

Como combinado, Daisy está me esperando no corredor. Quando ela me vê, seu rosto se ilumina. Reconheço a expressão, porque é exatamente assim que eu me sinto. Toda vez que olho para ela, fico rindo feito um idiota.

— Tom! — Ela pega a mochila pesada que estava no chão. Tenho vergonha de dizer que nunca mais me ofereci para carregar a mochila depois daquela primeira vez. — Está tudo bem?

— Está. Só demorei um pouco mais porque estava limpando a bancada do laboratório.

Está tudo bem, a não ser pelo fato de que talvez a gente tenha que terminar porque sua melhor amiga me flagrou beijando aquela menina que foi assassinada e ameaçou falar com o delegado, que por acaso é seu pai. Fora isso, está tudo ótimo!

— Você parece… — diz ela, inclinando a cabeça para o lado. — Tem certeza de que está tudo bem?

— A-hã. — Dou um sorriso amarelo. — Vamos?

Acompanho Daisy e, conforme prometi ao pai dela, pegamos o caminho para casa sem nenhum desvio. O tempo esquentou consideravelmente. Toda a neve acumulada durante o inverno já derreteu faz tempo. Em geral, não sou muito fã de neve, mas gostaria que ela ainda não tivesse derretido. Para eu ter um pouco mais de tempo até descobrirem o corpo de Brandi, muito embora isso fosse inevitável.

— Desculpa por você ter que me levar para casa todo dia só porque o meu pai pediu — diz ela. — Sei que parece besteira. Não vai surgir um cara do nada para me matar à luz do dia.

Seguro sua mão.

— Gosto de levar você para casa.

— Jura?

— É a melhor parte do meu dia — confesso, sendo bem sincero.

Daisy sorri para mim.

— Do meu também.

Eu amo você, Daisy. Amo você desde a primeira vez que a vi. Faria de tudo para não perder você. Mas não sei se existe outra solução…

— Meu pai está tentando me convencer a não ir para a universidade. — Ela revira os olhos. — Como se eu pudesse ficar aqui depois que terminar o ensino médio.

— Você já sabe quais as universidades que vai tentar?

Ela me dá um sorriso tímido.

— Não sei ainda. Quais que *você* vai tentar?

— Também não sei.

— Bom, quando for a hora — diz ela —, a gente pode comparar as nossas listas. O que acha?

Duas semanas atrás, um comentário desses teria me deixado perplexo. Outros caras querem aproveitar a universidade para sair com o maior número possível de meninas, mas eu não sou assim. Tudo o que eu quero é passar o resto da minha vida com Daisy. E agora, por causa da Alison, isso será impossível.

Apesar de que, sendo justo, isso já era impossível antes. Eu estava me iludindo por pensar em qualquer coisa diferente disso.

— Amo você, Daisy — desabafo.

Surpresa, ela para de repente. Ela pisca movendo os cílios claros, enquanto assimila o que eu disse. Não sei por que senti necessidade de me declarar. Talvez eu tenha sentido que, se não falasse agora, jamais teria outra oportunidade. Porque são grandes as chances de, nas próximas semanas, ela não querer mais saber de mim. Nas próximas semanas, talvez ela até pare de falar comigo.

Ela pode até ficar com medo de mim.

Precisei revelar meus sentimentos porque, agora, ainda existe a chance de ela ficar feliz com isso. Apesar de que, olhando para a expressão em seu rosto, não sei mais se foi uma boa ideia.

— Eu… — diz ela.

Ai, meu Deus, cometi um erro. Não deveria ter me declarado para ela. Fui um idiota, um idiota.

— Deixa para lá.

— Deixar para lá?

— Não, é que… — Solto a mão dela, porque a minha ficou pegajosa. — É que… fui bobo. Não deveria ter dito isso.

— Deveria, sim. — Ela faz questão de pegar na minha mão de novo. Suas mãos estão sempre tão macias. Como ela consegue ter as mãos tão macias? Ela deve usar algum hidratante especial. — Porque eu também... Eu também amo você, Tom.

E, assim que Daisy me beija, sei que nunca mais vou ser tão feliz quanto agora, neste momento. Tento gravar a sensação em minha memória e desfrutar dela porque, em breve, as coisas vão piorar muito.

CAPÍTULO 25

DIAS ATUAIS

SYDNEY

Pareço uma vítima de filme de terror.

Eu me tranquei no banheiro da cafeteria, esperando o Homem Misterioso, também conhecido como Tom, voltar com uma camiseta nova para mim. Consegui limpar todo o sangue do meu rosto, mas fui boba e escolhi usar uma roupa clara. Ela ficou horrível. Se tiver que voltar a pé para casa, tenho certeza de que vou chamar atenção. Existe uma chance, não muito pequena, de alguém chamar a polícia.

Além de tudo, minha aparência não está das melhores. É difícil parecer uma estrela de cinema quando você perde metade do sangue que circula em seu corpo pelo nariz. Uma parte de mim gostaria que Tom marcasse o jantar para outro dia, mas outra parte acha que, se fizermos isso, nunca mais vou vê-lo.

Escuto uma batidinha na porta do banheiro e, quando abro, dou de cara com Tom segurando uma camiseta amarrotada. Ele a oferece para mim.

— Tamanho pequeno, né?

Aceito a camiseta e a seguro na frente do meu corpo. Ai, não.

— Não vou usar uma camiseta que diz "I Love New York"!

Ele ri para mim.

— Por que não? Você não ama Nova York?

— Vou ficar com cara de turista!

— Melhor do que ficar com cara de vítima de homicídio.

Não posso negar que ele tem razão. Com relutância, aceito a camiseta e volto a trancar a porta do banheiro. Tiro a roupa suja e visto minha constrangedora camiseta de turista.

Bom, podia ser pior. Pelo menos esse modelo não tem estampa de maçã. E meu casaco pode esconder a camiseta.

Ajeito meu cabelo e retoco o batom. Um minuto depois, sinto que estou quase apresentável de novo. Tento guardar a camisa suja na bolsa, mas é impossível — minha bolsinha mínima tem espaço para uma carteira e mais nada. Acho que vou ter que jogar fora ou ficar segurando até o fim do encontro, o que não me parece uma opção atraente.

Abro a porta do banheiro e Tom está me esperando. Ele está usando uma jaqueta térmica leve e seus braços estão cruzados em frente ao corpo. Mais uma vez, fico surpresa de ver o quanto ele é bonito.

Tom faz sinal de positivo.

— Ficou ótimo. Mas eu devia ter comprado também um globo de neve com a Estátua da Liberdade para você ficar feliz.

— Quanto te devo pela camiseta? — Essa coisa horrorosa deve ter custado uns cinquenta dólares.

— Que isso. É um presente.

— Puxa, obrigada. — Mostro para ele minha blusa ensanguentada. — Não quero ser nojenta, mas não sei o que fazer com isso. Não cabe na minha bolsa.

Ela dá uns tapinhas na jaqueta.

— Tenho bolsos enormes. Pode deixar que eu guardo.

Fico impressionada por ele não sentir nojo de encostar na minha blusa manchada de sangue e por não se importar em correr o risco de sujar seu casaco. Por outro lado, ele *é* médico.

— Pronta? — pergunta Tom. — Se formos a pé até a Sixth Street, podemos escolher entre vários restaurantes indianos muito bons. Você gosta de comida indiana?

— Adoro — respondo.

Ele sorri para mim.

— Olha só. Temos alguma coisa em comum.

Seguimos até a porta da cafeteria, e Tom a abre para mim. Já saí com vários homens e, na verdade, é raro alguém abrir a porta para você. Como se não bastasse todo o resto, Tom é também um cavalheiro.

— Aliás, só para você saber, não é todo dia que tenho esses sangramentos de nariz — digo.

— É bom saber. — Ele inclina a cabeça, pensativo. — Mas foi uma bela epistaxe espontânea. Quer dizer, o ambiente não estava assim *tão* seco dentro da cafeteria. Você estava cutucando o nariz?

Mesmo sabendo que ele está brincando comigo, meu rosto fica vermelho.

— *Não*.

— Eu me lembro de quando a gente se conheceu, você... — Ele encosta o dedo na testa, região do lindo sangramento que tive na primeira vez que a gente se viu. — Você sabe...

Eu deveria ser honesta. Ele deve suspeitar de alguma coisa e é melhor que saiba a verdade em vez de achar que fico cutucando o nariz.

— Na verdade, sofro de um distúrbio hemorrágico, mas nada grave.

— É mesmo? — Ele levanta as sobrancelhas escuras. — Doença de von Willebrand? Deficiência do fator X? Ou do fator II?

— Doença de von Willebrand — confirmo, antes que ele continue a listar mais doenças. Fico um pouquinho impressionada, porque nem meu médico sabia direito o que eu tinha. Ele teve que dar um Google na minha frente.

— É o distúrbio hemorrágico mais comum que existe, e é hereditário. — Ele sorri, sem jeito. — Desculpa, sou meio nerd quando falo dessas coisas. Na faculdade, eu era o aluno que sabia muito mais do que o necessário para fazer a prova. Mas, às vezes, isso me ajuda no trabalho.

Tom não parece ser um nerd típico. Na verdade, ele parece tão perfeito que chega a ser irritante. Ele é lindo, muito inteligente, charmoso e também é *médico*. Claro que fiquei um pouco incomodada com a ideia de sair com um médico depois do que aconteceu com Bonnie, apesar de estar convencida de que aquele cara estava mentindo sobre sua profissão e sobre todo o resto. De qualquer forma, a maioria das mulheres não se incomoda *nem um pouco* de sair com médicos.

Mas ele tem mais de trinta anos e ainda é solteiro. Então deve haver *alguma coisa* errada com ele. Talvez uma aversão a relacionamentos sérios, como é o caso de metade dos caras que passaram dos trinta anos.

Chegamos ao restaurante indiano e, mais uma vez, Tom abre a porta para mim. Estou prestando atenção em tudo que ele faz, procurando os sinais de alerta mais comuns. Ele aceita a primeira mesa que nos oferecem e não cria caso porque prefere se sentar de frente para a entrada ou algo assim, ele não confere os talheres para ver se estão limpos quando nos acomodamos à mesa, ele não diz que sente um cheiro estranho no restaurante e que prefere ir embora. Na verdade, ele puxa a cadeira para mim, o que é muito gentil da parte dele.

— Você é muito educado — digo.

Ele parece feliz com o elogio.

— Aprendi com a minha mãe.

Oh, um filhinho da mamãe. Fico esperando um monólogo sobre a santa da mãe dele, espero para ouvi-lo dizer que nenhuma mulher chega aos pés dela. Mas ele não fala mais nada. Chega a ser frustrante o fato de ele ser tão perfeito.

— Você é próximo da sua mãe?

Ele dá de ombros.

— Não muito. Meu pai sofreu um infarto e morreu quando eu estava no ensino médio e agora somos só eu e ela.

— Ah. — Cubro a boca com uma das mãos. — Sinto muito. Meu pai morreu de infarto faz alguns anos e foi muito repentino e triste. Deve ter sido ainda mais difícil para você sofrer uma perda assim tão jovem.

— É — diz ele, tensionando o músculo da mandíbula. É óbvio que ele não quer falar sobre a morte do pai no nosso primeiro encontro, e não posso culpá-lo por isso. Hora de mudar de assunto.

— Mas me conte... — digo — ...onde você trabalha?

— Na Universidade de Nova York.

Legal, fica perto do meu apartamento.

— E qual é a sua especialidade?

Ele hesita, como se não quisesse me contar.

— Sou patologista.

— *Patologista?* Mas não é o médico que passa o dia inteiro lidando com cadáveres?

Ele franze a testa e rasga um pedaço do guardanapo que tem na mão.

— Um patologista faz outras coisas também. Se você tem um tumor e seu médico pede uma biópsia, é o patologista que vai avaliar o tumor no microscópio e dizer se você tem câncer ou não.

— Ah. — Sinto minhas bochechas ficarem vermelhas. — Desculpa. Então... é isso que você faz? Fica examinando tumores no microscópio?

— Na verdade, não — admite ele. — Sou médico-legista. O que mais faço são autópsias.

— Então você lida com cadáveres o dia inteiro?

Ele faz uma careta para mim.

— E você gosta?

— Bom, é o meu *trabalho*. Do ponto de vista intelectual, acho estimulante. Mas não sei se é isso que você quer saber.

Certo, então o cara ganha a vida lidando com cadáveres. Isso é… interessante. Talvez isso explique o fato de ainda ser solteiro.

— O que você faz? — pergunta ele, ansioso para mudar de assunto.

— Sou contadora.

Seu rosto relaxa.

— Ah, que legal. Muito prático.

— Obrigada. Estava pensando em virar cartomante, mas aí pensei melhor e cheguei à conclusão de que não era muito prático. Melhor trabalhar com contabilidade.

Ele ri.

— Dá para entender por que alguém ficaria na dúvida entre essas duas carreiras.

— Enfim, gosto de ser contadora. — Pigarreio. — Quer dizer, não é um emprego que eu odeie.

— Acho que vou aproveitar para tirar algumas dúvidas sobre a minha previdência privada com você.

— Vai ter que entrar na fila.

Ele ri de novo, apertando os olhos de um jeito que acho muito sexy. Adoro a forma como ele me olha. Uma parte de mim acha que ele é muita areia para o meu caminhãozinho, mas a maneira como ele me olha não diz isso. Ele me encara como alguém que quer fazer amor comigo agora, em cima da mesa, mas é muito educado para ceder ao impulso.

A garçonete traz dois copos de água e se oferece para anotar nosso pedido. Mal tive tempo de olhar o cardápio, então peço o meu favorito: frango ao molho tikka masala. E gosto que Tom me deixa fazer o pedido primeiro e não critica as minhas escolhas, dizendo que eu deveria pedir alguma coisa que não quero. Ele também não fica encarando os seios grandes da garçonete.

— Vou te contar uma coisa — diz ele, depois que a garçonete se afasta. — Quando a gente se conheceu, fiquei com vontade de pedir seu número.

— E por que não pediu?

— Como assim? — Ele toma um gole de água. — Você tinha acabado de sair com um cara que te atacou. Eu tenho noção. Além disso — continua ele, fazendo uma pausa —, eu estava terminando um relacionamento.

— Oh! — Ergo as sobrancelhas. — Era sério?

— Não exatamente. — Ele se mexe na cadeira, incomodado com o assunto. — De qualquer forma, o relacionamento acabou. Acabou mesmo.

Dou uma olhada em sua mão esquerda para ter certeza de que não tem nenhuma aliança no dedo anelar. E não tem nem marca de aliança.

— Você já foi casado?

— Não, nunca. — Ele faz uma careta quando diz isso, como se ficasse chateado por nunca ter se casado. — E você?

— Não, nunca. Mas eu gostaria de me casar. — Ai, meu Deus, por que fui dizer isso? É uma regra fundamental: você nunca, nunca deve dizer uma coisa dessas no primeiro encontro. Mas tem algo nesse cara que me faz baixar a guarda. — Quer dizer, *em algum momento*.

— Então — diz Tom, levantando o copo de água — um brinde ao "em algum momento".

E ao fazermos tim-tim, fico imaginando se é possível que Tom seja o meu "em algum momento".

CAPÍTULO 26

ANTES

TOM

Meu tio Dave — o marido da irmã de minha mãe — sofreu um infarto há alguns dias.

Meus tios moram em Seattle, e minha mãe vai viajar de avião para visitá-los. Quando era menor, eu viajava com ela, mas agora tenho aula e sou obrigado a ficar em casa. Com meu pai.

Ficar sozinho com ele não me anima nem um pouco, mas, ao que tudo indica, ele provavelmente vai me ignorar por esses dias. Ele tem que trabalhar e eu preciso ir para a escola. É possível que a gente nem se veja no período em que minha mãe estiver fora.

— Se comporte, Tommy — diz minha mãe, antes de pegar o carro e seguir para o aeroporto.

Até parece que *sou eu* que encho a cara e começo a quebrar tudo em casa.

— Eu vou.

Ela junta as mãos.

— Só deixe seu pai para lá, tá bom?

— Tá bom.

Ela me dá um beijo de despedida e promete me ligar assim que o avião aterrissar. Como se eu fosse ficar preocupado que o avião da minha mãe caiu. Tenho coisas mais importantes com que ocupar minha cabeça.

Por exemplo, faz dois dias que Alison me deu um ultimato e Daisy continua sendo minha namorada. Alison fica me olhando de cara feia, mas eu ainda não fiz nada para acabar com o relacionamento. Estou esperando que alguma coisa aconteça e eu não precise mais terminar com Daisy, muito embora isso seja impossível.

Não posso deixar Alison falar com a polícia. Daisy me confidenciou que os policiais ainda não conseguiram encontrar o assassino de Brandi e acreditam que o namorado secreto é a resposta. Eles não podem saber que eu sou o cara que eles estão procurando.

Se o pai de Daisy não estivesse tão preocupado com a segurança da filha, eu a teria convidado para jantar fora hoje à noite, mas, em vez disso, fiz o bife que minha mãe deixou na geladeira. Estou comendo quando uma mensagem de Daisy aparece no meu celular:

que tédio. o q vc tá fazendo?

    jantando

qual é o menu?

    bife. eu que fiz

q delícia! quero!

Eu ficaria feliz de fazer um bife para Daisy, se ela pudesse sair de casa. Eu cozinharia um banquete para ela. Frequentaria um curso de culinária só para fazê-la feliz. Faria qualquer coisa por ela. *Qualquer coisa.*

Não consigo terminar nosso namoro. Simplesmente não consigo. Precisa haver outra saída.

A porta da frente bate e guardo o telefone no bolso. Deve ser meu pai chegando do trabalho na loja de ferragens. Ele vive reclamando do quanto trabalha, mas tem sorte de ainda ter um emprego, considerando que passa metade do tempo bêbado e a outra metade de ressaca.

Como era de esperar, quando ele entra na cozinha, os olhos estão avermelhados e dá para sentir o cheiro de uísque. Ele deve ter passado no bar do O'Toole, no caminho de casa, como sempre faz.

— Cadê a Luann? — questiona ele.

Sei que minha mãe deve ter falado para ele mil vezes que ia viajar, mas não surpreende o fato de ele ter esquecido.

— A mãe viajou para ver o tio Dave.

— Ela vive inventando moda — resmunga meu pai.

Não sei o que dizer. São raras as vezes que minha mãe não janta em casa. Ela visita a tia Gloria só duas vezes por ano.

— E o que tem para comer? — esbraveja ele. — Estou morrendo de fome.

Olho para o meu prato. Fiz só um bife e ele está quase acabando.

— Não sei.

Ele parece irritado comigo.

— Você cozinhou só para você e não se deu ao trabalho de fazer alguma coisa para o seu pai, mesmo sabendo que você só tem casa para morar e comida para comer porque sou eu que pago por essas coisas?

— Eu não sabia a que horas você ia voltar.

— Inacreditável — resmunga ele. — Parece que a tua mãe não te deu educação.

Ele cambaleia pela cozinha, mas, em vez de abrir a geladeira, abre o armário de bebidas, cheio de garrafas quase vazias. As bebidas não duram muito na nossa casa. Ele chacoalha as garrafas.

— Mas como é que pode? Moleque, você mexeu nos meus uísques?

— Eu não.

Ele fecha a porta do armário com força e parece que a cozinha inteira treme.

— Não minta para mim. Sei que você bebe meus uísques escondido.

Não bebo escondido — que ideia absurda. Nunca cheguei a experimentar bebidas alcoólicas. E, vendo o que fazem com o meu pai, não vou nem chegar perto.

Mas sei como ele é. Quando coloca uma ideia na cabeça, não há quem tire. Se acha que estou bebendo seus uísques escondido, não vai mudar de ideia.

— Quer saber de uma coisa? — diz ele, dando um passo na minha direção. — Você ainda não é grande o suficiente, pode levar uma surra.

Ao dizer isso, ele começa a mexer na fivela do cinto. Quando eu era mais novo, meu pai me dava surras de cinto só para eu parar de encher o saco. Mas era minha mãe quem sofria os piores abusos.

— Vou subir para o meu quarto — digo. — Tem bastante comida para você aí.

Ele dá uma bufada, mas para de mexer no cinto.

— E o que você vai fazer? Falar com a tua namoradinha, a filha do delegado?

Fico paralisado. Não fazia ideia de que ele sabia sobre mim e Daisy. Pensar nisso me deixa desconfortável.

Meu pai se diverte com a expressão no meu rosto

— Achou que eu não sabia? Tua mãe me contou tudo. Aquela menina é boa demais para você.

Ele não está totalmente errado.

— É — resmungo.

— Fique à vontade para trazer a menina aqui em casa. — Ele dá uma piscadinha para mim. — Essa Daisy Driscoll é bonitinha. Eu ia gostar de experimentar. Só para variar um pouco. Estou cansado dos peitos caídos da tua mãe.

Nada do que meu pai disse antes disso me incomodou. Ele mexer no cinto para me ameaçar não é novidade. E me acusar de roubar as porcarias que ele bebe faz parte da rotina. Mas não gosto de como ele fala de Daisy.

Não gosto nem um pouco.

Ele consegue ver que suas provocações me incomodaram e abre um sorrisinho na cara avermelhada.

— Vi Daisy andando na rua dia desses — continua ele. — Ela estava ajeitada. Os Driscoll moram na Peach Street, né? E o quarto dela não é aquele nos fundos, no segundo andar?

Cerro os punhos só de pensar em meu pai se aproximando de Daisy.

— Aposto que ela ia gostar. — Ele passa a língua pelos lábios. — Seria bem melhor do que as coisas que *você* faz com ela.

— Fique longe da Daisy — digo, entre os dentes.

— Eu ia fazer o serviço completo. — O bafo de álcool que sai de sua boca faz meus olhos lacrimejarem. E tem mais um cheiro ruim que não consigo identificar. — Ela gostando ou não. Mas acho que ia gostar e pedir mais.

Só me dou conta de que peguei a faca que estava usando para cortar o bife quando minha mão já a está apertando, apontada para o peito do meu pai.

— Não se atreva a chegar perto da Daisy.

Ele olha primeiro para a faca e depois para mim. Um segundo depois, cai na gargalhada.

— O que é isso, moleque? Lembra que você já tentou isso antes e não deu muito certo?

Tentei. Mas, desta vez, ele não vai tirar a faca da minha mão. Estou segurando com força.

— Fique longe da Daisy.

É difícil não reconhecer a ironia do fato de que Alison disse a mesma coisa para mim dias atrás.

— Não é bem assim que as coisas funcionam. — Descaradamente ignorando a faca, meu pai volta a abrir o armário de bebidas e pega uma garrafa de uísque quase vazia. Ele toma os últimos goles. — Na verdade, acho que, depois dessa nossa conversa, vou até lá dar um oi para sua Daisy querida. — Ele olha para a faca. — Melhor você largar isso antes que alguém se machuque.

Vi meu pai bater na minha mãe com a mão fechada. Senti a dor de levar uma surra de cinto nas costas. Mas nunca senti tanto ódio dele como sinto quando cravo a lâmina da faca em sua barriga.

A faca é afiada. Há pouco mais de uma semana, afiei a lâmina na borda de uma caneca de cerâmica, como minha mãe me ensinou. A lâmina desliza fácil para dentro da barriga dele e, em seguida, com a faca lá dentro, torço o cabo só para garantir. Depois que puxo a faca de volta, arrisco olhar para meu pai.

O rosto dele está congelado em uma expressão de puro choque. Sua boca está aberta, e a pele, acinzentada, e não mais avermelhada como costumava ser.

— Tom — suspira ele, enquanto se apoia no balcão da cozinha.

Então desaba no chão.

Ele está sangrando bastante. Uma poça de sangue se forma sob seu corpo, mas ainda não tem sangue o bastante para encher cinco canecas. Não é o suficiente para matá-lo, nem para o fazer perder a consciência. Ele ainda está vivo e tenta se levantar. Consegue ficar de quatro, porém não vai muito além disso.

— Tom. — Ele tosse e o cuspe que espirra no chão é vermelho. — Eu... Como é que você pôde...

Talvez ele tenha ficado surpreso. Mas eu sabia.

— Tommy... — Ele está falando enrolado, e já não sei mais se é por causa do uísque. — Filho, você tem que chamar uma ambulância. Tem que ajudar o teu pai...

Quando levanta a cabeça, ele me encara com aqueles olhos castanhos — exatamente como os meus. E é quando ele se dá conta de que não vou chamar uma ambulância. De que vou deixá-lo sangrar ali no chão da cozinha até morrer.

Ele apalpa o bolso da calça atrás do celular. Meu pai vive esquecendo o telefone no bar ou no trabalho, então deve ser onde o aparelho ficou dessa vez. Temos um telefone fixo ao lado do sofá, mas, como ele não consegue nem ficar de pé, duvido que seja capaz de alcançá-lo.

Ainda assim, ele tenta. Fico imóvel observando a cena enquanto ele cruza a cozinha, deixando atrás de si um rastro de sangue. Ele chega até o tapete favorito da minha mãe e quase se estatela no chão, mas não desiste. O filho da mãe é mais forte do que eu imaginava. É possível que consiga alcançar o telefone. De qualquer forma, não parece que está quase morrendo.

E, nesse momento, me dou conta de que tenho duas opções:

1. Levar meu pai para um hospital e salvar a vida dele.
2. Acabar com ele.

Não é uma decisão difícil. Sonhei com isso um milhão de vezes.

Atravesso a cozinha com cuidado para não escorregar no sangue do meu pai. Estou deixando pegadas ensanguentadas pela casa inteira, mas acho que não faz diferença a essa altura. Entro na frente dele, impedindo que avance. Ele agarra meu tornozelo, sujando minha calça jeans de sangue.

— Tommy — diz ele, com a voz rouca. — Por favor. Teu pai está morrendo. Você tem que me ajudar.

Eu me ajoelho ao lado dele. Encaro os olhos vermelhos que são um reflexo dos meus.

— Você nunca mais vai machucar a minha mãe — digo.

Essas são as últimas palavras que ele ouve antes de ser degolado.

CAPÍTULO 27

DIAS ATUAIS

SYDNEY

Tom e eu nos divertimos bastante no jantar.

Foi tão bom quanto o café com Travis. Talvez até melhor, porque a química com Travis não era tão boa. Além disso, é muito bom conversar com Tom, e ele parece capaz de ter um diálogo inteligente sobre qualquer assunto. E, quando chega a conta, amo a maneira como ele pega o papelzinho sem me dar chance de falar qualquer coisa.

— Vamos dividir a conta — ofereço.

— Você *só pode* estar de brincadeira. Não passei a noite abrindo portas e arrastando cadeiras para, no fim, fazer você pagar a conta.

Ok, ele é um pouquinho antiquado, mas acho incrivelmente charmoso. Sim, tenho condições de pagar meu próprio jantar. Mas é fofo ver que ele não deixa. E amo o fato de ele me ajudar a vestir o casaco depois que me levanto, o mesmo casaco que fecho até o último botão para que ninguém saiba que eu amo Nova York.

Demoramos um pouco para ir embora depois que saímos do restaurante. O tempo esfriou, então cruzo os braços, olhando para o rosto de Tom.

— Posso te acompanhar até a sua casa? — pergunta ele.

Como regra geral de primeiros encontros, não gosto de deixar o cara saber onde moro, ainda mais quando é um cara aleatório que conheci em uma cafeteria (ainda que ele tenha me salvado numa situação prévia). Além disso, se eu deixar Tom me acompanhar, corro o risco de não conseguir me conter e acabar convidando-o para entrar, e, uma vez lá dentro, sei que vamos terminar a noite na minha cama.

O que não seria nada ruim, mas o problema é que não depilei minhas pernas. Então…

— Vou pegar um táxi — digo. — Não se preocupe.

— Tá bom. E você vai me dar o seu número?

Ele não desvia o olhar nem por um instante.

— Sim, claro — murmuro.

Dito os números do meu telefone enquanto ele digita em seu celular. Parece que vai mesmo ligar para mim, mas nunca se sabe. Cansei de ter cem por cento de certeza de que o cara ia me ligar e ele acabava não me ligando.

— Fazia tempo que eu não tinha um primeiro encontro — comenta ele — e já não sei mais como me comportar. Se eu ligar amanhã, vai ser muito ruim? Você vai me achar inconveniente?

Abro um sorriso.

— Vai ser inconveniente de qualquer forma, então pode me ligar amanhã mesmo.

Parece que ele gostou da resposta.

— Mais uma coisa — diz ele —, como os jovens se comportam hoje em dia? A gente pode dar um beijo no primeiro encontro ou…

Respiro fundo. A ideia de beijar esse homem é quase demais para mim.

— Sim, a gente pode.

Seus olhos brilham.

— Que bom.

Então ele me beija. Na frente do restaurante indiano, e é como se cada beijo que dei ao longo da minha vida tivesse sido apenas um treino que me preparou para este momento. *Isso* é um beijo. É o tipo de beijo em que cada parte do corpo se derrete simultaneamente e, quando ele parar de me beijar, tenho medo de me transformar em um monte de gosma. É esse tipo de beijo.

Apesar de que beijar Jake também era muito bom. É preciso dar crédito para quem merece.

Quando Tom se afasta, seu olhar atordoado reflete o meu. Fico feliz de não estarmos no meu apartamento porque, a essa altura, estaríamos arrancando as roupas um do outro.

— Ligo para você amanhã — promete ele.

— Acho bom ligar mesmo.

Então ele me dá mais um beijo. É tão bom quanto o primeiro e tudo em que consigo pensar é: *de onde veio tanta sorte?*

Só depois de entrar em casa me dei conta de que Tom não devolveu a minha roupa ensanguentada.

CAPÍTULO 28

Hoje à noite, tenho mais um encontro com Tom.

É o nosso terceiro encontro, se você levar em conta o dia em que meu nariz sangrou de forma épica. Felizmente, tivemos um segundo encontro em que nenhuma parte do meu corpo começou a sangrar, e isso foi uma vitória para mim. Estou pensando em convidar Tom para vir ao meu apartamento depois do jantar e, honestamente, não consigo pensar em outra coisa durante a nossa aula de ioga das quatro da tarde.

— Por que você está rindo? — pergunta Gretchen, enquanto enrola seu tapete de ioga.

Depois do assassinato de Bonnie, ficamos um mês sem fazer aulas, porque achamos que seria estranho sem ela. Mas, como Gretchen disse que estava com dor nas costas por não fazer exercício e eu comecei a me sentir tensa sem atividade física, decidimos voltar. E, para falar a verdade, não é tão diferente assim por sermos só nós duas.

— Tenho um encontro hoje à noite — confesso.

— Aaah. — Os olhos de Gretchen brilham de alegria. — Com o Dr. Perfeito?

Esse é o apelido que Gretchen deu para Tom. É estranhamente apropriado. Até agora, não descobri nada de errado com o cara. Quer dizer, a não ser o fato de que ele ganha a vida mexendo em cadáveres.

— Sim, é com ele.

— Uau, você gosta mesmo desse cara, né?

— Gosto muito.

Estou me apaixonando por Tom de uma maneira mais intensa e mais rápida do que eu esperava. Saímos só duas vezes e já estou imaginando a lista de convidados do nosso casamento e a casa que vamos comprar em algum bairro residencial. Mas sei que estou sendo boba. Afinal, esse é só nosso terceiro encontro. Ainda tenho muito tempo para descobrir se Tom é um idiota completo.

No entanto, ele não parece ser um idiota. Tudo indica que é um cara legal.

— Você acha que ele pode ser o Cara? — Ela me provoca.

— Ainda é cedo para saber.

— Mentirosa. Você acha que ele é o Cara. Dá para ver na sua cara.

Não consigo nem olhar para Gretchen, porque ela está absolutamente certa.

Arlene deixou um prato com amostras de chocolate na saída da aula de ioga. Está vendo, é por isso que amo fazer ioga. A gente passa uma hora se alongando, ouvindo música relaxante, meditando e, no fim, ainda ganha *chocolate*. Gretchen e eu pegamos um quadradinho de chocolate.

— Aproveitem! — diz Arlene. — O chocolate é feito pela empresa de uma amiga minha que trabalha com cultivo controlado e sustentável. E a barrinha tem mais de noventa por cento de cacau.

— Que delícia — diz Gretchen.

— E tem mais — continua ela —, estou muito feliz de ter vocês de volta. Queria dizer que fiquei muito triste quando soube da Bonnie.

— Obrigada — murmuro.

— Não sei se ajuda — diz ela, tocando o colar de contas que usa o tempo todo —, mas saibam que senti a presença da Bonnie no estúdio. Acho que o espírito dela continua acompanhando vocês na aula de ioga.

Tenho vontade de dizer que isso não ajuda em nada, mas Gretchen põe a mão no peito e agradece. Mesmo com as crenças de Arlene e Gretchen, tenho certeza de que o espírito de Bonnie *não* está circulando pelo estúdio de ioga. Minha amiga morreu e está enterrada, e ninguém sabe quem é o culpado por sua morte. E estou começando a achar que nunca vamos saber.

Aos descermos os degraus até a saída, colocamos os quadradinhos de chocolate inteiros na boca. Olhamos uma para a outra, e Gretchen cospe o chocolate na mão.

— Ai, meu Deus! — exclama ela. — Tem gosto de terra!

Não tenho coragem de cuspir o chocolate e sofro em silêncio até terminar de mastigar e engolir meu pedaço. Meu Deus, que chocolate horroroso. (Nota para mim mesma: nunca mais coma chocolate oferecido em aulas de ioga.)

Ao olhar para a porta de vidro do prédio onde fica o estúdio de ioga, levo um susto. Há um homem de rabo de cavalo parado na frente da porta. É... Kevin de verdade?

Tenho cruzado com ele mais do que deveria, por pura coincidência. Pelo menos meia dúzia de vezes desde o nosso encontro, incluindo aquela vez no velório de Bonnie. Tenho quase certeza de que era *ele*. Dias antes, estava comprando um pãozinho na padaria e ele entrou na fila bem atrás de mim.

Ele fingiu ficar surpreso ao me ver, mas eu não caí nessa. Saí da fila e me tranquei no banheiro até ter certeza de que ele tinha desistido de esperar. Antes disso, ele surgiu atrás de mim quando eu estava comprando chicletes numa banquinha. Ele tentou puxar conversa, mas corri para o metrô. Agora, tenho a sensação de que ele pode surgir a qualquer momento, e isso me incomoda muito.

Será que é o Kevin de verdade na entrada do estúdio de ioga?

— Syd? — Gretchen franze a testa. — Você está bem?

O cara se aproxima um pouco mais, e seu rosto entra em foco. E, meu Deus, é ele. É *Kevin*. Na frente do estúdio de ioga, olhando para mim.

Faço contato visual antes de poder fingir que não o vi. Ele finge surpresa e acena para mim. Não reajo.

— Quem é esse cara? — pergunta Gretchen.

Dou as costas para a porta na esperança de que ele entenda a mensagem de que não quero conversa.

— É aquele idiota com quem saí uma vez há um tempo, lembra? Aquele em quem dei uma joelhada quando tentou me beijar. Acho que ele está me seguindo.

— O cara que você acha que viu no velório da Bonnie?

Faço que sim com a cabeça.

Gretchen gira a cabeça para dar uma olhada em Kevin, mas agarro seu braço.

— Não olhe!

— Desculpa, não vou olhar. — Ela me conduz até o estúdio principal, longe da porta de vidro. — Syd, isso é horrível! Você precisa fazer alguma coisa.

— Nem sei o sobrenome dele. — Para ser honesta, nem sei se Kevin *é mesmo* o nome dele. — Denunciei o cara no Cynch. E falei dele para o policial que está investigando a morte da

Bonnie. O que mais posso fazer? E ele não fez nada que me *ameaçasse* de fato, sabe?

— Como esse cara pode ser tão idiota?

É a pergunta que não quer calar.

— Tudo bem. Acho que ele vai acabar se cansando em algum momento.

Gretchen parece disposta a aceitar essa análise dos fatos. Bonnie jamais aceitaria — ela provavelmente me levaria para uma delegacia e pediria uma ordem de restrição. Mas Bonnie está morta.

— Falando de um homem que *não* é um idiota — diz Gretchen —, tenho uma boa notícia.

Eu me odeio por me preparar para o pior.

— Ah, é?

— Eu e o Randy vamos morar juntos!

Na mesma hora, esqueço de ter visto Kevin ao sair da ioga.

— Gretchen, que incrível!

Ela parece muito feliz e nós nos abraçamos, embora eu não esteja muito animada. Gretchen poderia conseguir um cara bem melhor que Randy. Ele não me dá medo como dava à Bonnie, mas tem alguma coisa nele que me deixa incomodada.

Ainda assim, como vou dizer isso para minha amiga? Minha única opção é ficar feliz por ela.

— Vou levar só cinco minutos para fazer minha mudança — diz ela. — Vou deixar basicamente tudo para trás. E adivinhe! Isso significa que eu e você vamos ser vizinhas!

— Oba! — digo, dando um jeito de parecer minimamente entusiasmada.

— Enfim — diz ela —, vou no meu apartamento pegar algumas coisas. Você está a fim de ir de metrô comigo?

Balanço a cabeça.

— Acho que não.

— Ah, tá bom. Você tem seu encontro com o Dr. Perfeito. — Ela pisca para mim. — Bom, divirta-se! Imagino que você não precise de uma ligação de emergência.

— Definitivamente não.

Felizmente, Arlene me deixa usar uma saída alternativa do estúdio, pelos fundos, assim não preciso cruzar com Kevin. Gretchen segue para o metrô, e eu volto para casa. Meu encontro com Tom é daqui a algumas horas, mas ainda preciso tomar um banho e, provavelmente, vou perder tempo provando tudo que tenho no armário igual a uma maluca.

Ao cruzar a Oitava Avenida, meu celular começa a tocar dentro da bolsa. Pego o telefone bem na hora em que um táxi passa a toda por mim, sujando meus tênis com a água de uma poça imunda — a água da chuva fica preta no instante em que encosta no asfalto de Nova York. Vejo o número de Jake na tela do meu celular.

Ai, meu Deus, será que eles descobriram quem matou Bonnie?

Atravesso a rua com o sinal de pedestres piscando em contagem regressiva. O tempo para cruzar as avenidas nunca é suficiente — quem calcula o tempo desses sinais acha que a gente é velocista olímpico. Mas, mesmo assim, atendo a ligação.

— Jake?

— Oi, Syd. — Ele faz uma pausa. — Onde você está? Tem muito barulho.

— Estou na rua. Na rua tem muito barulho.

— Tá bom, tá bom. — Ele dá um suspiro do outro lado da linha. — Você tem um minuto?

Aperto o telefone na mão.

— Você prendeu o assassino?

— Não.

A decepção me consome.

— Você prometeu que prenderia. Já faz dois meses, Jake.

— Eu sei, mas…

Consigo atravessar a Oitava Avenida e chegar à calçada do outro lado da rua sem ser atropelada por um táxi, o que sempre é um risco.

— Por que você me ligou?

— Estou preocupado com você. Queria saber se está bem.

— Não entendi. Por que você está preocupado comigo?

Ele fica quieto por um instante.

— Olha, preciso te contar uma coisa.

— Precisa me contar o quê? — Não deve ser coisa boa. — O que aconteceu?

— Encontramos mais uma vítima.

— O *quê?*

— É. — Parece que ele está rangendo os dentes. — Ao cruzarmos as informações na base de dados, um caso de mais ou menos três anos atrás. Um crime com características semelhantes às dos outros dois — o cabelo cortado rente ao couro cabeludo. Os traços de DNA são os mesmos que encontramos no apartamento da Bonnie.

Paro no meio da calçada, sentindo dificuldade para respirar.

— Você está falando sério? Então é um serial killer?

— É.

— Mas não saiu nada disso no jornal.

— Estamos fazendo o possível para que isso não seja divulgado. A gente não quer que as pessoas entrem em pânico.

— Mas *eu* estou entrando em pânico!

— Escuta. — Jake parece calmo demais diante da gravidade da notícia que acaba de me dar. — Nós vamos encontrar esse cara. Mas, até lá, continue tomando cuidado. Tranque a porta. E você não está usando o Cynch, né?

— Você está preocupado com a minha segurança ou só quer que eu morra solteira e sozinha?

— Sydney...

— Deixa para lá. Estou brincando.

Ainda estou imóvel no meio da calçada. Os pedestres estão desviando de mim pelos dois lados, e alguns me olham de cara feia, mas não consigo mexer meus pés.

— Escuta, Syd. — Jake pigarreia. — Se você... quer dizer, se você não tiver nenhum compromisso, a gente podia se ver hoje e eu te faço companhia. Levo comida chinesa. A gente não precisa falar da investigação. Podemos ver um filme ou algo assim.

Fico ligeiramente boquiaberta.

— Você está me convidando para um encontro?

— Não! Só estou dizendo que, caso você queira companhia hoje à noite... Você disse que não queria ficar sozinha, então pensei que...

— Você não precisa se preocupar comigo. Na verdade, tenho um encontro hoje à noite.

— Você tem um encontro? — Tento não me ofender com o quanto ele parece surpreso. — Com quem?

Um homem com uma jaqueta de inverno *me mostra o dedo do meio*, porque cometi a audácia de ficar parada por cinco segundos numa calçada em Nova York, mas volto a andar antes que alguém me mate.

— Não te interessa.

— Não quero me intrometer na sua vida, Sydney — diz ele. — Só estou preocupado com você.

— Mas não precisa se preocupar. Ele é um cara bem legal. E... gosto muito dele.

— Ah. — A voz de Jake fica um pouco mais baixa. — Que bom. Fico feliz por você. Você merece um cara legal. E... você confia nele?

— Jake!

— Tá bom, tá bom. — Ele suspira. — Só estou pedindo para você, por favor, ter cuidado. E, se tiver qualquer dúvida sobre o cara e quiser que eu dê uma olhada nos antecedentes criminais ou algo assim, é só me chamar. Não importa a hora.

Preciso admitir que Jake sabe o que fazer para que eu me sinta segura. Ele é tão alto, forte e sério. Quando estávamos namorando, era como se eu tivesse um guarda-costas cuidando de mim o tempo inteiro. É reconfortante saber que, apesar de não estarmos mais juntos, ele ainda cuida de mim.

Mas não preciso que ele cuide de mim. Afinal de contas, encontrei Tom.

CAPÍTULO 29

ANTES

TOM

Sei exatamente como cortar a garganta do meu pai. Devo isso a todos os livros didáticos sobre cirurgia que comprei e li de cabo a rabo. Não demora para que o tapete da minha mãe fique empapado com mais de dois litros de sangue.

Meu pai morre bem na minha frente. A única coisa em que consigo pensar ao ver seus olhos ficarem opacos é que ele merece morrer. Ele nunca mais vai bater na minha mãe. Nunca mais vai aterrorizar a nossa família.

Mas, alguns segundos depois, o alívio de vê-lo morto dá lugar ao pânico. Matei meu pai. *Matei meu pai no meio da sala de estar*. Cortei sua jugular com uma faca de cozinha. Não há a menor chance de eu fazer com que isso pareça um acidente, nem mesmo legítima defesa.

Vou passar o resto da vida na cadeia.

A não ser que…

Fico de pé, minhas mãos tremem. Minha calça jeans está toda suja de sangue, assim como meus tênis e minhas mãos. Você não faz ideia do que são dois litros de sangue até ver aquilo tudo espalhado no chão de casa. Não posso lidar com isso sozinho. É demais para mim.

E só existe uma pessoa que pode me ajudar. Uma pessoa capaz de me tirar dessa situação inacreditável.

Lavo minhas mãos com água quente, tentando tirar o sangue. O sabonete fica rosa à medida que esfrego minhas mãos, mas, depois de muita água quente, o sabonete volta a ficar branco e minhas mãos parecem limpas. Não posso dizer o mesmo das minhas calças e dos meus tênis. Vou ter que queimar tudo que estou usando. Mas, por enquanto, preciso só das mãos limpas para usar o telefone.

Clico no primeiro nome que aparece na minha lista de contatos — a pessoa para a qual eu mais ligo. Estou no meio da cozinha, sentindo meu sangue pulsar e ouvindo o telefone chamar.

Atenda. Vai, cara. Preciso da sua ajuda.

— Alô? — diz uma voz familiar.

— Lesma — digo, quase engasgando. — Preciso da sua ajuda.

Meu melhor amigo não hesita.

— Claro. O que foi?

— Eu... — Olho para o corpo imóvel do meu pai estirado sobre o tapete da sala. — Acabei de fazer uma coisa horrível. Tipo, horrível *mesmo*.

Uma pausa.

— Ok. O que aconteceu?

— Não posso contar por telefone.

— Não tenho como te ajudar se você não me contar o que está acontecendo.

Será que posso confiar mesmo no Lesma? Meu instinto diz que sim. Mas e se ele vier até aqui e entrar em pânico? Eu não tenho alternativa. Não posso lidar com essa situação sozinho.

— Você conseguiria pegar o carro dos seus pais emprestado e vir até aqui?

— Claro. Eles já foram dormir. Nem vão saber que peguei o carro.

Ele diz isso de maneira muito arrogante. Os pais do Lesma têm mais de sessenta anos — ele foi um acidente meio infeliz —, e não têm mais energia para lidar com o filho. Então, basicamente, ele faz o que quer e eles não se importam.

É perfeito.

Quinze minutos depois, o Oldsmobile dos pais do Lesma encosta na frente da minha casa. Pela janela, vejo meu amigo descer do carro, esticar as longas pernas por um instante e seguir na direção da porta. Escancaro a porta antes que ele possa bater. O Lesma parece surpreso, com a mão levantada a meio caminho da campainha.

— Entre — digo.

— Nossa, Tom. — Ele tropeça na entrada logo antes de eu fechar a porta com tudo, quase batendo em seu pé. Ele faz menção de dizer mais alguma coisa, mas então nota o sangue na minha camiseta. E fica de queixo caído. — Tom…

— Eu não tive escolha — digo, tenso, mesmo sabendo que não é verdade.

Meu coração acelera, enquanto vejo o Lesma passar por mim e entrar na sala de estar. Ele demora meio segundo para perceber meu pai morto ali no tapete. Então respira fundo e eu prendo a respiração, esperando para ver o que ele me diz. A gente se conhece desde sempre e confio nele, mas preciso admitir que essa situação é um pouco mais complicada do que os favores que a gente costuma pedir para um melhor amigo.

— Então — diz o Lesma, lentamente —, finalmente você matou o filho da puta.

— Foi um acidente — falo, sendo nada convincente.

— É… que acidente, hein? Com a garganta cortada desse jeito.

Passo a mão trêmula pelo cabelo e me dou conta de que *também* está sujo de sangue. Meu Deus, tem sangue *em todos os lugares*. Sem dúvida, essa é uma coisa que você não aprende nos livros de anatomia. Passei os últimos quinze minutos limpando o sangue do chão da cozinha e fiz um bom trabalho, mas não sei o que vamos fazer com o tapete da minha mãe. Vamos precisar de algum limpa-carpetes superforte e tenho certeza de que, mesmo assim, não vai dar para limpar tudo.

— Não tem como salvar o tapete — comenta o Lesma, como se estivesse lendo minha mente. — Podemos usar para enrolar o corpo.

— Enrolar?

— Para a gente se livrar do corpo. — O Lesma olha para mim, irritado. — Não foi por isso que você me pediu ajuda?

Olho para meu melhor amigo. Seu rosto é muito ensebado, como uma pizza gordurosa, e sua testa está particularmente afetada pela acne. Mas a coisa mais maluca é que ele parece tranquilo. Estou quase tendo um treco. Já o Lesma, por outro lado, está muito calmo.

— Vamos enrolar o corpo no tapete e colocar no porta-malas do meu carro — sugere ele. — Você tem uns sacos de lixo para eu forrar o porta-malas?

— Tenho, claro.

Não faço menção de me mexer, e o Lesma ergue uma sobrancelha.

— Está esperando o quê? A gente não tem todo o tempo do mundo.

— Tá. De quantos sacos a gente precisa?

— Acho que seis.

Como é que ele sabe exatamente quantos sacos de lixo são necessários para forrar o porta-malas do carro antes de carregar um cadáver? Acho melhor nem saber a resposta.

Depois de pegar os sacos de lixo, subo até o quarto para trocar de roupa. Não sei o que fazer com as calças e a camiseta que estão sujas de sangue, mas não vou sair de casa coberto com o sangue do meu pai.

No andar de cima, dou uma olhada no espelho do banheiro. Que bom, porque posso ver que tenho mais sangue no rosto e no cabelo do que imaginava. Felizmente, a cor do meu cabelo é tão escura que não dá para ver. Vou precisar de um banho demorado depois que resolver tudo.

Meu rosto está pálido — como se eu estivesse meio morto — e tenho anéis escuros ao redor dos olhos que mais parecem hematomas. Parece que faz uma semana que não durmo.

Largo meu telefone em cima da cômoda enquanto troco de roupa e ele vibra quando estou no banheiro. Uma mensagem. Pego o celular na mesma hora e desbloqueio a tela. A mensagem é de Daisy:

vc tem q ver esse vídeo!

Não clico no vídeo, que deve ser algum gato tocando piano. Não estou no clima para ver um vídeo bonitinho de bicho. Acho que nunca estive no clima, mas sei que agora estou ainda menos. Vídeo bonitinho de bicho é a última coisa que me interessa neste momento, e não tem graça nenhuma. Detesto ignorar uma mensagem de Daisy, mas não tenho forças para responder.

Quando volto para a sala de estar, o Lesma já deu um jeito de enrolar o corpo do meu pai no tapete. A largura é quase perfeita. Que sorte.

O Lesma endireita as costas quando me vê, limpando as mãos na própria calça jeans que é curta demais para ele

— herdada de um irmão mais velho. O Lesma é a única pessoa da família que é muito alta.

— Forrei o porta-malas com os sacos de lixo — diz ele. — E manobrei o carro para deixar o porta-malas voltado para a porta da garagem, mas não consegui entrar porque o carro do seu pai ainda está lá. Enfim, podemos jogar o corpo no porta-malas. Ninguém vai ver.

— Tá bom. — É difícil não ficar incomodado com o fato de que o Lesma lida bem *demais* com essa situação. E ele não lida bem com *nada*. A não ser, talvez, com insetos.

— Você está bem, Tom? — Ele olha para mim. — Não vai surtar, né?

— Estou bem — consigo dizer.

— Que bom. — O Lesma olha para o rolo de tapete no chão. — Porque não consigo levantar o corpo sozinho. Você precisa me ajudar.

Mesmo nós dois juntos temos dificuldade para carregar. O Lesma ficou numa ponta e eu, na outra, mas meu pai era um cara grande e nós dois estamos grunhindo e fazendo um esforço muito grande para não deixar o corpo cair. Felizmente, o Lesma deixou a garagem e o porta-malas abertos, então fomos direto até o carro. À medida que nos aproximamos, começo a entrar em pânico achando que o corpo não vai caber, mas o Lesma não parece preocupado e, no fim, conseguimos colocar meu pai morto no carro. Ao fecharmos o porta-malas, preciso lutar contra uma sensação de náusea. Não faço ideia de como vamos nos livrar do corpo. Temos uma noite longa pela frente.

Mas, de repente, tudo isso deixa de ter importância. Porque, ao tirar os olhos do porta-malas, me dou conta de que tem alguém nos observando. Uma pessoa está parada no meio da calçada e ela viu tudo o que a gente fez.

Ai, meu Deus, é Alison.

CAPÍTULO 30

Alison viu a gente colocar o corpo do meu pai no porta-malas do carro.

Ela deve ter visto. Está escuro, mas não *tão* escuro assim. E as luzes da varanda estão acesas, o que dá ainda mais visibilidade. Não sei por que deixei as luzes acesas na porcaria da varanda. Qual é o meu problema? Eu devia ter tido o mínimo de cuidado — apagar as luzes antes de levar um corpo até o porta-malas do carro.

Mas, por outro lado, talvez não tenha visto. Ela está passeando com o cachorro — um vira-lata que parece muito mais simpático do que ela — e talvez esteja muito concentrada em limpar o cocô do cachorro ou em alguma outra coisa que tutores de cachorro fazem quando saem para dar uma volta com seus bichos. Talvez ela não tenha ideia do que a gente está fazendo. Quer dizer, mesmo que tenha visto tudo, o que ela sabe é que a gente colocou um tapete enrolado no porta-malas do carro. Poderíamos estar reformando a casa.

É claro que, se souber que meu pai desapareceu, ela vai ligar os pontos na mesma hora.

— Oi, Alison — digo, contrariado.

O Lesma fica esperto ao ouvir o nome dela. Ele fica imóvel, mas não diz nada. Em outras circunstâncias, estaria me cutucando e dizendo que ela é uma gostosa.

— Olá — responde Alison, de um jeito monótono.

Atravesso meu jardim para conversar com ela. Está escuro demais para enxergar seu rosto, então não sei dizer o que ela está pensando. Será que ela viu o que a gente fez? *Será?*

— Passeando com o cachorro? — pergunto.

Ela olha para a coleira em sua mão.

— Ah, *é*.

— Não está muito tarde para isso?

Ela dá de ombros.

— Rufus me protege.

Como se estivesse seguindo a deixa, o vira-lata começa a rosnar para mim. Que ótimo. Só falta o cachorro me atacar. É tudo que eu preciso.

— Quieto, Rufus — sussurra Alison para o cachorro.

O cachorro não para de rosnar. Ele está irritado de verdade e começa a esticar a correia com tanta força que chega até a arrastar um pouco Alison.

Mas ele não está tentando me atacar. Ele quer passar por mim.

— Desculpa — resmunga Alison. — Não sei o que ele tem.

Eu também não sei até que Rufus corre na direção do Oldsmobile. O Lesma fica em pânico por um instante, afastando-se do carro com as mãos levantadas, mas o cachorro para abruptamente diante do porta-malas. E começa a latir de maneira selvagem, voltando toda a sua energia para o carro.

— Vocês têm carne crua no porta-malas? — pergunta Alison. — Ele só late desse jeito quando sente cheiro de carne crua.

Não faço ideia de como responder a essa pergunta, porque estou imóvel e apavorado, mas então o Lesma entra na conversa:

— É, vim pegar carne para fazer hambúrguer e uns cachorros-quentes. A gente vai fazer um churrasco lá em casa amanhã.

— Ah, então é isso. — Alison puxa a correia, tentando arrastar Rufus, que resiste. — A propósito. Tom, você conseguiu conversar com a Daisy?

Por favor, não vamos ter essa discussão agora.

— Ainda não.

— Mas vai conversar? — Ela me olha através das lentes grossas dos óculos. — Né?

— Vou — digo, com a voz firme.

Satisfeita com a minha resposta, Alison consegue afastar Rufus do porta-malas do Oldsmobile e, assim que eles voltam para a calçada, o cachorro relutantemente acompanha sua dona. Mal conseguindo respirar, eu e o Lesma ficamos observando Alison se afastar.

— Ela viu — diz o Lesma, assim que Alison se afasta o suficiente para não conseguir nos ouvir. — Com certeza ela viu.

O Lesma está olhando a distância, na direção de Alison, que vai virando um pontinho.

— Acho que ela não viu. Está muito escuro.

— Ela sabe que a gente estava fazendo *alguma coisa* — observa ele. — E aquele cachorro maldito não parava de latir. Assim que souber que seu pai desapareceu, ela vai sacar o que aconteceu.

— Talvez não.

— Não? Não é possível que você seja tão burro assim, Tom.

Esfrego meu rosto com a palma das mãos.

— E o que a gente vai fazer então?

O Lesma fica quieto.

— Não sei, mas temos uma ponta solta.

Não tenho condições de pensar nisso agora. Já tenho problemas demais. Ainda precisamos nos livrar do corpo que está no porta-malas do carro. Não consigo pensar em Alison neste momento.

— O que vamos fazer com o corpo?

— Eu ia sugerir que a gente jogasse no rio. Fazendo parecer que ele foi assaltado e morto. — O Lesma aponta para o porta-malas. — Mas agora com essa história da Alison, acho melhor a gente enterrar o corpo. Pelo menos assim não vai ser tão fácil de encontrar.

Enterrar o corpo. Assim como Brandi Healey foi enterrada.

— Tá bom — concordo. — Preciso levar uma pá?

O Lesma balança a cabeça.

— Já tenho duas no carro.

É claro que ele tem.

CAPÍTULO 31

Quatro horas depois, voltamos para a cidade com o porta-malas do carro vazio.

O corpo do meu pai está enterrado no que parece ser uma trilha de caminhada que ninguém mais usa, a noventa minutos da cidade. O Lesma sabia exatamente aonde ir. Ele contou uma história sobre ter acampado naquela trilha com o irmão quando era pequeno, e eu não perguntei mais nada. Preciso aceitar que ele está falando a verdade porque o contrário é terrível demais.

O Lesma ligou o rádio do carro e está cantarolando uma música do Dr. Dre. Ele não parece um cara que acabou de enterrar um corpo, apesar de suas unhas ainda estarem sujas de terra.

— Tem certeza de que os seus pais não ligam de você passar a noite fora? — pergunto.

— Certeza. — Ele tamborila os dedos no volante do carro. — Meu pai dorme como uma pedra e minha mãe é viciada em zolpidem. Eles nem vão saber que saí de casa.

— Ah, tá bom.

— Mas preciso dormir um pouco. — Ele boceja. — Então você vai ter que limpar a sua casa sozinho.

Não me incomodo com isso. Acho que seria impossível dormir, então não me importo de passar o resto da noite limpando o chão da cozinha com água sanitária.

— Jogue todas as roupas ensanguentadas na máquina de lavar — diz ele. — Use a água quente no nível máximo com sabão, alvejante, tudo o que você tiver.

Como é que o Lesma pode saber disso tudo?

— Tá bom.

— Quando é que a sua mãe volta?

— Depois de amanhã. — Eu me contorço no assento do carro. Tem terra dentro da minha calça e isso está me incomodando. — Mas é possível que alguém perceba que ele não foi trabalhar. Apesar de que ele faltava bastante.

— O que você vai dizer para a sua mãe?

— Vou falar que ele caiu na gandaia.

Ele já fez isso antes. Uma vez, ele ficou sumido mais de uma semana. Ela vai ficar preocupada, mas vai resistir à ideia de chamar a polícia, porque sabe que isso pode significar mais encrenca para o meu pai. Acho que temos mais uns três ou quatro dias até ela decidir fazer alguma coisa. Ela vai achar estranho o carro dele ainda estar na garagem, mas é muito arriscado a gente tentar se livrar do carro.

— Além disso — acrescenta o Lesma —, temos que decidir o que fazer com a Alison.

Olho para ele com os olhos arregalados.

— Como assim decidir o que fazer com a Alison?

— Ela *viu* a gente, Tom.

— Eu sei, mas… — Esfrego as mãos na minha calça jeans, que está coberta de sangue e terra. — Mas ela não viu nada. Tenho quase certeza.

— Ah, é? Você quer correr o risco de ser preso?

— Mas que opção a gente tem?

O Lesma fica quieto enquanto, ao fundo, o rádio toca hip-hop. Ele está concentrado na estrada escura à nossa frente, iluminada pelos faróis do carro.

— Lesma?

— Só estou dizendo que é um problema. Um problema grave.

Balanço a cabeça.

— Achei que você *gostasse* da Alison. Você vive dizendo que ela é incrível. Que ela parece uma bibliotecária sexy.

— Ela parece — diz ele, dando de ombros. — Mas ela viu a gente, e isso pode ser um problema se não fizermos nada. Você quer mesmo arriscar?

— Sim — respondo, com a voz firme. — Quero arriscar.

O Lesma não fala mais nada. Ele só continua dirigindo. Espero que esse seja o fim da história. Alison não viu nada. Sei que ela não viu. Se ela tivesse visto alguma coisa, com certeza falaria.

CAPÍTULO 32

DIAS ATUAIS

SYDNEY

O terceiro encontro é tão incrível quanto os dois primeiros.

Dessa vez, eu e Tom comemos poke. Nunca fui muito fã de poke, mas Tom ficou falando que conhecia um restaurante ótimo, que por acaso fica perto do meu prédio. Então, fizemos nossos pedidos e, como sempre, ele pagou a conta sem me dar chance de falar qualquer coisa.

E agora estamos andando na direção da minha casa.

E depilei minhas pernas.

— Olha só — digo. — Eu estava passando por uma loja de bebidas e acabei comprando uma garrafa de tequila.

— Tequila. — Tom faz que sim com a cabeça. — Faz anos que não bebo tequila. Me faz lembrar da faculdade.

— Cheguei até a comprar uns limões — digo. — Não pode faltar, né?

— Acho que é proibido beber tequila sem limão.

— É mesmo — digo. — Meu ex é policial e acho que ele chegou a prender umas pessoas por causa disso.

Tom fica tenso ao me ouvir falar de Jake. Já estou arrependida. Não devia falar de um antigo namorado com um cara que tem potencial para ser meu novo namorado. Ou, mais do que isso, talvez Tom já seja meu novo namorado. De qualquer forma, tenho certeza de que ele não quer me ouvir falar de Jake.

— Então o seu ex é policial? — pergunta ele.

— Ah, é. Mas já faz tempo.

— Vocês ainda se falam?

— Não. — Voltamos a nos falar só bem recentemente. Mas ele não precisa ficar sabendo dessa parte. — Desculpa, eu não devia ter falado do meu ex. Fui boba.

— Não se preocupe. Todo mundo tem um passado, né?

Tom chegou a comentar que ele estava meio que terminando um relacionamento quando a gente se conheceu, mas evitou tocar no assunto depois disso. Fora esse comentário, ele age como se eu fosse a primeira namorada da sua vida. Isso é legal, na verdade. A pior coisa que existe é um cara que ainda tem contato com a ex.

E, apesar disso, tenho curiosidade. Curiosidade em saber o tipo de garota com quem ele se envolveu antes de mim. Está na cara que ele é um bom partido, e acredito que tenha saído com algumas mulheres bonitas. Mas o que eu gostaria mesmo de saber é como esses relacionamentos terminaram.

Imagino que, se ficarmos juntos por tempo suficiente, vou acabar descobrindo.

Uma hora essas coisas vêm à tona.

Quando estamos a mais ou menos três quadras da minha casa, Tom para de repente. Faço menção de continuar andando, mas ele olha para mim com curiosidade.

— Aonde você está indo? — pergunta ele.

— Para casa — respondo.

Ele franze a testa e olha para o prédio à nossa frente. Então me dou conta de que esse é o prédio do episódio com Kevin de verdade, quando ele me salvou.

— Achei que você morasse aqui.

— Ah, não. — Balanço a cabeça. — Fingi que morava aqui para despistar aquele cara que estava comigo.

— Ah. — Ele ri. — Bem pensado. Tá bom, então vamos. — Ele passa a língua nos lábios e me dirige um olhar expressivo. — Estou muito a fim de provar aquela tequila.

Eu também.

Percorremos as últimas três quadras com os dedos dele enlaçados nos meus, e acho essa atitude estranhamente fofa. Mas, faltando poucos metros, ele solta minha mão repentinamente. Em seguida, quando chegamos ao meu prédio, ele fica imóvel e muito pálido.

— Você mora *aqui*? — sussurra ele.

— Não é tão chique quanto parece — digo, brincando.

Começo a subir os degraus da entrada, mas Tom não se mexe. Não sei dizer o que está acontecendo com ele. Ele agarra o corrimão e parece que vai passar mal.

— Tom? — chamo. — Você está bem?

Ele esfrega a barriga.

— Eu, ah… não sei. Não estou com aquela quentura de febre. Acho que pode ter sido o poke.

Eu diria para Tom ir embora para casa, mas não parece que ele está em condições de fazer isso. Além disso, dei uma geral no meu apartamento e minhas pernas estão lisinhas como pele de bebê. Seria *muito* frustrante se ele não entrasse. Então agarro sua mão e dou uma puxadinha.

— Vamos entrar?

Tom resiste um pouco, mas me acompanha para dentro do prédio. Parece que ele está indo para a cadeira elétrica. No elevador, ele fica olhando para os lados.

— Faz quanto tempo que você mora aqui? — pergunta ele.

— Quase dois anos.

Ele repete as palavras "dois anos" e passa a mão pelo cabelo.

— E... você conhece muita gente no prédio?

Que pergunta mais estranha.

— Não muita.

— Não muita?

— É Nova York. As pessoas ficam na sua, né?

— É — resmunga ele, mas não parece muito satisfeito com a minha resposta.

— Eu tinha uma amiga próxima que morava aqui — confesso, por fim —, mas ela... ela foi assassinada já tem alguns meses.

Ele me encara. Então abre a boca para falar, mas não emite nenhum som.

— O prédio está seguro agora — emendo, na mesma hora. — Não se preocupe comigo. Eles acham que o culpado é um cara que estava saindo com ela, mas não conseguiram encontrar o sujeito. Parece que ele sempre usava um telefone pré-pago para falar com ela. Imagina!

— Meu Deus — comenta ele. — Que coisa... uau. E eles não fazem ideia de quem é o cara?

— Se soubessem, ele já teria sido preso.

Ao entrar no meu apartamento, me pergunto se estou cometendo um erro. Tom parece muito agitado e não sei dizer por quê. Poderia ser por causa da história do assassinato de Bonnie, mas ele já parecia nervoso antes. Por que ele fica perguntando do meu prédio? Será que ouviu dizer que é mal-assombrado? Será que sente algum *cheiro* que eu não sinto?

Eu também não morro de amores por esse prédio. Desde que uma das minhas melhores amigas morreu assassinada aqui, uma sensação ruim tomou conta do lugar. Ainda penso nela o tempo inteiro. Posso ter conseguido tocar a vida e voltado a sair com outros caras, mas não vou me esquecer de Bonnie. Nunca.

Espero que Jake encontre o monstro que a matou. Não vou conseguir relaxar até que ele esteja preso.

Ao entrarmos no meu apartamento, vou direto à cozinha para pegar a garrafa de tequila. Acho que álcool é perfeito para rebater esse tipo de sensação. Tom vem atrás de mim com a testa muito franzida.

— Sydney — diz ele.

Pego um limão na geladeira, depois uma faca e começo a cortar a fruta em fatias.

— Os drinques ficam prontos em dois minutos.

— Eu… eu acho que não vou beber. — Ele apoia uma das mãos no balcão da cozinha e seus dedos tamborilam o mármore freneticamente. — Acabei de lembrar que tenho uma reunião amanhã cedo.

— Uma reunião com os cadáveres?

Ele olha para mim.

— Não, é uma reunião com o pessoal do trabalho.

Que lorota. Uma reunião? Sério? Como é que, uma hora atrás, ele não tinha reunião nenhuma? Enfim, nunca conheci um cara que não estivesse disposto a trocar sono por sexo. Não, ele quer dar o fora daqui.

Mas por quê? Por que ele ficou tão perturbado do nada? O que foi que eu fiz de errado?

De qualquer forma, tenho a sensação de que nunca mais vou ver Tom depois que ele sair do meu apartamento.

Fico tão transtornada que a faca escapa da minha mão. A lâmina corta o dedo indicador esquerdo, que segurava o limão, e instantaneamente surge uma poça de sangue sob a minha mão, porque é assim que as coisas funcionam comigo.

— Que merda! — exclamo. Ótimo. A noite está ficando cada vez melhor.

— Meu Deus — suspira Tom. — Você se cortou feio.

Então me dou conta de que, em três das quatro vezes em que encontrei Tom, eu estava sangrando consideravelmente. Se ele não tivesse pensado em ir embora antes, aposto que pensaria nisso agora.

Bem feito, Syd.

Mas, quando olho para ele, suas bochechas já recuperaram um pouco da cor. Ele não parece nem um pouco incomodado que eu esteja, de novo, sangrando profusamente. Deve ser porque ele é médico. Ele até sabia o que era doença de von Willebrand.

— Onde você guarda o estojo de primeiros socorros? — pergunta ele.

— No armário do banheiro, na prateleira de cima.

Tom corre até o banheiro e, um segundo depois, volta com o kit. Enquanto isso, uso toalhas de papel para tentar estancar o sangue. É surpreendentemente ineficaz. Esse é o tipo de corte que sangraria muito até numa pessoa normal. Em alguém como eu, a quantidade de sangue é um pouquinho assustadora. É digno de um filme de terror de baixo orçamento.

— Uau. — Tom olha para o meu kit de primeiros socorros. — Você está muito bem preparada.

— Hum, obrigada.

— É um estojo completo. — Ele analisa o conteúdo do kit com um entusiasmo cada vez maior. — Pinça, tesoura, compressa. Você tem até um torniquete!

— Você acha que preciso de um torniquete?

— Não. — Ele sorri para mim e, finalmente, está com os ombros mais relaxados. — Só estou dizendo que esse estojo é dos melhores. Agora me deixa ver esse ferimento.

Minha experiência é de que a maioria das pessoas não sabe o que fazer quando se depara com esse tipo de situação. Uma vez cortei o dedo quando estava com Gretchen e ela passou mal. Mas Tom sabe o que fazer. *Mesmo*. Ele usa um pouco de gaze para pressionar o corte e, quando o sangramento diminui, consegue fazer um curativo muito eficaz no meu indicador esquerdo. Com frequência, o primeiro curativo não dura mais do que cinco minutos, mas esse aqui vai durar até amanhã de manhã.

— Obrigada — digo, admirando seu trabalho. — Sair com um médico tem suas vantagens.

Pena que nunca mais vamos nos ver. A história da reunião não passa de uma desculpa furada.

Mas, estranhamente, Tom parece ter esquecido a reunião e ficado mais calmo ao me ajudar com o curativo. Ele está de pé ao meu lado, encostado no balcão da cozinha, esboçando um sorriso.

— Fico feliz de poder ajudar.

Encaro seus olhos castanhos e, mais uma vez, ele parece me desejar, depois de ter agido estranho comigo em frente ao meu prédio. Ele me encara e encosta seus lábios nos meus.

Depois de um beijo que quase me faz derreter, Tom murmura no meu ouvido:

— O que acha de a gente ir para o quarto?

— E a sua reunião de amanhã?

— O sono é superestimado.

— E as nossas tequilas?

— A única coisa que eu quero agora — sussurra ele — é você.

Tá bom então.

CAPÍTULO 33

ANTES

TOM

Na manhã seguinte, foi como se tudo não tivesse passado de um sonho horrível.

Ter dormido menos de duas horas também não ajuda, um sono interrompido por sonhos nos quais vejo meu pai entrar pela porta de casa, coberto de terra e com um corte no pescoço. Talvez tudo tenha sido um sonho. Afinal, como eu poderia ser capaz de matar meu próprio pai e enterrar o corpo dele no mato?

Faço um esforço para levantar da cama e lavar o rosto para despertar. Minha mãe não me deixa tomar café, mas hoje não seria uma má ideia. Estou com os olhos vermelhos e o cabelo espetado, não importa o quanto me esforce para molhar e pentear os fios.

Quando saio do banheiro, passo pelo quarto do meu pai. Uma parte de mim tem esperanças de que ele esteja deitado na cama, roncando alto o suficiente para acordar os mortos, e que a coisa toda tenha sido apenas um sonho extremamente realista. Mas é claro que ele não está na cama.

Ele nunca mais vai estar.

Visto minhas roupas meio atordoado e desço as escadas agarrado ao corrimão para não despencar dos degraus e morrer. Então, quando chego à sala e não vejo o tapete é que minha ficha cai.

Matei meu pai ontem à noite. Cortei a garganta dele. Enrolei o corpo no tapete e o enterrei no mato.

Estou de pé no lugar onde antes havia o tapete, lutando para sentir alguma coisa pelo homem que se dizia meu pai. Eu não o amava — acho que nunca o amei. E sua morte não me deixa triste. Ele merecia morrer. Ele merecia até uma morte pior do que aquela que teve.

Mas, ainda assim, eu não deveria ter matado meu pai. Não é certo matar alguém, e sei disso. Mas, quando estava segurando a faca, não consegui me conter. A vontade de cravar a faca em sua barriga flácida era quase irresistível.

E a verdade é que gostei de presenciar sua morte. Foi um dos melhores momentos da minha vida.

Alguma coisa está muito errada comigo. É possível que minha mãe e Daisy não consigam ver, mas Alison consegue, e o Lesma também. Não sei o que fazer. Mas Alison estava certa a meu respeito: sou perigoso.

Eu me arrasto até a cozinha para ligar a cafeteira. Sempre faço café quando minha mãe não está em casa para me proibir. Ela chega de Seattle amanhã. E a primeira coisa que vai perguntar quando entrar em casa será: *onde está o seu pai*?

Vou responder que não o vi. Melhor me fingir de bobo. Todo mundo sabe que não se pode confiar em Bill Brewer, e não era minha obrigação ser babá dele enquanto minha mãe estava fora.

Enquanto espero o café ficar pronto, meu celular toca no bolso da calça. É claro que é minha mãe. Provavelmente querendo falar comigo antes de eu ir para a escola. Considero não atender, mas, se ela não conseguir falar com nenhum de nós dois, é possível que ligue para a polícia. Melhor atender.

— Oi, mãe — digo. Estou tentando falar como alguém que não passou a noite inteira acordado.

— Tommy, você parece exausto! — É, acho que não fingi muito bem. — Está tudo bem?

— Tudo. E como está o tio Dave?

— Ele está melhor. Tiveram que colocar um stent no coração. Você sabe como funciona?

— Sei. — Embora seja uma ideia quase impossível, considerei me tornar cirurgião. Adoro a ideia de abrir o peito de uma pessoa e ver o coração ali dentro. Eu ia adorar segurar um coração de verdade na minha mão — um coração humano e não o coração de vaca que dissecamos na aula de biologia meses atrás.

Se me tornasse um cirurgião um dia e visse o peito aberto de uma pessoa, me pergunto se faria algo idiota. Quando fecho os olhos, ainda vejo minha mão cravando a faca na barriga do meu pai.

— Escuta, Tom. — A voz da minha mãe me distrai desses pensamentos. — Seu pai não atende o celular. Ele está em casa? — Antes que eu possa responder, ela acrescenta: — Se ele estiver dormindo, pode deixar.

É claro. Ela não quer que meu pai grite com ela por ter atrapalhado seu sono precioso — nem correr o risco de ele descontar a raiva em mim.

— Acho que ele está no trabalho.

— Tão cedo assim?

— Acho que sim.

Ela fica em silêncio por um tempo do outro lado da linha.

— Mas você viu se ele voltou para casa ontem à noite?

— Vi. — Tecnicamente, isso é verdade.

— Tá bom… Acho que vou tentar falar com ele na loja de ferragens.

— Você tem certeza de que quer falar com ele? Ele não parecia estar de bom humor.

— Então você *viu* o seu pai hoje de manhã?

Droga. Parece que minha mãe está determinada a me colocar contra a parede, e ela não tem ideia do que fiz.

— Quer dizer, ele parece estar de mau humor ultimamente. Você sabe o jeito que ele fica, né? É isso.

— Tá bom. — Ela fica em silêncio mais uma vez do outro lado da linha, pensando no que eu disse. Por fim, fala: — Então vou falar com ele, mas você poderia me mandar uma mensagem assim que ele chegar em casa hoje à noite?

— Claro.

— Obrigado, Tommy. Querido, amo muito você.

— A-hã. Tchau, mãe.

Desligo o telefone com a cabeça a mil. O que vou fazer hoje à noite? Finjo que meu pai voltou para casa? Não parece ser uma boa ideia. Não quero que ela descubra que estou mentindo.

Bebo rápido o café, pego a mochila que deixei ontem à noite no chão perto da porta e vou para a escola. O tempo está bom, o ar é fresco e revigorante, e a previsão é de que vai passar dos vinte graus hoje à tarde. Mas é difícil ficar feliz com isso. Não consigo parar de pensar na noite passada. E sobre o que vou fazer quando minha mãe voltar para casa.

E sobre o problema com Alison.

Porém, tenho a sensação de que tudo vai dar certo. Não sei dizer de onde vem isso, mas é como se uma voz sussurrasse no meu ouvido: *Vai dar tudo certo, Tom. As coisas vão se ajeitar.*

Não sei se é o ar fresco ou o quê, mas, quando chego à escola, estou me sentindo muito bem. Sim, fiz algo impensável ontem à noite. Mas fiz um bom trabalho escondendo as pistas.

O Lesma vai guardar segredo e tenho certeza de que Alison não viu nada. Ninguém vai descobrir. Vou me dar bem.

É quando vejo as viaturas da polícia estacionadas em frente à escola.

De novo, são duas viaturas. Desde que encontraram o corpo de Brandi, quase todo dia tem uma viatura na escola, mas essa é só a segunda vez que vejo *dois* carros parados na frente da escola. E, quando sinto o pânico batendo à porta, chega uma terceira viatura.

Ai, não.

Será que tem algo a ver com meu pai? Será que eles já descobriram o que fiz e agora a polícia está aqui para me prender junto com o Lesma?

Não, isso é impossível.

Mas a polícia tem que estar aqui por algum motivo. *Três* viaturas. Algo horrível deve ter acontecido.

Há alguns grupos de estudantes em frente à escola, e todo mundo está conversando em voz baixa. O que será que *aconteceu*? Vou ficar louco se não descobrir logo.

Antes que eu possa me aproximar de um dos estudantes, ouço chamarem meu nome:

— Tom! *Tom!*

Eu me viro e vejo Daisy correndo na minha direção. Ela ficou abalada quando descobriram o corpo de Brandi, mas agora parece ser algo muito mais grave. Ela me abraça, e seu corpo treme de tanto que ela chora. Faço carinho em seu cabelo dourado, tentando acalmá-la, mesmo sem saber o que aconteceu.

— Daisy — murmuro. — Calma. Vai ficar tudo bem.

Daisy me encara com os olhos cheios de lágrimas.

— Do que você está falando? Como é que vai ficar tudo bem? A Alison *desapareceu*.

Alison desapareceu?

Meu Deus, acho que vou passar mal.

CAPÍTULO 34

DIAS ATUAIS

SYDNEY

Isso foi...

"Inacreditável" é a única palavra capaz de descrever essa situação. Embora ela não pareça forte o suficiente. É como se uma palavra tivesse de ser criada para dar conta das últimas duas horas que passei no meu quarto. Sei lá... *Extasiantoso*... *Inacredifabuloso*.

Mas mesmo assim não parece suficiente.

Tom se saiu muito bem. Se essa história de ser médico não der certo, ele tem outras opções de carreira, só digo isso.

— Uau — diz ele, enquanto me encaixo na curva de seu braço. — Isso foi incrível.

Foi *inacredifabuloso,* na verdade. Mas não estou entendendo por que ele fala como se *eu* fosse a responsável por ter sido incrível. Na melhor das hipóteses, fomos nós dois. Talvez a gente tenha algum tipo de química incrível.

Como ele ainda está solteiro? Não consigo entender uma coisa dessas.

Tom me abraça e faz eu me sentir quentinha e confortável. Não sei se a reunião era fictícia ou não, mas ele dá sinais de que não quer mais ir embora. A sensação é de que, se eu o convidasse para morar comigo, ele aceitaria sem pensar duas vezes.

— Foi maravilhoso mesmo — digo. — Acho até que acenderia um cigarro, apesar de não fumar.

Ele ri.

— Sei como é. Para falar a verdade, na primeira vez em que vi você, tive um pressentimento. Eu sabia que seria incrível. Sabe?

— Sei. Senti a mesma coisa.

Meu celular vibra na mesinha de cabeceira, que fica do lado da cama, onde Tom está. Uma mensagem. Tom se vira um pouco e, quando vê a tela do telefone, seu corpo fica tenso. Ai, ai, ai.

— *Jake* quer saber se você chegou bem em casa depois do seu encontro — diz ele. — O que você gostaria de responder?

Uau. Valeu por ter estragado nosso clima pós-sexo, Jake.

Pego o telefone, lamentando a mensagem de Jake que aparece na tela. É pior do que eu imaginava.

Por favor, me diga se você chegou bem em casa. E se você quiser que eu verifique os antecedentes desse cara, é só falar. Não confie em ninguém.

— Achei a mensagem interessante — diz Tom, sem mudar o tom de voz. — Posso saber quem é Jake?

Dou um sorriso amarelo.

— Lembra que te contei sobre um ex-namorado que é policial? É ele.

— Mas você disse que não falava mais com ele. Então por que você tem que avisar para ele se chegou bem quando sai com outros caras?

— É, eu sei. — Eu me sento ao lado de Tom na cama. Ele não parece mais interessado em me abraçar, e, pela expressão em seu rosto, parece bem preocupado. — A gente voltou a se falar porque ele está investigando alguns casos recentes que o deixaram meio paranoico. Mas eu não devia dar corda para ele.

— A-hã.

— Vou cortar isso. Prometo.

Inclino meu celular na direção de Tom para que ele possa ver as palavras que estou digitando.

Sinto muito, mas minha vida social não é da sua conta. Você não precisa verificar os antecedentes de ninguém.

Envio a mensagem e olho para Tom.

— Pronto. Tudo certo agora com a gente?

— Acho que sim. — Mas ele continua na defensiva. — Seu relacionamento com esse cara foi sério?

Coloco meu cabelo atrás da orelha.

— Não vou dizer que não foi sério. Nós chegamos a morar juntos. Mas a gente terminou faz anos. Como eu disse, a gente voltou a se falar por acaso recentemente, só isso.

— Certo…

— Olha, a gente não é mais criança. Tenho certeza de que você também já morou com outra mulher.

Ele hesita e nem sei dizer qual é a resposta que estou esperando. Não quero saber de um relacionamento sério que ele teve nem o motivo para ter acabado. Mas, por outro lado, se ele nunca viveu com uma mulher a essa altura da vida, é um sinal de alerta.

— Não — diz ele, finalmente. — Nunca morei com uma mulher.

Tá bom. Ele tem mais de trinta anos. Como é que nunca teve um relacionamento sério o suficiente para viver com a outra pessoa? Ele deve ter medo de compromisso.

— Ah, é?

— Meu trabalho exigiu muito de mim — diz ele, meio na defensiva. — Quer dizer, depois da faculdade de medicina e do período de residência, hoje fico à disposição do hospital... Minha prioridade sempre foi o trabalho.

É claro que não conheço ninguém que seja mais consumido pelo trabalho do que Jake, e mesmo assim ele conseguiu se casar uma vez, e nós vivemos juntos. E não é como se Tom fosse um esquisitão sem vida social. Tem alguma coisa que ele não está me contando. Com certeza.

— Você já se apaixonou alguma vez? — pergunto.

Ele parece chocado com a pergunta. Então olha para mim, e vejo seu peito subindo e descendo com a respiração. Por fim, ele responde:

— Sim. Uma vez. Mas já faz bastante tempo.

— Bastante tempo?

— No ensino médio. — Ele esfrega as mãos no rosto. — A gente se conhecia desde criança, mas só foi namorar no ensino médio. Ela era a pessoa mais incrível que já tinha conhecido na vida. E... eu achava que a gente ia se casar. Nós tínhamos só dezesseis anos e, olhando hoje, parece muito bobo, mas era o que eu pensava. Era o que eu mais queria.

— E... o que aconteceu?

— Ela... — Ele fecha os olhos. — Ela morreu.

Tampo minha boca com a mão.

— Ai, meu Deus. Sinto muito.

— É. — Ele vira o rosto. — Bom, prefiro não falar sobre isso.

— Tudo bem — digo, gentilmente. — Não precisamos conversar sobre isso.

Embora essa história deva ter uns vinte anos, a expressão de dor em seu rosto é vívida. É óbvio que ele amava muito essa garota. Fico imaginando o que aconteceu com ela. Um acidente? Câncer? Como é que uma garota de dezesseis anos morre?

Pelo menos tenho uma explicação para o fato de Tom ainda ser solteiro depois de todos esses anos. Ele é apaixonado por uma garota morta.

CAPÍTULO 35

ANTES

TOM

Alison Danzinger desapareceu.

Daisy me conta o que aconteceu, apesar de estar muito abalada e, a princípio, não falar coisa com coisa. Aparentemente, Alison não desceu para tomar o café da manhã e sua mãe foi até o quarto dela para ver se já estava acordada, mas encontrou a cama vazia.

Isso foi há mais ou menos uma hora. Lançaram um alerta laranja para Alison, e a polícia espera que ela tenha apenas fugido de casa. Dizem que ela teve uma discussão com os pais ontem à noite.

— Alison jamais teria fugido — diz Daisy. — Às vezes, ela briga com os pais, mas não faria nada para deixá-los preocupados. Ela não é assim. Ela é uma pessoa boa e querida.

— A-hã — digo, apesar de não concordar. Eu me pergunto o que Daisy diria se soubesse que sua melhor amiga estava me chantageando para acabar com o nosso namoro.

Daisy passa as mãos nos olhos inchados.

— Estou com um mau pressentimento de que algo horrível aconteceu com ela.

Eu também estou com um mau pressentimento, mas não vou contar isso para ela. Não sou tão sádico assim.

— Aposto que ela está bem. Talvez tenha saído cedo para dar uma volta e os pais dela estão preocupados à toa.

— Não. — Daisy balança a cabeça. — Alison jamais sairia para dar uma volta sem o Rufus. Ele fica louco quando ela sai sozinha. Quase morre de tanto latir.

Você precisa ver como ele fica quando chega perto de um cadáver.

— Aposto que ela vai voltar. Não se preocupe.

A polícia vai interrogar todos os alunos de novo. Porque funcionou *muito bem* da primeira vez. Daisy me explica isso, e tento disfarçar meu desconforto cada vez maior. Alison não fugiu de casa. Não se trata de um mal-entendido.

Eu me separo de Daisy depois que entramos na escola. Vou direto até o armário do Lesma, apesar de ser do outro lado do prédio. Quando me aproximo, vejo o Lesma guardando alguns livros no armário como se nada o preocupasse. Quando me vê, ele acena.

— Oi, Tom.

Como ele consegue? Como ele consegue fingir que nada aconteceu depois da noite de ontem? Ele nem parece *cansado*. Acho que está até com menos espinhas.

— Oi. — Pigarreio. — Você ficou sabendo que a Alison desapareceu?

— Fiquei. Acho que alguém resolveu o problema para nós, né?

Então ele me dá uma *piscadinha*. Quase tenho um treco.

— Lesma — sussurro —, você não... quer dizer, ontem à noite...

— Relaxa, Tom. — Ele tranca a porta do armário com um cadeado. — Não fiz nada com a Alison. E você também não, né? Às vezes, as coisas se resolvem sozinhas. Acho que é sorte.

Sorte é quando você está jogando pôquer e consegue um *full house*. Sorte não é quando uma adolescente desaparece porque ela sabe uma coisa que você gostaria que ela não soubesse. Mas, claramente, o Lesma pensa de outra forma. E, na mesma hora, me dou conta de algo muito importante.

Eu posso ser perigoso.

Mas o Lesma é muito pior.

CAPÍTULO 36

Assim como fizeram quando descobriram o corpo de Brandi, os policiais interrogaram os alunos na sala do diretor, um por um, atrás de informações sobre o paradeiro de Alison.

Dessa vez, meu nome está no topo da lista.

Quando entro na sala do diretor, o delegado Driscoll já está me esperando, assim como da última vez. Ele está usando uma camisa branca engomada e uma gravata xadrez em tons de marrom. Ele tem uma expressão séria no rosto largo e um vinco profundo entre as sobrancelhas. Ele é o delegado da cidade, e o fato de que coisas ruins aconteceram com duas garotas em um curto espaço de tempo não é bom para sua imagem. Ele quer encontrar Alison viva e devolvê-la para a família.

Infelizmente, isso não vai acontecer.

— Oi, Tom. — Sua expressão não muda nada. — Por favor, sente.

Assim como na última vez, eu me sentei em uma cadeira de plástico em frente à mesa. Antes de ser chamado para conversar com ele sobre Brandi, eu nunca tinha entrado na sala do diretor. Não sou o tipo de estudante que arruma encrenca.

— Imagino que saiba por que você está aqui — diz ele.

— Ouvi falar que a Alison... desapareceu.

— Sim. — Ele coça o queixo. — Os pais viram Alison ir para o quarto ontem à noite e, hoje de manhã, ela não estava mais lá.

— Então... alguém invadiu a casa?

Ele balança a cabeça.

— Nenhum sinal de invasão. Então ela deve ter aberto a porta para alguém que conhecia, ou saiu de casa sozinha.

Sei o que ele está me dizendo nas entrelinhas. Ele acha que um dos estudantes é o culpado, possivelmente o mesmo que tinha um encontro marcado com Brandi na noite em que ela foi assassinada.

— Você sabe de algum motivo que levaria Alison a sair de casa no meio da noite?

Hesito por uma fração de segundo.

— Não.

— Tem certeza, Tom?

Droga, por que fui hesitar? Aposto que o Lesma não vai hesitar quando o delegado Driscoll fizer a mesma pergunta para ele.

— Tenho.

— Eu estou muito preocupado com a Alison. Gostaria de encontrá-la e trazê-la de volta o mais rápido possível. E qualquer coisa que você saiba, por mais irrelevante que pareça, pode ajudar no nosso trabalho.

Abro os braços.

— Desculpa. Não sei de nada. Não conhecia a Alison tão bem assim.

— Tom. — Os olhos perspicazes do delegado se fixam em mim. — Por que você está falando dela no passado?

Sinto um frio na barriga.

— Ah. Eu... quer dizer, não *conheço* Alison tão bem assim. — Sinto meu rosto queimar. — Desculpa.

— Ela é sua colega de laboratório. E é a melhor amiga da Daisy.

Droga, ele se preparou para esta conversa.

— É. Quer dizer, a gente se conhecia... se *conhece*. Mas ela não era muito minha amiga. — Meu Deus, qual é o meu problema? — Não *é* muito minha amiga, na verdade.

Estou passando uma péssima impressão. Ele me encara por um longo tempo, entrelaça os dedos das mãos e se inclina para a frente.

— Por que vocês não são amigos?

Porque ela me odeia. Porque ela estava me ameaçando e me chantageando.

— Não sei. Somos muito diferentes. Temos interesses diferentes.

— Entendi. — Ele se encosta na cadeira, mas reparo que seu rosto tem uma expressão curiosa. — Então você e Alison não se dão bem.

— Não foi isso que eu disse. Só disse que nós não éramos amigos... não somos amigos. — Contra a minha vontade, estou começando a falar mais alto. Pigarreio e tento voltar a falar normalmente. — A gente se dá bem.

Por favor, acabe logo com esta conversa. Por favor.

— Não foi isso que as amigas da Alison me contaram — diz ele.

Começo a perder as esperanças.

— Ah, é?

— Elas me contaram que a Alison odiava você. Que estava tentando convencer a Daisy a terminar com você.

— Eu, ah... — As palmas das minhas mãos estão suadas, e tento secá-las na calça jeans. — Não sabia disso.

— Não sabia?

Minha boca está muito seca para que eu consiga falar, então só balanço a cabeça. De qualquer forma, isso não é nada de mais, né? Sim, Alison me odiava. Mas isso não quer dizer que eu a matei.

— Só mais uma pergunta — continua ele. — Onde você estava ontem à noite?

Ele quer saber se tenho um álibi. Isso não é bom.

— Estava em casa.

— A noite inteira?

— Sim.

— Com os seus pais?

— Minha mãe foi para Seattle visitar meus tios — digo. — Então estou sozinho com o meu pai.

— Está certo — diz ele, pensativamente. — Vou ter que dar uma ligada para o seu pai.

— Claro. — Boa sorte com isso. — Mais alguma coisa?

— Sim — diz ele. — Não precisa mais acompanhar a Daisy depois da escola. Eu mesmo vou levá-la para casa.

Ele deixou bem claro o que pensa. Não confia mais em mim para cuidar de sua filha. Para ser justo, acho que ele não confia em ninguém, mas com certeza não confia em mim.

CAPÍTULO 37

DIAS ATUAIS

SYDNEY

Eu e Tom marcamos nosso sexto encontro.

Vamos nos encontrar em Chinatown, perto do restaurante que faz minha guioza favorita e que me deu intoxicação alimentar só uma vez. Estou morrendo de vontade de levar Tom a esse restaurante, mas ele está dando sinais de ser *workaholic* e agendamos nossos encontros de acordo com seus turnos de trabalho. Mas, como o restaurante para de servir almoço às três da tarde, então ele disse que pegaria um táxi e me encontraria direto lá. Quando ele falou isso, fiquei um pouco nervosa, considerando o modo como ele ganha a vida, mas Tom prometeu tomar banho antes de me encontrar.

Estou esperando na esquina, com o estômago roncando, sentindo o aroma do macarrão frito que parece tomar conta da rua, quando meu telefone começa a tocar. Pego o celular dentro da bolsa. O nome da minha mãe aparece na tela. Confiro que horas são e, como tenho alguns minutos até o horário combinado com Tom, atendo a ligação. Talvez eu consiga esquecer que meu estômago está roncando.

— O que aconteceu, mãe? — pergunto.

— Acabei de receber uma notícia fantástica — diz ela, ofegante.

— Ah, é?

— Sim! Jackie, a filha da minha prima, acabou de dar à luz com quarenta e dois anos! E ela teve gêmeos!

As boas notícias da minha mãe estão cada vez mais ofensivas.

— Uau. Que ótimo.

— Aos quarenta e dois! Gêmeos! Podia ser você, Sydney.

Troco o celular de orelha, prestando atenção na rua para ver se Tom está chegando.

— Não estou muito preocupada com isso, mãe.

— Ué, e por que não? — Ela bufa. — Você tem quase quarenta anos e ainda está solteira!

Quase quarenta? Eu tenho trinta e quatro. Isso não é quase *quarenta*. Quer dizer, tenho menos de trinta e cinco anos, então estou com trinta *e poucos*, né?

— E você nem está saindo com ninguém — continua ela.

Não cheguei a comentar com ela dos meus cinco encontros com Tom, principalmente porque não quero criar expectativas nem dar detalhes do que está acontecendo. Mas acho que é pior quando ela reclama que estou sozinha.

— Na verdade — digo —, *estou, sim*, saindo com alguém.

— Ah, é? — suspira ela, como se eu tivesse acabado de lhe contar algo chocante. — Quem é?

— Você não conhece.

— Tá, mas qual é o nome dele?

— Tom.

— Tom, apelido de Thomas?

— Acho que sim.

— Qual é o sobrenome dele?

— Brown. — Como era de se esperar, foi bem difícil encontrar algo relevante sobre ele no Google.

— E o que ele faz?

É claro que essa é a primeira coisa que ela quer saber depois de me perguntar o nome dele.

— Ele é médico.

Ela não precisa saber a especialidade dele. Às vezes, eu gostaria de não saber.

— Uau! — Agora, ela parece satisfeitíssima. — Que ótimo!

Tiro os olhos do celular e vejo Tom descendo do táxi no meio da quadra. Ao vir na minha direção, ele para um instante para dar alguns dólares para um sem-teto sentado na calçada, que é uma coisa que ele faz mais do que qualquer pessoa que conheço. Nossos olhares se cruzam, e ele acena para mim.

— A propósito, ele acabou de chegar, então vou desligar.

— Posso dar um oi?

— Claro que *não*. Tchau, mãe.

Consigo desligar antes que Tom esteja perto o suficiente para me ouvir. Ele conseguiu trocar de roupa e seu cabelo está úmido, como se tivesse acabado de tomar banho. Que bom. Definitivamente não quero sentir cheiro de cadáver.

Como estamos no sexto encontro, ele se sente muito confortável para me dar um beijo ao me ver. E, como sempre, isso basta para que minhas pernas fiquem bambas. Em algum momento, sei que essa sensação de vertigem vai passar, então vou aproveitar enquanto ela ainda existe.

— Oi — sussurra ele em meu ouvido. — Espero não estar atrasado demais.

— Só alguns minutinhos.

Ele me acompanha seguindo pela calçada movimentada e, por um momento, me pergunto se vai segurar minha mão. Mas ele não a pega. Tom não é do tipo que segura na mão, e tudo bem. Jake também não era.

Passamos por uma das peixarias que existem aos montes no bairro, depois por uma loja cheia de badulaques e lembrancinhas. Acho que fazia tempo que Tom não vinha a Chinatown, porque ele parece curioso para ver tudo o que está à venda, mas eu estou mais interessada em comer guioza antes do fim do horário de almoço.

— Ei — diz ele —, você ia gostar de ganhar um leque decorativo?

— Não, obrigada.

— E uma tartaruga em miniatura?

De fato, a loja tem um tonel cheio de filhotes de tartaruga do tamanho do meu dedinho. Na verdade, eles são bem bonitinhos. Será que tartarugas são bons bichinhos de estimação? Não faço ideia, mas desconfio de que uma tartaruga comprada na rua deve estar cheia de bactérias de tartaruga.

— Não, obrigada.

— E que tal alguns fogos de artifício daqueles proibidos? Aposto que eles têm isso aqui.

Reviro os olhos.

— Ótimo. É só o que me faltava para explodir alguns dedos da mão.

— Quando eu era residente, atendi um paciente que explodiu a mão com um petardo — conta ele. — Tivemos que amputar o primeiro e o segundo metacarpo. Eles me deixaram assistir à operação. Foi muito legal.

Seus olhos brilham do jeito que sempre acontece quando ele fala sobre qualquer coisa relacionada à medicina.

— Nossa, por favor, conte mais — digo.

— As queimaduras eram extensas, envolvendo toda a região palmar... — Ele para de falar quando vê a cara que estou fazendo. — Você estava sendo sarcástica.

— Óbvio.

Apesar de toda a minha experiência com sangue, só de eu pensar numa pessoa perdendo os dedos, meu estômago já se revira, e com certeza não quero ouvir uma história dessas minutos antes de fazer uma refeição. Mas Tom parece muito chateado por não poder me contar o que aconteceu com a mão destruída pelo petardo. Ele fica em silêncio enquanto cruzamos a quadra.

Assim que chegamos ao restaurante, ele parece um pouco mais animado. Quando indico a entrada, ele pula na minha frente e abre a porta para mim, como sempre faz. Sem dúvida, Tom não está fingindo ser educado. Ele é um cavalheiro, de verdade. O que posso dizer? Ele é perfeito. A não ser pelo trabalho.

— Depois de você — diz ele.

Ao entrarmos no restaurante, passamos por duas senhorinhas que estão de saída. Uma delas olha bem para Tom.

— Dr. Brewer? — diz ela.

Ele reage.

— Sim?

— Dr. Brewer! — Ela é pequena e atarracada, tem cabelo grisalho bem curto e está usando óculos tão grandes que chegam a ser engraçados. — Achei que era mesmo o senhor! Meu nome é Velma Stewart. Sou sua paciente. — Tom parece espantado, então ela acrescenta: — Quero dizer, meu marido era seu paciente. Ele morreu e foi o senhor que fez a autópsia uns meses atrás.

— Ah! — Ele se dá conta de quem era o paciente. — Sim. Sim, claro. Como vai a senhora?

— Melhor agora. — Seus olhos ficam opacos por um instante. — Só gostaria de agradecer por ter conversado comigo. O senhor me contou que o Harvey morreu rápido, enquanto dormia, e que ele não sofreu. Isso me tranquilizou tanto. E depois o senhor me ouviu falar dele por quase uma hora, mesmo estando extremamente ocupado.

Ele fica corado.

— Ah, mas isso não foi nada.

— O senhor é um ótimo ouvinte — diz ela. — E foi tão gentil comigo. Foi um dos piores momentos da minha vida, e o fato de o senhor estar lá para me ouvir me ajudou muito. Que Deus o abençoe, Dr. Brewer.

Tom parece constrangido, mas sorri.

— Fico feliz de ter ajudado.

Agora a senhorinha olha para mim.

— Cuide bem dele, mocinha. — Ela olha novamente para Tom. — E ainda por cima é bonito!

Bom, isso eu já sabia.

A mulher agradece a Tom por mais cinco minutos, depois sai tranquilamente do restaurante, e nós ficamos para comer as nossas guiozas. Consigo ver que ele gostou muito da interação com a senhorinha e ainda está sorrindo quando nos sentamos a uma mesa.

— Que legal — diz ele. — Não tenho muita chance de interagir com pacientes, claro. E às vezes sinto falta disso.

— Você sempre quis ser patologista?

— Na verdade, quando era mais novo, queria ser cirurgião.

Consigo imaginar. Ele é tão inteligente e informado, e já percebi como é habilidoso com as mãos. Aposto que teria sido um ótimo cirurgião.

— O que fez você mudar de ideia?

— Ah… — Ele passa a mão pelo cabelo escuro. — Acho que eu… Não sei. Acho que não tinha a ver comigo.

Olho para trás, na direção da porta — nenhum sinal da senhorinha.

— Por que ela ficou chamando você de Dr. Brewer? Não sabia se devia corrigi-la.

Tom hesita por uma fração de segundo.

— Meu sobrenome é Brewer.

O *quê?*

— Mas você me disse que o seu sobrenome era Brown!

— Não, é Brewer.

— Tenho certeza de que você falou Brown!

Eu me lembro bem, principalmente porque na época pensei que Tom Brown era um nome difícil de pesquisar no Google, por ser comum demais. E, de fato, minha pesquisa não revelou nada, mesmo depois que acrescentei "médico", "Nova York" e "patologista". Não que Tom Brewer seja muito mais fácil.

Tom dá de ombros.

— Desculpa, talvez você tenha se confundido. Tenho certeza absoluta de que meu sobrenome é Brewer. Posso mostrar minha carteira de motorista, se você quiser.

Não sei o que fazer com essa informação. Tinha certeza de que ele havia falado Brown, mas estávamos em uma cafeteria barulhenta, e meu nariz estava sangrando, então admito que talvez não tenha entendido direito.

Ele se inclina na minha direção e abre aquele sorriso de dentes brancos.

— Você ainda gosta de mim, mesmo eu sendo Tom Brewer, e não Tom Brown?

— Acho que sim.

— Que bom. — Ele se levanta, esfregando as mãos na calça jeans. — Vou lavar as mãos, porque vim de táxi. Pede uns camarões para mim, se você conseguir?

Excelente. Vou ter a chance de pesquisar seu nome verdadeiro no Google.

Assim que Tom entra no banheiro, pego meu celular. Não estou para brincadeira, então digito "Thomas Brewer médico patologista".

Na mesma hora, surge uma página de resultados. Clico no primeiro e...

Olha só que coisa interessante.

CAPÍTULO 38

O primeiro resultado da busca por Thomas Brewer é uma página no site do Hospital Mount Sinai. Quando entro na página do hospital, vejo uma foto recente dele, acompanhada de uma pequena biografia. Ele parece incrivelmente bonito na foto, usando um jaleco branco e encarando a câmera com seus olhos escuros. A biografia menciona que estudou na Universidade Cornell, depois fez medicina e residência na Universidade da Pensilvânia. Impressionante. Mas uma coisa me chama a atenção.

Tenho quase certeza de que Tom me disse que trabalhava na Universidade de Nova York.

A Universidade de Nova York e o Hospital Mount Sinai ficam longe um do outro. Quando ele mencionou esse fato para mim, me lembro de pensar que o hospital no qual trabalhava era próximo à minha casa. Eu não teria pensado nisso se ele me dissesse Mount Sinai.

Que coisa mais estranha.

Volto na página de busca para dar uma olhada nos outros resultados, mas não encontro mais nada sobre ele. Tom não tem Facebook. Ele não está no Instagram nem no Twitter, pelo menos não com seu nome verdadeiro. E, quando procuro no Cynch, também não encontro nada.

Quando Tom volta do banheiro, estou bem confusa. Ele se senta à mesa de frente para mim e pega o cardápio.

— Vamos comer — diz ele. — Estou morrendo de fome.

É quando uma garçonete se aproxima com o carrinho repleto de pratos de comida. Tom — que gosta de se aventurar quando come — pega um prato de pés de galinha. Fico com a guioza de carne suína. Mas, enquanto Tom come com gosto, olho para as guiozas sem nenhum apetite.

— Ei — digo, da maneira mais casual que consigo —, qual é mesmo o hospital onde você trabalha?

Desta vez, ele não hesita.

— Mount Sinai.

— Sou capaz de jurar que você tinha dito que trabalhava na Universidade de Nova York.

Ele levanta uma sobrancelha e um sorriso se insinua em seus lábios.

— Você estava pesquisando meu nome na internet enquanto eu fui ao banheiro?

Fui flagrada. Apesar de que uma parte de mim considera que o flagrado foi ele.

— E, se eu estivesse, qual o problema? Tenho certeza de que você me disse que trabalhava na Universidade de Nova York.

— Eu trabalhava na Universidade de Nova York — explica ele. — E troquei de hospital recentemente. Acho que estava tão encantado por você que me confundi.

Será possível? Acho que sim. Mas essa situação, combinada com o nome errado, me deixa um pouco abalada. Ele poderia errar uma dessas informações, mas as duas?

Por outro lado, não posso me esquecer de que isso tudo começou porque uma mulher abordou Tom para dizer o quanto ele foi gentil enquanto ela estava sofrendo com a morte do marido. E acredito nela. Saí com muitos caras e consigo ver que Tom é legal. É difícil acreditar que tenha mentido para mim.

— Por que você não tem um perfil no Cynch? — pergunto.

Um sorriso se insinua em seus lábios.

— Isso é uma pegadinha? Eu e você estamos namorando, não? Você *quer* que eu crie um perfil no Cynch?

— Não — respondo. — Quero dizer que a maioria das pessoas solteiras da cidade usa o aplicativo.

— Não gosto de aplicativos de namoro.

— E como você faz para conhecer mulheres?

Ele sorri para mim.

— Em geral, procuro mulheres com sangramento nasal e me ofereço para comprar uma camiseta nova. Sempre funciona.

— Haha, muito engraçado.

Ele ergue uma sobrancelha.

— Se for um problema, posso criar um perfil para mim em todos os aplicativos que você quiser.

Agora ele está dando uma de espertinho, mas tudo bem porque fui eu que comecei essa conversa.

— Não é um problema.

— Ou — ele estica o braço sobre a mesa para segurar minha mão — quem sabe você pode deletar o seu perfil e a gente passa a ser exclusivo. O que acha?

Respiro fundo. Apesar de as coisas terem ficado mais sérias com Tom, ainda fico surpresa ao ouvir essa proposta, ainda mais por causa de sua pouca experiência com relacionamentos. Fico surpresa, mas não triste. Na verdade, fico feliz. Quem sabe ele finalmente esteja pronto para esquecer a garota morta do ensino médio.

— É uma boa ideia — digo.

Então, do nada, arranjei um namorado.

CAPÍTULO 39

DOIS MESES DEPOIS

SYDNEY

Tom bebe seu café com meio envelopinho de açúcar.

Ele sempre prepara do mesmo jeito. Quando a garçonete traz a xícara de café, ele pega o envelopinho de açúcar, rasga ao meio e vira a metade no café. Se for preciso, ele dá uns tapinhas no envelope para fazer cair mais alguns grãos de açúcar no líquido preto. Seu método é quase científico.

Depois de dois meses saindo com alguém, você começa a reparar nessas coisas. É quando as rachaduras começam a ficar aparentes.

— O que aconteceria se você, sem querer, tomasse café com um envelopinho *inteiro* de açúcar? — pergunto ao ver Tom executar seu ritual. É domingo e estamos tomando um café da manhã preguiçoso em uma cafeteria.

— Eu morreria, obviamente — Tom sorri para mim. — E você? O que aconteceria se você não colocasse meia xícara de leite no café?

— Ei, não uso tanto leite assim.

— Não? Olhe para a sua xícara. Você está praticamente tomando leite com um pouquinho de café.

Tá bom, ele não está de todo errado. Nós dois temos nossas manias. Mas, em geral, as manias de Tom são bem toleráveis. Ele esteve no meu apartamento várias vezes e nunca deixou o assento do banheiro levantado nem sujo de xixi, também não usou metade do rolo de papel numa sentada. Ele é até bem organizado no que diz respeito ao banheiro, o que costuma ser um problema para muitos caras.

Ele tem várias outras qualidades, além de ter bons hábitos de higiene. Tom é generoso — sempre paga a conta quando estamos juntos e, toda vez que alguém pede uma doação para a caridade, ele ajuda. Gosta dos mesmos filmes de que eu gosto, ou pelo menos finge gostar. Às vezes, ele é bem engraçado. E, quando tenho um dos meus episódios épicos de sangramento — do nariz, de um corte no dedo ou sei lá do quê —, ele não se assusta, o que é meio miraculoso se comparado com outros caras.

Ele também é espetacular na cama. Continuo achando *inacredifabuloso*.

Mas nem tudo é ótimo. Assim como Jake, ele é um *workaholic*. Passa muito tempo no hospital, inclusive nos fins de semana. E o pior é ficar pensando no que ele faz enquanto trabalha. Ele está *dissecando cadáveres*. Às vezes, quando vem me ver depois do trabalho e, enquanto nos beijamos, não consigo deixar de pensar nessas coisas. E o mais perturbador é o fato de ele *sentir vontade* de me beijar depois de passar o dia fazendo o que faz.

Mas acho que Tom faz isso há tanto tempo que isso já se tornou algo normal para ele. Talvez não se incomode nem um pouco.

Enquanto termino de comer minha rabanada, um menininho passa correndo pela nossa mesa, com os pais logo atrás.

Deve ter uns três anos e é muito bonitinho. Está usando um macacão e tem o cabelo loiro e encaracolado. Tom fica observando o garoto com uma expressão meiga no rosto.

— Que menino bonitinho — elogio.

Ele faz que sim com a cabeça e, por um momento, uma expressão triste passa pelo seu rosto.

— É — diz ele, por fim.

É estranho porque há momentos em que Tom parece apavorado com a possibilidade de qualquer tipo de compromisso, mas há outros em que é só a gente dar de cara com uma família fofa — como aconteceu agora — que consigo ver um anseio em seus olhos.

Com jeitinho, toquei no assunto de filhos, só para ver o que ele ia dizer. Está claro para mim que Tom não vai me engravidar num futuro próximo, mas eu queria saber o que achava da ideia de ser pai. Porém ele foi extremamente evasivo.

Tom segura minha mão em cima da mesa. Sorri para mim, traçando as veias azuis da minha mão com o polegar. Ele faz isso com bastante frequência. E me pergunto no que está pensando. Parece que ele quer me dizer alguma coisa, mas não sabe se deve.

— Você sabe por que as veias são azuis? — pergunta ele.

É, definitivamente, eu não esperava que dissesse isso.

— É porque o sangue nas veias não tem oxigênio?

— É um erro comum pensar assim. — Ele pressiona o polegar sobre uma veia no dorso da minha mão até comprimi-la. — Na verdade, o sangue desoxigenado ainda é vermelho, um vermelho mais escuro. A razão das veias serem azuis é porque a pele absorve a luz azul. A gordura subcutânea permite que a luz azul penetre somente nas veias, então é isso que você vê refletido na sua retina.

Tom sabe um monte de coisas “interessantes”. Em um de nossos encontros, ele me deu uma aula sobre a doença de von

Willebrand. Parece que ficou um pouco envergonhado logo depois, mas achei fofo ter se informado sobre o meu problema.

Quer dizer, ele deve ter ido atrás para ler mais sobre o assunto. Não é possível que tivesse todas aquelas informações na memória.

— Então — digo —, você está a fim de ver um filme hoje à tarde?

— Na verdade, não posso.

— Vai trabalhar?

Ele balança a cabeça.

— Minha mãe está na cidade. Ela vai ficar na minha casa e depois nós vamos nos encontrar para jantar.

Considerando que o pai não está mais vivo, parece que ele tem uma relação saudável com a mãe.

— Quer que eu vá jantar com vocês?

Ele larga a minha mão de repente e não quer mais saber das minhas veias nem do motivo para elas serem azuis. Parece que vai cuspir o café que acabou de beber.

— Jantar com a *minha mãe*?

Acho que isso responde a minha pergunta, não?

— Você fala como se eu tivesse sugerido uma coisa absurda.

— Sydney, a gente está namorando faz pouco tempo.

Minhas bochechas queimam. Perdi o apetite e não quero mais comer a rabanada.

— Certo. Entendi.

— Faz só alguns meses.

— Eu *entendi*.

Tom mexe no guardanapo, obviamente pensando numa maneira de corrigir a situação. Não é a primeira vez que ele reage desse jeito. Quando sugeri um encontro de casais com Gretchen e Randy, achei que ele ia ter uma síncope. Tom tem razão, a gente está namorando faz pouco tempo. Mas também não precisa ficar horrorizado toda vez que sugiro alguma coisa nesse sentido.

— Quem sabe numa próxima — resmunga ele.

É, tá bom. Mas o que posso fazer? Ou largo o cara porque ele tem problemas de relacionamento, ou espero que as coisas mudem e continuo desfrutando de um sexo incrível.

— E qual a programação que você vai fazer com a sua mãe? — pergunto.

Ele coça o queixo.

— Pensei naquele restaurante árabe onde você me levou há algumas semanas. A comida era ótima. Como era mesmo o nome?

— Deixa eu ver.

Tom toma mais um gole do café enquanto pesquiso no meu telefone, tentando descobrir o nome do restaurante. Foi uma sugestão de Gretchen, então estou procurando o nome do lugar nas nossas mensagens. Nesse meio-tempo, a garçonete retorna à nossa mesa e começa a flertar descaradamente com Tom. Ele ganha pontos comigo porque apenas sorri educadamente. Ele é charmoso, mas não flerta com ninguém, e gosto disso.

Por fim, acho o link do restaurante e o encaminho para Tom.

— Mandei o link — digo.

Fico olhando para a tela de seu telefone, que está em cima da mesa, esperando pela notificação da mensagem que acabei de enviar. Mas nada acontece.

— Que estranho — digo. — Será que você recebeu a minha mensagem com o link do restaurante?

— Ãh… — ele olha para a tela do celular, que continua apagada. — Acho que sim.

— Como você sabe? Você nem encostou no celular e a notificação não apareceu.

— É que deixei o telefone no silencioso.

— Não deixou, não. Ele tocou agora há pouco.

— Não sei. — Tom pega o celular e o guarda no bolso. — Tenho certeza de que a mensagem chegou. Enfim, você quer que eu fique mexendo no meu celular enquanto a gente está comendo?

— Você sempre mexe no celular enquanto a gente está comendo!

— É que recebo mensagens do trabalho. Preciso ver se é algo urgente.

Não sei por que Tom está criando caso agora. Não estou pedindo para ele voar ao redor da Terra e fazer o tempo retroceder. Só estou pedindo para confirmar se recebeu minha mensagem. Não ia demorar mais do que meio segundo.

— Por que você está agindo de forma estranha? — pergunto, com os olhos semicerrados. — Por que você não pode me dizer se recebeu ou não a minha mensagem?

— Meu Deus. Tá bom. — Ele tira o celular do bolso e toca na tela. — Recebi a mensagem. Ok?

— Então qual é o nome do restaurante?

Tom olha primeiro para a tela do celular e depois para mim. Então dá um longo suspiro.

— Tá bom. Não recebi a mensagem.

Fico bem confusa. Por que ele está mentindo? Não faz sentido.

— Quer que eu mande de novo?

Seu maxilar fica tenso.

— Mande depois.

Mas ignoro o que ele diz. Mando a mensagem pela segunda vez e olho para ele.

— Agora você recebeu?

— Eu... meu celular não está funcionando. Não se preocupe com isso. De qualquer forma, minha mãe prefere comida italiana.

Ele não para de se mexer. Parece incomodado. O que está acontecendo?

— Mande uma mensagem para mim — digo.

— Ué... Por quê?

— Por que você *não* quer mandar uma mensagem para mim?

Enfim, Tom larga o telefone em cima da mesa.

— Olha, esse é o meu telefone do trabalho. Foi por isso que não recebi a sua mensagem.

— Seu telefone *do trabalho*? — Olho para o iPhone, um modelo básico igual ao de todo mundo que conheço. Acho que é esse que está sempre com ele. — E cadê o seu telefone pessoal?

— Não está comigo. Deixei em casa.

— Então você carrega o telefone do trabalho com você, mas deixa o telefone pessoal em casa?

Ele dá de ombros.

— É. Já falei que preciso responder, caso ocorra alguma emergência.

— Que tipo de emergência? Seus pacientes já estão mortos!

Ele guarda o telefone de volta no bolso.

— Olha, você me fez uma pergunta e eu respondi. O que mais você quer?

O que eu quero? Quero saber por que o número que tenho não é o do seu telefone principal. Porque não faz sentido ele sair de casa sem o telefone pessoal. Que desculpa mais esfarrapada.

Mas não faz sentido insistir nessa conversa. Uma coisa está bem clara: Tom não quer me contar a verdade.

CAPÍTULO 40

ANTES

TOM

Assim que coloco os pés em casa depois da escola, minha mãe me liga de novo.

Mais uma vez, hesito em atender. Ela deve ter ouvido falar do desaparecimento de Alison e não vai gostar de saber que meu pai anda sumido. Ela só volta amanhã e não quero que fique preocupada.

Ainda assim, tenho de atender o telefone. Com tudo o que está acontecendo, se não atender, ela provavelmente vai acionar a polícia. Tenho que fingir que está tudo bem. Vai ser uma atuação digna de Oscar.

— Oi, mãe — digo, tentando soar o mais normal possível.

— Tommy! — A voz dela desafina do outro lado da linha. — Estou tão preocupada com você! Fiquei sabendo da menina que desapareceu. Ela não é amiga da Daisy?

— Acho que sim — respondo. — A gente só se conhecia de vista.

Meu Deus, por que não consigo parar de falar dela no passado? Porém, acho que minha mãe não percebe.

— Que coisa horrível — continua ela. — Ainda mais depois que aquela outra menina apareceu morta. Você sabe se descobriram o que aconteceu com ela?

— Não — digo, embora pudesse dar uma resposta muito esclarecedora a essa pergunta.

— Enfim — diz ela —, você está bem?

— Tudo bem.

— Cadê o seu pai?

Sabia que ela ia me perguntar isso e mesmo assim não sei o que responder.

— Ele foi trabalhar.

— Liguei para o trabalho dele e me disseram que ele não apareceu hoje. — Ela faz uma pausa. — Ele está dormindo ainda? Você não precisa mentir para mim.

— Eu, ahm... — Se eu disser que ele ainda está dormindo, ela vai me pedir que o acorde. Não posso correr esse risco. — Ele acabou de sair. Disse que ia no bar do O'Toole.

Sei, por experiência própria, que nunca ninguém atende o telefone no bar. É uma mentira segura.

— Tá bom.

Minha mãe dá um longo suspiro. Ela parece tão preocupada que quase chego a ficar com pena, mas não fico. A vida dela vai melhorar depois do que fiz com aquele homem. A minha vida também vai melhorar.

Quer dizer, desde que eu não seja preso.

— Volto amanhã — diz ela. — Só... se cuide, filho.

— Vou me cuidar.

— Parece que algo muito ruim está acontecendo. Fique em casa e não deixe ninguém entrar, a não ser o seu pai.

Isso significa... ninguém.

Amanhã minha mãe estará em casa e terei que convencê-la a não chamar a polícia para procurar meu pai. Não vai ser difícil. Sempre que meu pai faz alguma coisa, ela evita chamar a polícia porque acha que isso faz a gente parecer ralé. Mas certamente não seria a primeira vez que alguém chama a polícia por causa do meu pai. Na cidade, ele tem fama de agir como um idiota quando enche a cara.

Já o problema com Alison é diferente. Só espero que tudo corra bem.

CAPÍTULO 41

O desaparecimento de Alison mobilizou tanto o dia a dia da escola que não tivemos nem dever de casa, então passei a tarde inteira e o começo da noite acompanhando as notícias locais. Tentei assistir a algumas séries, mas não conseguia me concentrar e acabei voltando para as notícias.

Basicamente, eles ficam repetindo a mesma história. Alison Danzinger, de dezessete anos, desapareceu hoje pela manhã. A polícia realiza buscas e segue várias pistas. As autoridades ainda não identificaram nenhum envolvido no desaparecimento.

Em algum momento, me obrigo a jantar — um pacote de Doritos com uma garrafa de Sprite. Antes de terminar o pacote de salgadinhos, cochilo no sofá. Não imaginei que seria possível, mas passei quase trinta e seis horas acordado.

Desperto com o som do meu celular tocando. Localizo o telefone em meio às almofadas do sofá e meu coração acelera quando vejo o nome de Daisy na tela. A última vez que falei com ela foi quando chorou em meus braços hoje de manhã.

— Tom… — Ela está chorando quando atendo o telefone, como se não tivesse parado desde que nos vimos pela manhã. — Ai, Tom.

— O que aconteceu? — Fico com medo de que ela diga que seu pai está vindo me prender.

— Eles encontraram a Alison.

Por uma fração de segundo, isso me parece uma coisa *boa*. Alison fugiu de casa e agora eles a encontraram. E talvez meu pai esteja mesmo no bar.

Mas, se fosse uma coisa boa, por que Daisy estaria chorando desse jeito?

— Eles encontraram o corpo dela no rio. — Seu choro quase vira um grito. — Tom…

O rio. É onde o Lesma queria jogar o corpo do meu pai, a princípio. É seu local preferido.

Daisy está chorando muito e não consegue me dar mais detalhes. Não vi nada no noticiário, então imagino que ela tenha descoberto através do pai.

E me pergunto se ele lhe contou mais alguma coisa.

— Ela foi mutilada — diz Daisy, em meio às lágrimas. — Ouvi meu pai falando no telefone. Ele disse que ela… que parece que ela foi *torturada*.

Assim como Brandi.

Sinto um nó na garganta ao lembrar que o Lesma foi chamado uma segunda vez para falar com a polícia sobre o que aconteceu com Brandi. Achei que ele mal a conhecia, mas é óbvio que eu estava enganado.

No que eu fui me meter?

Escuto vozes falando alto do outro lado da linha e Daisy começa a sussurrar.

— Melhor eu desligar. Meu pai não quer que eu fale com você.

Apesar de desconfiar que ele diria algo assim, pergunto:

— Ele não quer que a gente se fale?

— Desculpa. Não é você. Nesse momento, ele não confia em nenhum menino da escola.

É um alívio saber que não sou o principal suspeito. Mas por que eu seria? Só porque eu e Alison não nos dávamos bem? Sim, sou o "namorado" misterioso que ia se encontrar com Brandi na noite em que ela foi morta, mas, até onde sei, o delegado não sabe disso. A única pessoa que sabia era Alison, e ela está morta.

Antes que possa dizer mais alguma coisa, ouço uma voz ao fundo.

— Tenho que desligar, Tom. A gente se fala depois.

— Amo você, Daisy — digo, mas ela já desligou.

CAPÍTULO 42

Na manhã seguinte, os jornais só falam de Alison Danzinger. Vi as imagens de quando tiraram o corpo dela do rio pelo menos cinco milhões de vezes. E fico vendo de novo, de novo e de novo.

As aulas foram canceladas, então estou sozinho em casa, assistindo ao noticiário obsessivamente. Quero ligar para o Lesma ou mandar uma mensagem, mas tenho receio de que alguém esteja monitorando nossos telefones ou algo assim. De qualquer forma, a única pessoa com quem eu *realmente* queria conversar era Daisy.

Minha mãe chega por volta das quatro da tarde, com uma mochila enorme pendurada no ombro. Levanto do sofá para ajudá-la a carregar o peso, mas ela está mais interessada em me dar um abraço, então largo a mochila no chão.

— Ai, Tommy. — Ela me aperta bem forte. Mas, diferentemente do meu pai, minha mãe é muito menor do que eu e não conseguiria me machucar nem se quisesse. — Fiquei tão preocupada com você!

— Está tudo bem.

— Mas aquela menina... — Minha mãe me solta. — Eles encontraram o corpo dela, não?

— Encontraram. — E agora posso falar dela no passado sempre que quiser.

Ela fica quieta por um momento, apertando os lábios.

Aproveito para pegar a mochila no chão.

— Vou deixar a mochila no seu quarto.

Antes que ela possa argumentar, subo as escadas com a mochila nas costas. Entro no quarto dos meus pais e coloco a mochila em cima da cama. Faz duas noites que meu pai não dorme aqui, mas ele nunca se dá ao trabalho de arrumar a cama, então os lençóis estão bagunçados há mais de dois dias. Eles passam a impressão de que ele dormiu em casa ontem à noite. Ninguém pode provar o contrário.

Desço as escadas e encontro minha mãe de pé no meio da sala com as mãos unidas.

— Tom, cadê o seu pai?

Que ótimo. Ela mal chegou e já começou a fazer as perguntas. Achei que podia esperar pelo menos até o jantar.

— Acho que está no trabalho.

— Liguei para a loja. Ele não foi trabalhar hoje de novo.

Dou de ombros.

— Então não sei.

— Vocês se viram hoje de manhã?

— Sim.

Ela morde o lábio inferior.

— O carro dele está na garagem. Eu ia guardar o meu, mas vi que o dele está lá.

— Acho que ele saiu a pé.

Como se meu pai andasse a pé. Ele nunca deixou de dirigir bêbado. Mas tem vários amigos que podem ter dado uma carona para ele.

Sabia que o carro ia deixar minha mãe desconfiada. Mas teria sido pior abandoná-lo no meio da estrada, onde a polícia o encontraria com facilidade.

Ela franze a testa.

— Mas você viu o seu pai hoje de manhã?

— Você já me perguntou isso. E respondi que vi.

Ela olha para o chão. Parece ter percebido alguma coisa. Estou quase perdendo a paciência tentando descobrir o que é quando ela diz, de repente:

— O que aconteceu com o meu tapete?

Ai, meu Deus, o tapete. Tinha me esquecido dele.

— Derramei suco e ele ficou manchado. Tive que jogar fora.

— Você jogou o tapete fora? — Ela arregala os olhos. — Tom, você não devia ter feito isso! Eu podia mandar lavar.

— Desculpa. Era uma mancha enorme e achei que não tinha salvação.

— Ele ainda está na rua para o lixeiro pegar ou…

— Desculpa, mas o lixeiro já levou. É tarde demais.

— Ai, Tom — suspira ela. — Você não devia ter feito isso. Eu adorava aquele tapete. Sei que era velho e que a gente vivia tropeçando nele, mas, como estava aqui havia bastante tempo, acabei ficando apegada.

Por alguma razão, imaginei uma conversa parecida com essa, caso contasse para ela o que aconteceu com meu pai, de verdade.

— Enfim… — Ela olha para o relógio. — Vou deitar um pouquinho e daqui a uma hora começo a fazer o jantar. Você acha que o seu pai vem jantar?

— Ele disse que não ia jantar com a gente.

Ela não parece surpresa.

— Tudo bem. Então somos só nós dois.

Ela sobe as escadas com dificuldade para ir para o quarto, com os ombros caídos. Observo minha mãe subir os degraus e espero até ouvir o barulho da porta sendo fechada para só então voltar a ver as notícias na televisão.

CAPÍTULO 43

DIAS ATUAIS

SYDNEY

— Nossa, concordo. Essa história do celular é muito estranha.

Como Tom me deixou na mão e resolveu curtir a mãe sozinho, dei um pulo no apartamento de Gretchen e Randy. Randy saiu para resolver umas coisas, mas Gretchen quis ouvir todo o episódio do celular do Tom, do qual eu não tenho o número. E, como era de se esperar, ela fica chocada.

— Você acha que isso significa o quê? — Gretchen enche a boca de pipoca depois que faz a pergunta. Gretchen é o tipo de pessoa que sempre quer ter alguma coisa para beliscar quando me recebe em casa, eu acho isso fofo.

Dou de ombros.

— Quer dizer, não é *legal* que meu namorado fale comigo e me mande mensagens de um telefone secreto.

— Ele pode estar falando a verdade. Você disse que ele é *workaholic*, então faz sentido que queira estar sempre com o telefone do trabalho. E ele não usa bolsa como a gente para poder carregar mais de um celular.

— É. — Pego um pouco de pipoca numa tigela de madeira que Gretchen colocou em cima da mesinha de centro. — Eu não me importaria tanto, mas é que ele ficou muito incomodado quando comecei a questionar o porquê. Ficou parecendo que ele estava escondendo alguma coisa.

— E o que você acha que ele está escondendo? — Ela arregala os olhos. — Você acha que ele é casado?

— Acho muito, muito improvável que ele seja casado. Vi onde ele mora. Duvido que uma mulher more naquele lugar. Além disso, ele não parece preocupado em ser visto em público comigo.

No entanto…

Quando saímos para comer, sempre vamos a um restaurante diferente. *Sempre*. Eu e Jake comíamos na mesma lanchonete quase todo fim de semana, mas acho que Tom resiste à ideia de ter um lugar "nosso".

— Então… o que pode ser?

Não sei o que pensar. Francamente, não acho que exista outra mulher na história, mas o fato de Tom carregar apenas o telefone do trabalho é, sem dúvida, um mau sinal. Significa que ele é ainda mais *workaholic* do que eu pensava. É o tipo de coisa que Jake faria. E a gente sabe o peso que isso teve na nossa relação.

Não quero que as coisas deem errado com Tom da maneira que deram com Jake. Ele é um cara tão legal. Ele é uma pessoa querida, inteligente, ama a mãe e, além de tudo, é *bem* gato.

Ai, meu Deus, acho que estou apaixonada.

— Vamos combinar de jantar todo mundo junto — sugere Gretchen. — Sou muito boa em sacar as pessoas. Em dois segundos vou saber dizer se ele está traindo você ou não.

— Duvido que ele aceite.

— Ué, por quê?

— Você precisava ver a cara que ele fez quando sugeri que conhecesse minhas amigas. Eu falei para você: ele tem medo de compromisso. — Faço uma cara séria. — Ele ainda sofre por causa de uma garota por quem era apaixonado no ensino médio.

— Meu Deus! — Gretchen cobre a boca com a mão. — No ensino médio? Sério?

— Eu sei... bom, ele me contou que queria casar com ela e parece que a menina morreu de repente. Ele ficou muito triste só de falar no assunto.

— Ai, mas isso é fofo.

Eu me encosto nas almofadas do sofá com a cabeça a mil. Não sei o que fazer. Estou mesmo me apaixonando por Tom, mas, ao mesmo tempo, a quantidade de sinais de alerta se tornou quase inaceitável. Eu até posso lidar com o fato de ele não querer conhecer minhas amigas, mas essa história do celular me deixou incomodada.

Talvez eu deva pedir para Jake verificar os antecedentes de Tom.

É claro que isso seria muito humilhante. Não quero dizer para meu ex-namorado que o cara com quem estou saindo hoje não inspira confiança e que preciso de uma verificação de antecedentes para poder dar continuidade ao relacionamento. Prefiro que Jake pense que estou saindo com um cara incrível e que ele perdeu uma bela oportunidade porque não conseguia arranjar tempo para mim.

Além disso, Jake tem mais o que fazer. Não encontrei nos jornais nenhum desdobramento sobre o caso de Bonnie nem sobre aquelas duas mulheres. Se eles tivessem prendido alguém, com certeza, eu ficaria sabendo.

— A propósito — diz Gretchen —, minha exposição no museu vai terminar em breve. Quero que você veja como ficou!

Dou uma risada.

— Mas eu já vi!

— Eu sei — admite ela —, mas queria que minhas amigas visitassem a exposição mais uma vez antes de acabar! Me deu tanto trabalho!

— Eu sei que deu. Você ficou meses falando só disso. — Bonnie ficava muito incomodada quando Gretchen entrava no modo monotemático, mas não digo isso para ela. Não faz sentido manchar a memória da minha amiga dando a entender que Bonnie achava Gretchen irritante.

— O trabalho me consumiu — admite ela. — Até a noite anterior eu trabalhei na montagem da exposição! Fiquei uma parte da noite lá ainda.

Franzo a testa. Alguma coisa no comentário de Gretchen me incomoda. Mas não sei dizer exatamente o que é, e, antes que consiga descobrir, escuto um barulho de chave na porta e os olhos da minha amiga brilham.

— Randy chegou! O que será que ele trouxe?

— E o que é mesmo que ele ia trazer? — pergunto.

— Ele ganhou um vale-presente de um dos moradores por uns trabalhos extras aí — explica Gretchen. — Então ele ficou de passar na loja de departamentos da Herald Square. Disse que ia comprar alguma coisa para batizar o apartamento, agora que estamos morando juntos. Não é fofo?

— Tipo um quadro?

— Não faço ideia. Mas o Randy tem bom gosto, então deve ser alguma coisa legal.

Randy tem bom gosto? Olho ao redor do apartamento despojado, que não mudou muito em relação ao que era antes, quando ele morava sozinho. E o cara só usa jeans e camiseta, e às vezes um moletom com capuz. De onde ela tirou que ele tem bom gosto? Mas tanto faz. Gretchen está apaixonada e acha que Randy é perfeito.

Randy irrompe no apartamento carregando alguma coisa grande — com pelo menos sessenta centímetros de largura. Mas não sei dizer o que é. Parece... algo de vidro cheio de terra. Pela cara de Gretchen, sei que ela também está perplexa. Ela se levanta do sofá com as mãos nos quadris.

— Mas o que é isso? — pergunta ela.

— É um formigueiro artificial! — responde Randy, orgulhoso.

— Um *o quê?*

Seria um eufemismo dizer que Gretchen não parece animada. Na verdade, parece que ela quer bater em Randy e só não bate porque periga de o formigueiro cair no chão e quebrar.

— Um formigueiro artificial — repete Randy. — Achei que a gente podia colocar ali na janela. Assim dá para ver tudo o que acontece no formigueiro.

— Ah, não! — Gretchen pula na frente dele, como se quisesse impedir Randy de entrar na sala com esse recipiente de vidro cheio de formigas. — Não quero esse negócio no meu apartamento. De jeito nenhum.

— Por que não? — Ele enruga a testa. — É tão legal.

— Não é, não! — exclama ela. — E se as formigas escaparem?

— As formigas não vão escapar.

— Vão, sim! *Com certeza!* — Gretchen abre os braços e olha para mim. — Sydney, diga alguma coisa.

— Randy, formigueiro é um troço nojento — falo.

Ele coloca o formigueiro artificial no chão e, por instinto, Gretchen recua alguns passos.

— Gretchen, não sei o que você quer que eu faça. Não posso devolver. Você quer que eu jogue fora?

— Faça o que quiser com as formigas! — exclama ela. — Pode jogar na privada e dar descarga que não estou nem aí!

Randy fica muito sério.

— Que *horrível*. Não vou fazer uma coisa dessas.

Gretchen está muito irritada com a situação, e não posso culpá-la. Eu também não ia gostar de ter um formigueiro dentro de casa. Ela está com o rosto avermelhado e acho que eles vão começar uma DR.

— Gretchen, acho melhor eu ir — digo. — Mas... hum... boa sorte.

Ao sair do apartamento de Gretchen e Randy, ainda sinto algo me incomodar. Foi uma coisa que Gretchen falou. Mas não sei dizer exatamente o que é.

Porém, mais cedo ou mais tarde, vou descobrir.

CAPÍTULO 44

Acabo pedindo comida chinesa para o jantar.

Peço muita comida. Sempre exagero quando peço comida chinesa, mas não dá para fazer o restaurante entregar só uma mísera caixinha de frango com brócolis. Então acabo pedindo três ou quatro pratos, levando em consideração o fato de que posso comer depois, e guardo na geladeira até que começa a cheirar mal e sou obrigada a jogar tudo fora... Então, uma semana depois, estou morrendo de vontade de comer comida chinesa e repito todo esse ciclo de novo. É o Ciclo da Comida Chinesa.

Enquanto como meu yakisoba com carne, me perguntando se devo tomar um antiácido agora ou depois do jantar, considero mandar uma mensagem para Tom. As coisas ficaram meio frias entre a gente depois que ele deixou claro que não tinha intenção de apresentar a mãe para mim e de ter sido evasivo sobre o lance do telefone. É claro que, se eu resolver mandar uma mensagem para ele, só Deus sabe se vai ser no telefone certo.

Não, melhor deixar Tom remoendo essa história até decidir se quer ou não me contar a verdade. Enfim, tenho outras coisas com que me preocupar.

Ou seja, minha conversa com Gretchen. Fico repassando tudo que a gente falou e ainda sinto que algo me incomoda. Mas o quê?

Até a noite anterior eu trabalhei na montagem da exposição!

É difícil esquecer o dia da inauguração da exposição de Gretchen. Foi no mesmo dia em que eu e Randy encontramos Bonnie mutilada em seu quarto. Eu tinha combinado com Bonnie de irmos juntas à exposição. Evidentemente, não rolou.

Até a noite anterior eu trabalhei na montagem da exposição!

Quando estava conversando com Jake sobre possíveis suspeitos, mencionei Randy. Não queria incriminá-lo, mas me senti compelida a falar sobre o fato de que ele tem uma cópia da chave de todo mundo que mora no prédio e que Bonnie vivia dizendo que tinha medo dele. Isso não significa que ele seja o assassino, e Jake me disse que Randy tinha sido riscado da lista de suspeitos.

O Sr. Muncy tem um álibi. Ele passou a noite inteira com a namorada.

Só que Gretchen, sua namorada, *não* passou a noite inteira com ele. Ela ficou uma parte da noite no museu, trabalhando na exposição.

Minha nossa.

Pego meu celular e procuro o nome de Gretchen na minha lista de contatos. O telefone toca algumas vezes e ela atende.

— Oi, Syd!

— Gretchen. Onde você estava na noite em que a Bonnie foi assassinada?

Segue-se um longo silêncio do outro lado da linha.

— O quê?

— Mais cedo, no seu apartamento — digo —, você me disse que, na véspera da abertura da exposição, ficou uma parte da noite trabalhando no museu. Mas você disse para a polícia que você e o Randy passaram a noite inteira juntos. Só que não foi isso que aconteceu.

Mais um longo silêncio.

— Verdade. Acho que me enganei. Eu estava em casa na véspera da abertura da exposição. Foi na noite anterior a *essa* que trabalhei à noite no museu.

— Gretchen…

— É verdade!

Cerro os dentes.

— Por favor, não faça isso. Você me disse outra coisa. E eu me lembro da noite em que a exposição abriu.

— Sydney…

— *Diga a verdade.*

Gretchen fica com a voz alterada.

— Tá bom. Eu estava no museu. Menti para a polícia. É isso que você quer que eu diga?

— Meu Deus! — exclamo. — Você mentiu para a polícia? Sério?

— O que eu devia fazer? — questiona ela, gemendo. — Olha, o Randy não matou a Bonnie. Ele jamais faria uma coisa dessas. Mas, se não tivesse um álibi, a polícia ia ficar em cima dele! Porque é o zelador, ele tem as chaves e, além disso…

— Além disso, o quê?

Gretchen fica em silêncio.

— Gretchen, o que foi? Qual é o problema?

— Isso vai soar pior do que realmente é — diz ela, com calma. Eu franzo a testa.

— O quê?

— Anos atrás — diz ela —, *muito* antes de eu conhecer o Randy, uma garota o acusou de perseguição.

Fico boquiaberta.

— O *quê?*

— E ele também foi acusado de agressão, mas foi *muito* injusto — continua ela. — O Randy me contou como foi e ele não fez nada de errado, de verdade! Mas com esses antecedentes, a gente achou melhor que tivesse um álibi.

A gente achou melhor.

— Gretchen — digo —, o Randy *pediu* para você mentir?

— Não! — exclama ela. — Quer dizer, ele sugeriu, mas concordei *na hora*. Ele não me obrigou a fazer nada!

Meu Deus!

— Você tem que falar com a polícia e contar a verdade.

— *Não*. Syd, por favor, não me obrigue a fazer isso. — Ela não estava tão nervosa assim antes, mas agora começa a chorar. — Randy não é nenhum assassino. Ele *não* é. Você realmente acha que ele faria aquelas coisas horríveis com a Bonnie?

— Não sei.

— Ele não faria! — continua ela, chorando. — Sydney, eu amo o Randy. Nunca me senti assim com outro homem. Quero passar o resto da minha vida com ele.

Sinto um nó na garganta ao pensar em Gretchen se casando com Randy Muncy. Faz dois anos que conheço Randy e ele pode ser meio estranho, mas tenho dificuldade de imaginar que ele faria aquelas coisas horríveis com Bonnie, e é óbvio que o amor de Gretchen é sincero. Ainda assim, há alguma coisa nele que me preocupa.

Mordo meu lábio inferior, tentando decidir o que fazer. Tenho o número de Jake no meu celular e o caso de Bonnie continua em aberto. Eu poderia ligar para ele e contar que Gretchen mentiu. Porém, se eu realmente acho que ele não a matou, por que razão eu o denunciaria para a polícia? A vida da minha amiga ficaria muito pior, ela deixaria de confiar em mim, eu acabaria com a reputação de Randy e talvez ele perdesse o emprego… para quê? Se não for para buscar justiça para minha amiga, não faz nenhum sentido.

Além disso, Jake me disse que eles encontraram as mesmas digitais — ainda não identificadas — em duas cenas de crime. Mas, se as digitais de Randy estão no arquivo da polícia, ***não pode*** ter sido ele.

Ou pode?

— Syd? — diz Gretchen, fungando. — Você… você vai contar para a polícia?

— Acho que não.

— Ai, obrigada! — Consigo imaginar os olhos de Gretchen cheios de lágrimas e seu narizinho ficando vermelho. — Muito obrigada, Syd! Você é a melhor amiga que eu poderia ter. Se eu e o Randy nos casarmos um dia, você vai ser nossa madrinha!

Ui. Evitar essa homenagem duvidosa é quase um bom motivo para entregar Randy à polícia.

Gretchen passa os minutos seguintes se atrapalhando com as palavras para me dizer que está muito agradecida e feliz por ter encontrado Randy. Ouço em silêncio, mas fico pensando se não estou cometendo um erro terrível.

CAPÍTULO 45

ANTES

TOM

Depois de passar os últimos dois dias comendo porcaria e bebendo refrigerante, é bom contar com minha mãe para fazer o jantar. O Lesma, por sua vez, não se importaria de viver à base de porcaria, e acho que às vezes ele vive, o que explica a pele ruim.

Enquanto comemos frango com arroz à mesa da cozinha, minha mãe conta da cirurgia do tio Dave, porque ela sabe que é o tipo de coisa que me interessa, mas não estou muito a fim de conversar. Porém, finjo que estou prestando atenção. Faço que sim com a cabeça nas horas certas e até dou um sorriso quando ela me diz que o tio Dave já voltou para casa e se recupera bem. Porém, para mim, a conversa é como um ruído de fundo.

— Como está a Daisy? — pergunta minha mãe, quando termina o relato sobre tio Dave.

— Daisy?

— É que ela e a Alison eram próximas, não?

- Mais ou menos

— Ela deve estar muito triste.

Eu não saberia dizer. Tentei ligar para Daisy várias vezes hoje, e todas as ligações caíram na caixa de mensagens. Não quero contar para minha mãe que o pai de Daisy não deixa mais a filha falar comigo, senão vou ter que explicar o porquê.

— Sabe — diz minha mãe, pensativa —, eu me pergunto...

Não faço ideia do que minha mãe está pensando porque, nesse momento, a campainha toca.

Ela vira a cabeça na direção da porta.

— Você acha que o seu pai esqueceu a chave?

Não sei quem está batendo na porta, mas sei que não é meu pai atrás da chave de casa.

— Talvez.

Minha mãe limpa a boca com um guardanapo antes de ir atender à porta. Eu me levanto da cadeira e, sem fazer barulho, tento ver quem é. Tenho certeza de que deve ser a polícia, mas, em vez disso, vejo minha mãe conversando com um homem de meia-idade com uma barriga de cerveja e o cabelo penteado de uma forma a tentar esconder a calvície. Parece que ele está entregando alguma coisa para ela, então os dois conversam por mais um minuto em voz baixa.

Mas quem é *esse cara*?

Minha mãe fecha a porta e fica surpresa quando dá de cara comigo em pé perto da entrada.

— Tom, não vi que você estava aí.

É nesse momento que consigo ver o que ela está segurando, o objeto que o homem trouxe. Um celular.

— Era o barman do O'Toole — diz ela. — Seu pai esqueceu o celular lá. — Ela acrescenta. — Isso tem dois dias.

Não sei o que dizer.

— Nossa.

— Seu pai falou alguma coisa sobre ter perdido o telefone?

Balanço a cabeça devagar.

— Não falou nada.

Ela dá uma olhada para trás, na direção da porta, então se vira para mim novamente.

— O barman disse que faz dois dias que não vê o seu pai. E que ele também não foi trabalhar. Onde você acha que ele está?

Minha boca fica seca. Não posso esquecer que, mesmo se ela acha que alguma coisa aconteceu com meu pai, não significa que ela sabe *o que* aconteceu. Apesar de que ela já me viu ameaçá-lo com um atiçador de fogo. Ainda assim…

Ela olha para o chão e quase consigo ver as engrenagens se movendo em seu cérebro. Gostaria que elas não se movessem. Por que ela não para de pensar nisso e deixa a gente jantar em paz?

— Tom, quando você jogou o tapete no lixo? — questiona minha mãe.

De novo, o maldito tapete. Eu não deveria ter deixado meu pai se arrastar até a sala. Deveria ter cortado sua garganta na cozinha mesmo e assim a gente não estaria tendo essa discussão.

— Faz dois dias — respondo.

— Então foi na terça-feira?

— Foi.

Ela franze a testa.

— Mas o lixeiro sempre passa na segunda-feira. Então como eles já levaram o tapete embora?

Faço menção de responder, mas não digo nada. Seu argumento é pertinente. Não sei explicar como o tapete não está mais no lixo. Não posso dizer que eu mesmo o levei até o aterro sanitário, porque isso não faria sentido. Eu já disse que foi o lixeiro que recolheu o tapete. E, com certeza, também não posso falar a verdade.

Minha mãe levanta a cabeça para me encarar. Nos últimos dois anos, fiquei mais alto do que ela, o que ainda é um pouco estranho para mim. Enquanto ela me analisa, olho bem para a artéria carótida em seu pescoço e quase consigo perceber a pulsação acelerada.

— Tom? — diz ela, calmamente.

Ela espera que eu fale alguma coisa, mas não há nada a dizer. Felizmente, sou salvo pelo toque da campainha, que soa mais uma vez. Chego a relaxar os ombros. Talvez seja o barman querendo perguntar alguma coisa para minha mãe, mas pelo menos ganho alguns minutos para pensar no que dizer.

Porém, meu alívio dura pouco porque logo vejo quem está batendo à porta.

É o delegado Driscoll.

CAPÍTULO 46

O delegado está na porta da minha casa.

Já foi difícil ser interrogado por ele na escola. Mas o fato de vir até a minha casa torna tudo pior. Por que ele está aqui? Será que é por causa de Alison?

— Desculpe o incômodo, Sra. Brewer. — O delegado Driscoll está com a mesma gravata xadrez e a mesma camisa branca engomada, mas desta vez está usando também um blazer azul. — É que eu gostaria de falar com o Tom.

Minha mãe, que minutos antes estava me questionando, se coloca entre mim e o delegado.

— Falar com ele sobre o quê?

Ele aperta os lábios, obviamente surpreso de ver minha mãe barrando sua entrada.

— Sobre Alison Danzinger.

Minha mãe assimila a informação, mas não se mexe.

— Por que você precisa falar com o Tom sobre ela?

— Alison foi brutalmente assassinada. — A voz do delegado Driscoll é profunda. — Estou conversando com todo mundo que conhecia bem a menina na esperança de encontrar o monstro que cometeu esse crime e entregá-lo para a justiça.

Estou quase alimentando a esperança de que minha mãe vai continuar barrando a entrada do delegado, mas ela cede e lhe dá passagem. Ao mesmo tempo, por instinto, dou um passo para trás.

— Jim, vocês podem conversar na sala de estar — diz minha mãe ao delegado.

Acompanho minha mãe até a sala de estar e, na minha cabeça, estou tentando encontrar coragem. Não é a primeira vez que falo com o delegado. Ele não sabe de nada, senão estaria me algemando neste exato momento. Ele está jogando verde.

Eu me sento no sofá, e minha mãe se senta ao meu lado, com uma das pernas quase encostada na minha. O delegado ocupa a poltrona do meu pai, à nossa frente. Sua expressão sombria é parecida com a de quando estávamos na sala do diretor, só que muito pior. Porque, antes, eles tinham esperança de encontrar Alison viva. Agora, eles sabem o que aconteceu com ela.

As esperanças de encontrar Alison com vida acabaram. A única coisa que podem fazer agora é entregar o culpado para a justiça.

— Tom... — Ele faz uma expressão de desgosto. — Sei que a Daisy comentou com você o que aconteceu com a Alison.

— Sim.

Mas ela não me contou nada que não tenha sido abordado exaustivamente pelos jornais nas últimas vinte e quatro horas.

— E vários estudantes me disseram — continua ele — que você e a Alison não se davam bem. Que ela não aprovava o seu namoro com a Daisy.

Minha mãe, ao meu lado, não move um músculo, então preciso me esforçar para manter a calma.

— Não era nada de mais.

Ele pigarreia.

— E você me disse que estava em casa anteontem à noite, não?

— Estava — confirmo. — A noite inteira.

— E o seu pai estava aqui com você?

— Estava.

O delegado olha para as escadas.

— Seu pai está em casa? Eu poderia falar com ele?

— Meu marido não está no momento — diz minha mãe. — Mas vou pedir para ele ligar para você assim que chegar.

— Onde ele está?

— No trabalho — responde minha mãe, sem hesitar.

Ele faz que sim com a cabeça, se resignando com a resposta. Não sei por que ela mentiu para me ajudar. Ela sabe que ele não está no trabalho.

— Por favor, diga para ele me ligar o mais rápido possível — pede o delegado.

— Com certeza. — Minha mãe franze a testa. — Jim, para ser sincera, não entendi por que você acha que o Tom pode estar envolvido nessa história. Você conhece o meu filho desde pequeno. Você realmente acha que ele seria capaz de machucar a Alison?

Torço para que ele concorde com o argumento da minha mãe e diga que está só cumprindo seu dever. Mas sua expressão séria não muda.

— Luann, depois de conversar com vários estudantes na escola, preciso dizer que fiquei um pouco preocupado com o Tom.

Como *assim*? Quem foi que falou de mim para ele? E o que disseram? Preocupado com *o quê*?

— O que você quer dizer com isso? — pergunta minha mãe.

— São só rumores. — Ele esfrega as mãos nos joelhos. — Envolvendo o Tom e a Alison. E também o Tom e a Brandi.

Ai, não. Ele sabe sobre mim e Brandi. E deve achar que eu a matei.

— Vamos fazer o seguinte — diz o delegado para minha mãe. — Quando o seu marido voltar, vocês três me encontram na delegacia, ok? Assim conversamos melhor e posso pegar o depoimento de vocês.

Ir até a delegacia? Mas isso é... péssimo.

— Meu marido chega cansado do trabalho — diz minha mãe, com firmeza.

— Então amanhã de manhã.

— Mas, Jim, não entendo o motivo dessas suspeitas em torno do meu filho — confessa ela. — Você sabe que o Tom é um menino bom. Se ele não fosse, você não o deixaria namorar a sua filha.

— Não deixaria mesmo — concorda ele.

Nesse momento, entendo que o delegado Driscoll nunca mais vai me deixar chegar perto de Daisy. Mesmo que isso tudo acabe e eu não seja preso, minha história com Daisy acabou. Nós não vamos para a mesma universidade. Não vamos nos casar. É o *fim*.

Mas, agora, não consigo nem pensar nessas coisas. Só quero que o delegado vá embora.

Ele se levanta da poltrona, passando a mão na calça como quem limpa uma sujeira invisível. Ele segue em direção à porta, mas, de repente, para.

— Ei — diz ele —, o que é aquilo?

Acompanho seu olhar, direcionado para a lateral do sofá. Sinto um nó na garganta quando percebo o que ele está vendo.

Há uma mancha de sangue seco no sofá.

Achei que tivesse limpado todo o sangue, mas era uma quantidade enorme, por toda parte. Eu não ficaria surpreso se encontrasse outras manchas que esqueci de limpar em alguma fenda ou rachadura da casa. Quando cortei a garganta do meu pai, não estava tão perto do sofá, mas o jato de sangue arterial é muito forte, e tenho certeza de que acabei cortando também a carótida e não só a jugular, como tinha sido minha intenção.

É claro que o delegado Driscoll não tem como saber o que é aquela mancha. Parece um círculo meio marrom-avermelhado no tecido bege. Mas, quando olho para minha mãe, ela está pálida como uma folha de papel.

— É por causa da pintura — diz ela, finalmente.

— Pintura? — Ele ergue uma sobrancelha. — É uma cor estranha para se pintar a casa.

— Era um trabalho para a aula de arte. — Ela olha para mim. — Que Tom estava fazendo.

— Entendi. — Ele concorda com a cabeça, lentamente. — Você se importa se eu levar uma amostra dessa... tinta?

— Na verdade, eu me importo, sim. — Minha mãe levanta o queixo. — Eu e o Tom estávamos jantando e a gente já perdeu bastante tempo com esta conversa. Não vejo qual é o sentido de você levar uma amostra da mancha de tinta no sofá.

— É menos de um minuto, Luann. Só tenho que pegar o estojo no porta-malas do carro.

Ela aperta os olhos.

— Você não precisa de um *mandado* para fazer uma coisa dessas?

O delegado Driscoll leva um instante para assimilar as palavras que minha mãe diz. Por fim, ele enfia as mãos nos bolsos.

— Se é isso que você quer, pode deixar. Vou conseguir um mandado.

Minha mãe quase expulsa o delegado da nossa casa e só consigo respirar normalmente depois de ver a porta fechada. Assim que passa a tranca, minha mãe encosta na porta, um pouco trêmula, olhando para o chão.

— Mãe? — digo.

Ela está olhando para o chão, onde antes ficava o tapete.

— Vá para o quarto, Tom.

— Mas...

— Vá. Por favor. Eu... — Ela me encara. — Preciso ficar um pouco sozinha.

Faço o que minha mãe manda. Subo até o meu quarto e fecho a porta. E, quando saio para ir ao banheiro meia hora depois, minha mãe está agachada na sala de estar, esfregando o sofá.

CAPÍTULO 47

DIAS ATUAIS

SYDNEY

Na manhã seguinte, tenho uma reunião por Zoom com um novo cliente.

Ainda estou meio em ritmo de férias, mas uma galera quer organizar suas finanças antes do fim do ano. O homem com quem vou conversar se chama Orson Finley e nossa reunião começa dentro de alguns minutos, mas queria poder cancelar. Tive muita dificuldade para dormir na noite passada. Quase consigo sentir o peso das minhas olheiras e minha têmpora esquerda está latejando. A última coisa que queria fazer era falar com um novo cliente, mas não seria profissional da minha parte cancelar em cima da hora.

Ainda estou na dúvida se não revelar a mentira de Randy para a polícia é a coisa certa a fazer. Será que acho mesmo que Randy é capaz de cometer um assassinato? Não acho. De verdade.

Mas, pensando bem, isso não seria a coisa mais chocante do mundo. Não seria como descobrir, sei lá, que minha *mãe* é uma serial killer.

A verdade é que Gretchen é o motivo para eu não ir à polícia nem falar com Jake — não posso fazer isso com ela. Se Randy tem antecedentes criminais, torná-lo suspeito seria o suficiente para destruir sua vida. Com certeza, o proprietário do prédio mandaria Randy embora se achasse que há a menor chance de ele ser culpado pela morte de Bonnie. E isso consumiria tempo e recursos que poderiam ser usados para encontrar o verdadeiro assassino.

O lembrete em meu celular avisa que é hora de entrar na reunião. Pego meu computador e, antes de iniciar a chamada, uso a câmera para checar minha aparência. Apliquei uma camada de base e parece que resolveu o problema, também passei batom para me deixar com uma cara mais animada. Meu cabelo não quis colaborar hoje de manhã, então fiz um rabo de cavalo. Acabei usando aquele fru-fru que Gretchen me deu como lembrança de Bonnie, e faço o possível para não pensar no chumaço de cabelo que arrancaram de sua cabeça.

Entro na chamada do Zoom e, um segundo depois, surge um rosto na tela. À medida que os traços esqueléticos e o rabo de cavalo desgrenhado entram em foco, reconheço o sujeito imediatamente, e meu sorriso desaparece.

— Kevin — digo. — Que merda é essa?

O homem na tela é Kevin, também conhecido como Kevin de verdade, também conhecido como Orson Finley, eu acho. A essa altura, não faço ideia de qual seja seu nome verdadeiro. Mas faço ideia da *quantidade* de tempo que ele me fez perder.

— Sydney, sinto muito por ter tido que fazer as coisas desse jeito — diz ele, meio confuso —, mas, toda vez que a gente se encontra, você se recusa a falar comigo.

— Exatamente. A maioria das pessoas entenderia a mensagem. — Pego o mouse para sair da chamada. — Adeus, Kevin. Ou Orson. Ou sei lá qual é o seu nome.

— Por favor, não desligue! — Ele se aproxima da tela e consigo ver suas olheiras. — Por favor, Sydney! Nós tivemos um dos melhores encontros da minha vida. Ou você acha que apresento minha mãe para qualquer mulher com quem eu saio?

Meu Deus, espero que não.

— Kevin...

— Você tem que me dar mais uma chance — implora ele. — Por favor, só escute o que tenho para falar. Me dê um minuto.

— Kevin...

— Um minuto. *Por favor*.

Indo contra todo o meu bom senso, faço que sim com a cabeça. Vou dar um minuto para ele falar tudo o que tem para dizer e, depois disso, espero que ele me deixe em paz.

— Saiba que me arrependo muito por ter me comportado daquele jeito no nosso encontro — diz ele. — Não sou uma pessoa agressiva, mas achei que você estava curtindo a noite comigo e acabei ultrapassando os limites. Eu me arrependo e minha mãe querida morreria de vergonha se soubesse o que fiz. Reconheço que errei e peço desculpas.

A última coisa que eu esperava era um pedido de desculpas desse homem (ou de qualquer homem, para falar a verdade). Apesar de tudo, fico impressionada.

— Eu agradeço.

— Mas o que você me diz? — insiste ele. — Você me daria uma segunda chance?

Apesar de ter gostado do pedido de desculpas, estou namorando outro cara. E, mesmo se não estivesse, não há a menor chance de sair de novo com um cara que me atacou. Como ele pode achar isso razoável?

— Acho melhor não, Kevin.

Ele arregala os olhos castanhos diante da câmera.

— Por favor, Sydney. Estou implorando. Eu faria você feliz.

— Sinto muito — digo, gentilmente, mas com firmeza —, mas não.

— Tudo o que eu quero é uma chance de conversar com você cara a cara — apela ele. — Não é justo que eu só consiga ver você pela janela.

Espera, *como é que é?*

— O que você falou?

— Eu disse que quero conversar com você cara a cara.

— Não — cerro os dentes. — O que você disse da *janela*?

Kevin parece um animal surpreendido pelo farol de um carro.

— Janela?

Que merda.

Antes que Kevin diga mais uma palavra, clico no botão vermelho para encerrar a chamada. Assim que a tela se fecha, salto da minha cadeira ergonômica e atravesso a sala até chegar à janela. *Não é justo que eu só consiga ver você pela janela*. Será que esse idiota está me *observando*?

Apavorada, olho pela janela e vejo os pedestres e os carros na rua. Do meu andar, os pedestres parecem formigas, e os carros lembram brinquedos de criança. Não tem como ninguém me enxergar aqui em cima... ou tem?

Então olho para os edifícios ao meu redor. Dois deles estão no ângulo de visão do meu prédio. E, nesses dois prédios, há centenas de janelas. Centenas de oportunidades para alguém me observar.

Sinto um calafrio percorrer meu corpo.

Talvez eu deva ligar para Jake. Por outro lado, ele não é um desses policiais dispostos a usar o distintivo para burlar as regras e intimidar um idiota qualquer que não larga do meu pé. Ele vai dizer que preciso de uma ordem de restrição, e não tenho como lidar com mais esse problema, fora todo o resto.

Além disso, se eu ligar para Jake, vou acabar falando que Randy não tem um álibi.

Pego as cordinhas para fechar as persianas e dou um suspiro assim que termino de baixá-las, impedindo que eu veja o mundo lá fora e que os outros me vejam aqui dentro. Pronto: problema resolvido.

Estou pensando no que fazer em seguida quando ouço a campainha. Eu me afasto da janela com o coração palpitando. Quem está batendo à minha porta às nove da manhã? Não deixei ninguém subir.

Olho para a tela do computador. A chamada do Zoom acabou, mas e se Kevin não estivesse em casa? Sua imagem de fundo estava borrada, então ele poderia estar em qualquer lugar.

E se for ele batendo à minha porta?

Pego meu celular em cima da mesa. Ok, não preciso entrar em pânico. Se Kevin estiver batendo à minha porta, é só eu chamar a polícia. A porta é resistente e duvido que ele consiga arrombá-la, ainda mais com a tranca.

Será que tranquei a porta?

A campainha toca uma segunda vez, um barulho longo como se alguém tivesse esquecido o dedo no botão. Alguém quer muito entrar na minha casa.

Sinto meu coração martelar no peito enquanto vou até a porta, ainda com a sensação de estar sendo observada mesmo com as persianas fechadas. De imediato, vejo que não fechei a maldita tranca. Ai, meu Deus, como posso ser tão *idiota*?

Tudo bem. Vou chamar a polícia. Depois vou ligar para Gretchen e Randy. Na verdade, essa é uma boa ideia. Não consegui denunciar Kevin porque não sei nada sobre ele, mas, se a polícia pegá-lo aqui, será muito mais fácil conseguir uma ordem de restrição.

Espio pelo olho mágico e…

Ah. É Randy.

Giro a chave e abro a porta. Randy está de pé no corredor usando camiseta, calça jeans e tênis sujos. Ele não é muito mais alto que Jake, porém, perto de mim, parece uma árvore gigante.

— Oi, Syd — diz ele. — Será que podemos conversar?

Hesito. Lembro que Randy não tem um álibi para a noite em que Bonnie foi assassinada. Não havia sinais de arrombamento e ele tinha a chave da casa dela. Mas acho difícil que Randy tenha vindo ao meu apartamento para me matar às nove da manhã. E, se esse for o caso, como eu disse, ele tem a chave e não precisaria pedir permissão para entrar.

— Podemos — respondo. — Entre.

Dou um passo para o lado e deixo Randy entrar no meu apartamento. Ele parece bem nervoso, o que está me deixando nervosa também. Por que ele está nervoso desse jeito?

— Então — diz ele. — Preciso te mostrar uma coisa. Mas... você não pode contar para ninguém. Promete?

— Prometo.

Randy enfia a mão no bolso da calça jeans. Juro por Deus que, se ele tiver um chumaço do cabelo de Bonnie, vou morrer do coração. O bolso é fundo e ele leva alguns segundos para pegar o que quer me mostrar, e eu mal consigo respirar.

Ai, não. *Não.*

CAPÍTULO 48

Sinto um mal-estar ao ver o objeto na mão de Randy. *Um mal-estar*.

— Comprei ontem — diz Randy, com um brilho nos olhos —, pouco antes de comprar o formigueiro.

Com essa explicação, Randy abre a caixinha de veludo azul em sua mão. Dentro dela, há um anel de ouro branco com uma pedrinha de diamante que brilha sob a luz do apartamento.

Um mal-estar.

— Posso devolver, se for preciso — diz ele, na mesma hora. — Então, se você achar que Gretchen não vai gostar, posso ir atrás de outro.

Que tal você devolver o anel e *não* ir atrás de outro? Que tal você *não* pedir minha melhor amiga em casamento?

— Hum...

A expressão dele é preocupada.

— O diamante é muito pequeno?

O diamante é minúsculo, mas tenho certeza de que Gretchen vai amar. O problema não é o diamante. O problema é o cara que está dando o diamante para ela. Não acho que Randy seja um assassino, mas também não acho que ele seja bom o suficiente para a minha amiga. Ela poderia arranjar alguém muito melhor, mas não está nem procurando porque está envolvida com ele.

— É pequeno mesmo.

Ele analisa a pedrinha.

— Eu sei. Minha vontade era dar um diamante enorme, porque é o que ela merece. Mas o enorme custa três anos de salário, e esse aqui me custou seis meses. Não posso gastar mais do que isso.

— Se dinheiro é um problema, talvez esse não seja o melhor momento para casar. Talvez seja melhor esperar alguns anos.

Ele coça a nuca.

— Mas eu *amo* a Gretchen. Ela é a melhor pessoa que já conheci na vida. Quero passar o resto da minha vida com ela e quero que ela seja feliz comigo.

Seus olhos, que normalmente são pequenos, agora estão arregalados. Ele parece bem sincero. Randy pode não ser a melhor pessoa do mundo, mas ele ama Gretchen. E ela é louca por ele. Eu seria uma pessoa horrível se tentasse estragar a relação dos dois.

Não?

— Acho que ela vai amar o anel — digo, contrariada.

Ele abre um sorriso.

— Mesmo?

— Mesmo.

— Obrigado, Syd. — Ele fecha a caixinha de veludo azul e a guarda de volta no bolso. — Estou tentando pensar em como fazer o pedido. O certo é eu me ajoelhar, né?

Não consigo deixar de sorrir.

— É, você tem que se ajoelhar.

— Você acha que seria ruim se eu usasse uns cartões para escrever o que quero dizer? — pergunta ele. — Quero que seja perfeito.

— Sendo bem honesta, acho que ela vai dizer sim de qualquer jeito.

Randy sorri. Acho que nunca vi um sorriso tão largo em seu rosto. Não consigo nem imaginar como ele vai reagir quando Gretchen aceitar seu pedido de casamento. E, mesmo achando que ela poderia arranjar um cara melhor, não tenho como negar que ele claramente ama a minha amiga. Gretchen teve sua cota de frustrações amorosas e merece um final feliz.

Nesse momento, percebo que não posso contar para ninguém que Randy não tem um álibi para a noite em que Bonnie foi assassinada.

CAPÍTULO 49

A situação ficou meio tensa entre mim e Tom.

Ele me mandou algumas mensagens depois de ter me dispensado para ficar com a mãe, mas decidi não falar nada. Fiquei muito irritada para responder e ainda estava abalada com o episódio envolvendo o Kevin de verdade.

Mas então Tom mandou uma mensagem me convidando para um jantar caseiro à luz de velas em seu apartamento. E decidi que ele já tinha sido punido o suficiente.

Apesar de ganhar um salário muito maior do que o meu, o prédio de Tom não é mais chique do que aquele em que eu moro. E também não tem porteiro. Pior ainda, não tem elevador. E ele mora no quinto andar. Fico um pouco sem ar ao subir as escadas. O que posso dizer? Ioga não é um exercício aeróbico. Confiro minhas axilas para ver se não estou suada.

Tom parece feliz de me ver quando abre a porta. Ele me abraça e me beija por uns sessenta segundos, o que é bastante tempo para um beijo.

— Estava com saudades — sussurra ele em meu ouvido.

— Bom — digo —, talvez eu viesse mais ao seu apartamento se não tivesse de subir cinco andares. — Coloco a mão no peito. — Meu coração está acelerado. Acho que estou tendo um infarto.

— Você sabia que, ao fazer exercício — diz ele, na voz animada que sempre usa quando me conta alguma curiosidade sobre o corpo humano —, os vasos sanguíneos que alimentam os músculos expandem e é por isso que o coração tem que bombear mais sangue? O coração bate mais rápido para manter a pressão sanguínea.

— Uau, que fascinante, Dr. Brewer.

Ele ri.

— De qualquer forma, se eu quisesse me mudar, seria impossível descer as escadas com os meus móveis. Então vou ter que morar neste apartamento para sempre.

Se eu e Tom decidirmos morar juntos, ele pode se mudar para o meu prédio. Ou podemos escolher um lugar novo para começar do zero.

Mas, no fundo do meu coração, sei que Tom nunca vai me chamar para morar com ele.

— Entre. — Ele me leva pela mão até a sala de estar, onde acendeu umas velas. Tom arrumou a mesa para dois. Ele dispôs garrafas de água, porque a água das torneiras do apartamento dele é meio marrom, e, no centro da mesa, há um saco de papel craft. — Vamos comer antes que esfrie.

— Hum. Achei que você tinha me prometido um jantar *caseiro*.

Ele faz que sim com a cabeça.

— Sim, sei disso. Mas aí tive que trabalhar até mais tarde e me dei conta de que, apesar de ser um excelente cozinheiro, também sou excelente em pedir um delicioso jantar para dois no Luigi.

Justo.

— Tá bom, vou pegar os talheres.

Entro na cozinha e, ao abrir a gaveta para pegar os talheres, percebo algo se mexendo no espaço entre a geladeira e os armários. Eu me abaixo para ver o que é e...

— Tom! — grito. — Meu Deus! Venha cá!

Tom entra correndo na cozinha e me vê encolhida do lado da pia. Ele acompanha meu olhar e avista um pequeno rato cinza preso no vão entre a geladeira e a parede. Um maldito *rato*.

— Ah! — diz ele. — Esse rato está me atormentado já faz um mês. Acho que a ratoeira adesiva que comprei deu certo.

Cubro os olhos com as mãos.

— Que nojento! Não quero nem ver.

— É só um rato. — Dou uma espiada entre os dedos e vejo Tom rindo de mim. — Pode esperar na sala. Vou dar um jeito nele.

Fico feliz de sair dali. Volto para a sala de estar tentando não pensar naquele bicho se debatendo no chão da cozinha.

Espero sentada à mesa, prendendo a respiração. Ouço barulhos estridentes vindos da cozinha e tento não imaginar Tom pegando o rato com as próprias mãos. Estou prendendo a respiração quando, de repente, ouço um estrondo. E depois outro. Minutos depois, Tom volta da cozinha com os talheres.

Espero que ele tenha lavado as mãos.

— Tudo resolvido — diz ele, casualmente.

Franzo a testa, pensando nos barulhos que ouvi.

— O que você fez com o rato?

— Coloquei dentro de um saco e depois bati nele com um martelo.

Levo um susto com a resposta. Tom bateu nele com um martelo?

— Sério?

— A-hã, sério.

— Como você pôde fazer uma coisa dessas com um ser vivo?

Ele fica chocado.

— Você está falando sério? Você estava gritando e não conseguia nem olhar para o bicho! Eu disse que ia dar um jeito no rato, não que ia adotá-lo como meu bicho de estimação.

— Mesmo assim. Você não precisava fazer *isso*. Que coisa... horrível.

— Mas o que você queria que eu fizesse?

— Você poderia ter soltado o rato na natureza!

Tom fica embasbacado.

— Ele estava preso numa ratoeira adesiva. E nós estamos no quinto andar. Como eu ia conseguir soltar o bicho na natureza?

Junto minhas mãos. Tom fez uma coisa horrível, mas fico ainda mais chocada de ver que ele nem se importa de ter matado um ser vivo com um martelo.

— Não sei.

— Vamos fazer o seguinte. A próxima vez que tiver um rato preso numa ratoeira, *você* pega o bicho e o solta na natureza. — Ele ergue as sobrancelhas. — Agora podemos comer essa comida deliciosa que pedi?

Tá bom. Acho que ele tem razão. Mas, ainda assim, todo mundo sabe que ratoeiras adesivas são cruéis. Ele poderia ter arranjado outro tipo de ratoeira que não o obrigasse a matar o rato. Quem sabe eu não compro umas ratoeiras melhores para ele?

Abro o saco de papel e descubro que Tom pediu frango à parmegiana para mim e *piccata* de frango para ele. E um monte de pão. Ao me sentar à mesa, percebo que os talheres brilham sob a luz da sala. A faca que ele colocou ao lado do meu prato é maior do que uma faca comum.

— Meu Deus, por que uma faca desse tamanho? — pergunto, levantando o talher.

— É um bom pedaço de frango. Você precisa cortar a carne com alguma coisa, não?

— Sim, mas... — Exibo a lâmina da faca. — Nossa, que faca afiada. A maioria das facas que tenho em casa não serve nem para cortar um pedaço de *pão*. Você manda afiar?

— Claro que não. — Ele pega a própria faca para cortar o frango. — É que uso pouco as facas, por isso elas não perdem o fio.

Sem dúvida essa faca me deixou preocupada. Com meu problema de sangramento, eu perderia meio litro de sangue se me cortasse com essa lâmina. Tenho que tomar muito cuidado.

À medida que a gente vai se servindo, conto para Tom sobre o episódio com Kevin pelo Zoom. Tento não dar muita importância e rir da situação, mas, quando termino a história, ele está com o rosto vermelho — quase roxo — e parece tomado pela fúria.

— Que coragem que esse idiota tem! — ruge Tom. — Eu devia ter chamado a polícia já na primeira vez. Eu *sabia* que esse cara era problemático. — Ele fecha os punhos e, se Kevin estivesse na nossa frente, sem dúvida Tom partiria para cima dele. — Você precisa fazer alguma coisa, Sydney. Ele não pode se safar assim.

— Infelizmente — digo —, não sei quase nada sobre ele. Todas as informações que tenho estão no Cynch, que são o primeiro nome e uma foto falsa.

— Não importa. Existem outras formas de encontrar uma pessoa. Não estamos lidando com um gênio do crime.

— Que outras formas?

— Contratar um detetive particular? Olha, aposto que qualquer garoto que entenda um pouco de informática descobre onde esse cara mora só com os dados do Zoom.

— Pode ser. — Não acho que seria tão fácil assim encontrar Kevin. De qualquer forma, não quero pensar nisso agora. Ainda mais vendo como Tom ficou irritado. — Ah, lembrei que tenho uma coisa legal para contar.

— O quê?

Com cuidado, me sirvo de mais um pedaço de frango, evitando cortar meu dedo no processo.

— O namorado da Gretchen veio falar comigo e me mostrou o anel que comprou para ela. Ele quer pedi-la em casamento.

— Oh! — Está na cara que Tom não ficou nem um pouco animado. E nem teria motivos para isso. Ele já se recusou a conhecer Gretchen e Randy, então por que teria qualquer interesse no fato de que os dois vão se casar? — Que maravilha.

Reviro o espaguete, que forma um ninho no meu prato.

— Se eu te convidar para ir ao casamento comigo, imagino que você vai dizer não.

— Casamento? — Ele ergue as sobrancelhas. — Syd, o cara ainda nem falou com ela. Esses noivados duram uma eternidade. Aposto que eles vão levar pelo menos dois anos para se casar. Você realmente quer que eu faça planos para daqui a dois anos?

Essa é exatamente a reação que eu esperava que Tom fosse ter, mas, mesmo assim, fico irritada.

— Você não precisa reservar a data — digo, entre os dentes. — Mas seria legal se você demonstrasse o mínimo de interesse em ir a um evento mais formal comigo e aceitasse conhecer meus amigos.

— Eu não me…

— Sim, você se incomoda. Você sabe que isso é verdade, então não precisa fingir que não é.

Tom pousa os olhos castanhos no prato de comida.

— Não estou dizendo que você está errada, tá?

— Tá...

— Mas existem coisas a meu respeito que você não entende. Que, se eu te contasse, você *jamais* ia entender.

— Se você me contar, talvez eu entenda.

Ele revira a comida com o garfo. Seus ombros sobem e descem, e parece que está resmungando para si mesmo. Mas não consigo entender o que diz.

— Eu gosto de você, Sydney — diz ele. — Gosto *muito* de você. Muito mesmo.

— Mas?

O apartamento dele é tão silencioso que consigo ouvir o gato do vizinho miando por comida. Tom passa a mão trêmula pelo cabelo escuro.

— Tá bom — diz ele, finalmente.

— Tá bom?

Ele olha para mim e esboça um sorriso com o canto dos lábios.

— Tá bom, eu vou com você ao casamento, não importa quando.

Ele tem razão, o casamento não deve acontecer tão cedo. Mas, ainda assim, é bom saber que ele está disposto a ir comigo. Talvez essa relação tenha futuro. Quem sabe isso possa dar certo e a gente um dia vá morar juntos. Talvez ele seja o homem *da minha vida*.

Nossos olhares se cruzam. Meu Deus, como ele é *sexy*.

E agora Tom me dá aquele olhar que me deixa atordoada. Ele não quer mais saber do jantar. Nem eu.

CAPÍTULO 50

ANTES

TOM

Em algum momento, ouço minha mãe subir as escadas e bater a porta do quarto.

Não faço ideia do que ela deve estar pensando agora. Ela sabia que aquela mancha no sofá era sangue, mas não me perguntou mais nada sobre o tapete. E, a essa altura, já se deu conta de que meu pai não vai mais voltar para casa.

Além disso, não consigo parar de pensar em sua expressão quando me mandou para o quarto.

Ela deve estar achando que fiz alguma coisa com meu pai. Será que me acha responsável também pelo que aconteceu com Alison? E com Brandi?

Se pensa assim, não sei por que está limpando o rastro de sangue que deixei para trás. Ela devia me entregar para a polícia.

Por volta das dez horas, desço para a sala de estar, que está escura. Acendo uma das luzes e vou conferir a mancha na lateral do sofá que minha mãe estava esfregando. Está muito mais clara do que antes, mas ainda é bem visível. Parece que ela não conseguiu removê-la. Tenho certeza de que ainda é possível analisar as fibras do sofá e descobrir que não se trata de tinta. Tenho certeza de que eles conseguem identificar que é sangue.

Mas pelo menos não é o sangue de Alison.

Meu estômago ronca alto. Só comi metade do meu jantar e, apesar de estar com fome, não tenho vontade de comer. É como se tivesse perdido o apetite para sempre.

Só consigo pensar em Daisy.

Ela me disse por telefone que está proibida de falar comigo e aposto que seu pai está monitorando o telefone. Está claro que o delegado pensa que estou envolvido nisso. Porém, não vou desistir. Passei a vida inteira apaixonado por Daisy Driscoll e, agora, justamente quando consigo conquistá-la, ela não pode chegar perto de mim? Não é justo.

Preciso vê-la. Mesmo sem a permissão do pai dela.

Dou uma olhada na direção do quarto da minha mãe, no andar de cima. Tenho certeza de que ela não vai levantar tão cedo. Se eu sair de casa, ela não vai perceber.

Sem pensar muito, pego um moletom com capuz no meu armário. Guardo as chaves e o celular no bolso, e saio pela porta dos fundos, que deixo destrancada.

A casa de Daisy fica a poucas quadras da minha. Dou uma corridinha até lá com o capuz cobrindo a cabeça. Não é um grande disfarce, mas é melhor que nada. Se tiver sorte, o pai dela vai estar trabalhando na rua ou na delegacia.

O quarto de Daisy fica nos fundos da casa. Eles não têm nenhuma câmera nem sistema de segurança, porque esse não é o tipo de coisa que você precisa ter em um bairro como este, e é improvável que alguém queira invadir a casa do delegado. De qualquer forma, consigo dar a volta na casa sem nenhum problema. Estico o pescoço para sondar as janelas do segundo andar e reconheço aquela com as letras coloridas que soletram DAISY. A luz ainda está acesa.

Agora preciso achar um jeito de chamar a atenção dela.

Pego duas pedrinhas no chão. Tenho que ter cuidado, porque não quero quebrar a janela, mas preciso arremessar com força suficiente para chamar sua atenção. Conto até três e jogo a pedrinha menor na janela. E acerto na mosca.

Espero por um instante, mas ela não aparece na janela.

Arremesso a segunda pedrinha. Mais uma vez, acerto no alvo. Finalmente, vejo a sombra de alguém se movendo no quarto. Fico sem ar quando o rosto pálido de Daisy surge na janela.

— Daisy! — sussurro alto. — Preciso falar com você!

Ela faz que não com a cabeça.

Junto as mãos, implorando. *Por favor, Daisy. Por favor.*

Por fim, ela se rende. E aponta para a porta dos fundos, por onde pode sair sem que ninguém a veja. Por um instante, penso que ela pode me dedurar para os pais, que acabariam me expulsando dali, mas então, um minuto depois, a porta dos fundos se abre e lá está ela, sozinha, com o cabelo loiro brilhando à luz da lua e um casaco envolvendo seu corpo esbelto.

— Daisy — sussurro.

Não consigo me conter e corro em sua direção para abraçá-la. Mas logo fica claro que ela não quer ser abraçada. Seu corpo fica todo rígido. Eu me afasto, franzindo a testa.

— Daisy… — digo.

Quando ela me encara, vejo lágrimas em seus olhos.

— Tom, eu disse que não posso mais falar com você.

— Eu sei disso, mas…

— Meu pai acha que você matou a Alison. — Ela continua olhando para mim, e uma lágrima solitária escorre pela bochecha direita. — Ele acha que você matou a Brandi também. Você e o Lesma.

Engulo em seco. Sabia que o delegado desconfiava de que eu era o namorado secreto de Brandi e deduzi que tinha me tornado um dos principais suspeitos. Mas me dói saber que ele compartilhou essa suspeita com Daisy.

— O Lesma estava espionando o quarto da Brandi — acrescenta ela. — Ele foi flagrado por ela. Você sabia disso?

— Não.

— E ela não foi a única garota que ele espiava. Várias o denunciaram.

Não sabia dessa história, mas isso explica por que o delegado interrogou o Lesma uma segunda vez. Meu Deus, não acredito que o Lesma faria uma coisa dessas. Se eu soubesse dessas coisas, não teria pedido ajuda para ele.

Mexi numa casa de marimbondo. Sabia que o Lesma era estranho, mas não fazia ideia de que ele era assim. Não fazia ideia de que era perigoso.

— Daisy — sussurro —, você acha mesmo que eu…

— Não sei o que pensar! — Ela enxuga os olhos com as costas das mãos. Sinto uma tristeza profunda porque acho que nunca mais vou poder segurar a mão dela. — E isso não é o pior.

Não é? O que mais ela tem para contar? O que poderia ser pior do que o pai dela, o delegado, achar que sou um assassino?

— O que é pior do que isso? Me conte.

Ela baixa o tom de voz.

— Sabe a noite em que a Alison desapareceu? Ela me ligou.

Ai, não.

— Ela me contou que viu você e o Lesma — continua Daisy. — Ela disse que vocês dois estavam colocando alguma coisa no porta-malas do carro e que parecia algo muito suspeito. Ela estava muito nervosa, dizendo que eu tinha que terminar com você.

Ai, *não*.

— Olha — digo —, o Lesma foi até a minha casa porque queria pegar emprestados uns equipamentos de treino e estava colocando as coisas no porta-mortas. Não foi nada de mais.

— Ela disse que viu sangue nas suas mãos.

De repente, sinto uma alegria enorme em saber que Alison morreu. O Lesma tinha razão: ela *era* um problema.

— Daisy — respiro fundo. — A gente se conhece há um tempão e eu jamais mentiria para você. Eu amo você. E *jamais* machucaria a Alison. Juro pela minha vida.

Analiso sua expressão para ver se ela acredita em mim. Daisy quer acreditar em mim. Quer muito acreditar em mim.

— Daisy? — digo.

Mais uma lágrima escorre pelo seu rosto.

— Não faz diferença se acredito em você ou não. Meu pai ainda acha que você é um assassino. Você faz ideia do tamanho do problema que arranjou?

— Daisy…

Uma luz se acende no segundo andar da casa e ela fica imóvel.

— Preciso voltar. Meus pais vão me matar se me virem falando com você.

Não. Esta não pode ser a última vez que vejo Daisy. *Não pode*. Vou enlouquecer.

— Você pode me encontrar mais tarde? — pergunto, desesperado. Ela começa a balançar a cabeça e acrescento: — Por favor, Daisy?

Ela hesita.

— Tá bom. Consigo sair depois que a minha mãe deitar. Me encontre à uma da manhã atrás da lanchonete Dairy Queen, na Maple Street. Nunca tem ninguém por lá.

Ela está disposta a me encontrar. Isso significa que não acha que sou um assassino.

Por impulso, eu a agarro. Pressiono meus lábios contra os dela e, por um instante, ela resiste, mas depois se derrete toda como sempre acontece. Não existe nada melhor do que beijar Daisy Driscoll.

Neste momento, sinto sua pulsação na artéria carótida sob a mandíbula. Deslizo meu dedo pelo seu queixo, fascinado pela pulsação. Eu me lembro da forma como o sangue do meu pai jorrava do corte que fiz em seu pescoço.

Imagino como seria ver o sangue de Daisy jorrar de sua garganta.

Quando nossos lábios se separam, uma voz no fundo da minha cabeça diz que não é uma boa ideia me encontrar sozinho com Daisy em um estacionamento deserto. Não posso confiar em mim quando estou com ela. Talvez Alison estivesse certa a meu respeito e, se Daisy é realmente importante para mim, eu devesse me afastar.

Mas agora é tarde para voltar atrás.

Daisy volta para dentro de casa e fico vendo a porta se fechar, apesar de ter que sair daqui enquanto ainda posso. Mas beijar Daisy sempre deixa minhas pernas bambas. Preciso de um minuto para me recuperar.

Finalmente, me afasto da casa andando rápido e sem fazer barulho. Estava tão consumido pela ideia de observar Daisy que não percebi que alguém estava me observando.

Não percebi até dar de cara com o Lesma.

CAPÍTULO 51

DIAS ATUAIS

SYDNEY

Hoje à noite, o sexo com Tom foi particularmente intenso e, embora isso não seja uma prática comum, assim que sossegamos, ele me avisou que ia tomar um banho.

— Você acabou comigo, mulher — diz ele, o que achei engraçado. — Quer tomar um banho?

— Não, ainda estou me recuperando — respondo, só para provocar, e *ele* acha engraçado.

Fico deitada na cama queen size de Tom enquanto ele cantarola uma música clássica no chuveiro. Deve ser Beethoven, mas, para falar a verdade, não tenho tanta certeza. Meu corpo ainda está zunindo com as coisas que ele fez comigo. Mesmo que Tom jamais aceite ir a um casamento comigo, não posso terminar com ele de jeito nenhum. Sentiria muita falta disso.

Meu celular, que está na mesinha de cabeceira, começa a tocar. Dou uma olhada na tela: é minha mãe. Ela está mais calma agora que estou namorando, mesmo eu tendo explicado, da maneira mais gentil possível, que a relação com Tom pode não dar certo. Ela não lidou bem com a informação. Se eu não estiver casada aos quarenta anos, acho que ela vai recorrer à eutanásia.

Considero deixar a ligação cair na caixa de mensagens, mas respiro fundo e atendo.

— Oi — digo. — Estou meio ocupada agora.

— Oh. — Ela fica meio sem graça. — Você está com o Tom?

— Estou.

— E vocês estão bem?

— Estamos…

Ela consegue perceber a tensão na minha voz. Não estamos tão bem assim. Não acho que a gente vá terminar, mas também não vai casar em um futuro próximo. Na melhor das hipóteses, vou conseguir uma data para o casamento.

— Sabe — diz ela —, dia desses, no meu grupo de estudos da Bíblia, eu me lembrei de uma história muito interessante. Você sabia que Sara e Abraão tiveram Isaque quando ela estava com noventa anos?

Encaro o telefone, perplexa.

— Por que você está me contando isso?

— Só estou dizendo que a esperança é a última que morre.

Eu *não* estou a fim de ter essa conversa agora.

— Preciso desligar.

— E que fim levou aquele policial alto e bonito com quem você morava… Jake, né?

Hesito.

— Por que você está me perguntando dele? Faz anos que a gente terminou.

— Só me lembrei dele agora. Jake era tão legal. E ele gostava mesmo de você, Sydney.

— *Tchau*, mãe.

Desligo na cara da minha mãe. Fico tão agitada com aquela conversa irritante que tento colocar o telefone em cima da mesinha de cabeceira e acabo derrubando o aparelho no vão entre a cama e a mesinha.

Que maravilha.

Levanto da cama e me agacho perto da mesinha. Enfio a mão no espaço onde o telefone caiu, apalpando para tentar encontrá-lo. Meus dedos encostam em uma superfície fria e lisa que parece ser o telefone, mas não é só isso que encontro. Sinto também um tecido que parece ser veludo.

Hum. O que é isso?

Agarro os dois objetos e puxo. Dito e feito, o primeiro item era meu telefone. Mas o segundo item me dá um frio no estômago.

É um fru-fru preto.

Como é que esse fru-fru veio parar no quarto de Tom?

O que me incomoda não é o fato de ter encontrado uma prova de que outra mulher esteve aqui. Não tenho problemas com isso — afinal de contas, Tom não é um monge e, obviamente, não é possível desenvolver o tipo de habilidade que ele tem dormindo sozinho. Mas um *fru-fru*? Quem é que usa um fru-fru hoje em dia?

Ou, melhor dizendo, quem é que usa um fru-fru além de *Bonnie*?

Achei que era muita coincidência Tom ser o namorado misterioso de Bonnie. Mas, olhando para esse fru-fru, me dou conta de que o subestimei. Todas as peças se encaixam.

Afinal, era *mesmo* muita coincidência? Eu o encontrei a três quadras do nosso prédio, pouco depois de Bonnie ter sido deixada em casa pelo namorado. Ele é médico. E reagiu de um jeito muito estranho quando comecei a falar sobre o assassinato de Bonnie. Sem mencionar o fato de que talvez tenha me dado um sobrenome falso quando a gente se conheceu.

Será que a verdade estava o tempo todo na minha cara? Será que fui influenciada pela beleza de Tom e pela urgência de me casar e ter filhos antes dos noventa anos?

Mas não… não é possível. Tom não é um assassino. Acho que isso é ainda mais improvável do que Randy ser um assassino. Tom é um *cara legal*. Ele é perfeito.

Não é?

Fico parada no meio do quarto, olhando para o celular em minha mão. Abro minha lista de contatos e procuro por Tom. Não sei explicar por quê, mas, num impulso, clico em seu nome.

Sou premiada com o som de um telefone tocando. Mas não se trata do telefone em cima da cômoda. O som é abafado, como se o aparelho estivesse dentro de uma gaveta.

Deixo tocar mais um pouco. Enquanto Tom cantarola Mozart no chuveiro, cruzo o quarto para chegar à cômoda e começo a abrir as gavetas. A primeira tem só um monte de camisetas dobradas. A segunda tem calças. A terceira parece ter só cuecas boxer, mas, ao abrir a gaveta mais um pouco, o barulho se torna menos abafado.

Bingo.

Reviro a gaveta. Levo cerca de dez segundos para encontrar o telefone escondido no fundo, com uma chamada na tela, identificada apenas como "S".

Um segundo depois, a chamada vai para a caixa de mensagens. Com cuidado, tiro o telefone da gaveta para analisá-lo melhor. Isso *não* é um celular pessoal que Tom usa para falar com a família e os amigos. É um celular pré-pago.

Tom fala comigo de um celular pré-pago.

É um celular flip e, quando abro o aparelho, descubro que não precisa de senha e que consigo ver as chamadas e as mensagens. Todas as chamadas e as mensagens registradas no aparelho são minhas. Ele usa esse aparelho para falar só comigo.

Como é que pode?

Dou uma olhada na direção do banheiro. O chuveiro ainda está ligado. Tom gosta de tomar banhos demorados. Tenho pelo menos uns cinco minutos, talvez mais se ele decidir escovar os dentes. Vou precisar de cada segundo.

Guardo o celular pré-pago de volta na gaveta. Usando apenas uma das camisetas grandes que Tom me dá quando durmo aqui, vou correndo até a sala de estar. A mesa ainda está arrumada para o nosso jantar, apesar de Tom ter apagado a vela antes de irmos para o quarto. Olho para os talheres em cima da mesa e me pergunto se poderia usá-los para coletar amostras de digitais. Mas fico na dúvida.

Até notar a garrafa de água de Tom.

Perfeito.

Seguro a garrafa de água com dois dedos para preservar as digitais que estão nela. Deixei minha bolsa na mesa de centro, então vou até a sala de estar e guardo, delicadamente, a garrafa dentro dela. Assim que fecho o zíper da bolsa, escuto uma voz atrás de mim.

— O que você está fazendo, Sydney?

CAPÍTULO 52

Cometi um erro terrível.

Não devia ter guardado aquela garrafa de água. Eu só devia ter pegado minha bolsa e me mandado daqui o mais rápido possível, nem que fosse só de calcinha e camiseta. Cometi o erro mais idiota que uma mulher pode cometer: não escapei quando tive a chance.

E agora Tom está na sala de estar, a alguns passos de mim, de cueca e camiseta, com o cabelo ainda molhado. Seus olhos são escuros e impassíveis.

— O quê? — pergunto.

— Perguntei o que você está fazendo?

— Oh. — Olho para minha bolsa e dou um sorriso. — Eu só ia pegar o meu celular.

— Você deixou o celular no quarto.

Ele tem razão. Deixei o celular em cima da cômoda. Queria muito não ter feito isso. Porque agora eu poderia ligar para a polícia.

Em vez disso, tento dar uma risada. E soa como se eu estivesse sendo estrangulada.

— Acho que passei por ele e não vi — digo. — Vou lá pegar.

Tom aperta os olhos.

— Você está bem?

Não posso demonstrar que suspeito dele de *jeito nenhum*. Porque, se ele perceber que mexi no... Bom, a gente sabe o que aconteceu com Bonnie. Talvez esse tenha sido o motivo por que ele a matou.

— Claro que estou. Por que não estaria?

Ele não responde, mas continua me olhando.

— Na verdade — digo —, não estou me sentindo muito bem com o meu corpo.

— O que aconteceu?

Apelo para a desculpa que faz a maioria dos homens querer se livrar de uma mulher.

— Acabei de ficar menstruada.

Mas Tom não parece nem um pouco incomodado com essa informação. Acho que isso não deveria me surpreender.

— Se precisar, tenho ibuprofeno no armário de remédios.

— Hum... — Passo a mão na região do útero. — Acho melhor eu ir embora. Quero ficar no meu canto um pouco.

Tom não diz nada. Se fosse um filme, este seria o momento em que o bandido percebe que foi descoberto e que não pode me deixar sair de casa — não com vida. Consigo ver as engrenagens de seu cérebro funcionando. Tom é um homem muito inteligente. Ele vai perceber.

E me ocorre mais um pensamento terrível:

Onde larguei o fru-fru?

Se deixei em cima da cômoda, ao lado do telefone, é fim de jogo. Ele vai ver que encontrei um acessório que pertencia a uma mulher morta. E nunca mais vou sair deste apartamento.

Que droga, onde foi que larguei o fru-fru?

— É melhor você dormir aqui — diz ele. — Já está tarde. Não seria seguro ir para casa no meio da noite, né?

Passo a mão no meu abdome de novo.

— Vou me sentir melhor se dormir na minha cama.

— Você pode ficar com a cama. Eu durmo no sofá.

— Não, eu… hum… — pigarreio. — Acho melhor mesmo ir para casa.

Ele olha para a minha bolsa. Se resolver abri-la, eu já era. Não tenho como explicar por que guardei uma garrafa vazia na minha bolsa. Mas sei que seria capaz de inventar alguma desculpa idiota.

A questão aqui é o fru-fru. Se ele o vir, estou morta. Mas, se isso passar batido, talvez consiga sair daqui com vida.

Meu coração está batendo tão forte que não sei como Tom não consegue ouvi-lo. Mas, depois de alguns segundos de hesitação, ele desiste.

— Tá bom — concorda ele —, mas pelo menos me deixe chamar um Uber para você.

Não acredito. Ele vai mesmo me deixar ir embora.

Volto para o quarto com Tom logo atrás de mim. De repente, tenho a sensação de que o fru-fru vai estar bem no meio da cama e, quando me virar para falar com Tom, ele estará com uma faca de açougueiro na mão, que vai usar para me matar. Mas o fru-fru não está na cama.

Onde será que está?

Levo um segundo para localizá-lo — no carpete, perto da mesinha de cabeceira. Mas, como o carpete é escuro, é difícil ver o fru-fru preto, embora não impossível. Imagino como seria o olhar de Tom ao notar o tecido preto no chão, a testa franzida, enquanto tenta entender o que é aquilo. E a expressão que faria ao reconhecer o objeto.

Tenho que sair daqui, rápido..

Tom se senta na beira da cama enquanto eu me visto. Tenho certeza de que vai perceber o fru-fru a qualquer momento e meu coração bate tão forte que meu peito dói. Mas, enquanto calço meus sapatos, Tom volta para o banheiro. Aproveito para chutar o fru-fru para baixo da mesinha de cabeceira.

Pronto. Agora ele não vai saber que eu sei.

Tom volta para a cama com dois comprimidos na palma da mão. Ele os oferece para mim e mal consigo disfarçar minha desconfiança.

— O que é isso? — pergunto.

— Ibuprofeno.

Sério. Não há *a menor chance* de eu tomar os comprimidos que esse homem está tentando me dar. Não sou *tão* idiota assim.

— Não, obrigada. Vou ficar bem.

— Tem certeza? Você parece incomodada.

Tento dar um sorriso convincente.

— Só quero voltar para casa.

Meu coração continua batendo forte enquanto Tom me acompanha até a porta. Ele bloqueia a saída ao se inclinar para me dar um beijo e quase sinto minha pele arrepiar. É um beijo que não tem nada a ver com o beijo que demos quando cheguei.

— Então tchau! — digo.

— Tchau. A gente se fala. — Ele fica olhando para mim enquanto tento me desvencilhar dele. — Quando você melhorar.

É, tá bom. Se ele me deixar ir embora, eu nunca mais vou voltar.

— Você quer que eu te acompanhe até lá embaixo? — pergunta ele. Tom ainda está bloqueando a saída e só quero que ele *saia da minha frente* para eu poder ir embora.

— Não. *Não.* — Dou uma risada, tentando soar despreocupada, mas é a risada mais falsa da minha vida. — Você não precisa descer e depois subir os cinco andares. Não se preocupe. Não está tão tarde assim. E pode deixar que chamo o Uber.

— Mesmo?

— Mesmo.

— Porque posso chamar para você.

Meu Deus, ele nunca vai sair da minha frente?

— Pode deixar. Eu só quero ficar no meu canto.

Finalmente — *finalmente!* —, Tom se vira para abrir a porta e dou um passo para fora. Estou convencida de que, a qualquer momento, ele vai me puxar de volta para dentro do apartamento e me esganar. Ou esmagar minha cabeça com o martelo, assim como fez com o rato. Mas ele não faz nada disso. Simplesmente fecha a porta e tranca quando eu saio, e mais nada.

Depois que desço os cinco andares, começo a correr.

CAPÍTULO 53

Durante todo o meu caminho para casa, tenho certeza de que Tom estará me esperando na frente do meu prédio, com uma faca de açougueiro escondida no casaco, pronto para cortar minha garganta. Mas ele não está.

Subo as escadas o mais rápido que consigo, depois fecho a porta do apartamento e a tranco. Em seguida, coloco uma cadeira apoiada na maçaneta para reforçar a segurança. Não sei se vai fazer alguma diferença, mas pelo menos faz com que eu me sinta melhor. Todas as persianas já estão fechadas, graças ao Kevin de verdade. Por fim, vou deitar e passo horas me revirando na cama.

Consigo esperar até as seis e meia da manhã para mandar uma mensagem para Jake. Lembro que ele acordava cedo, então cruzo os dedos torcendo para que receba a mensagem e a gente possa conversar antes que eu perca a cabeça.

Preciso conversar com você, pessoalmente, o mais rápido possível. Pode ser onde você quiser.

Quase no mesmo instante, uma resposta de Jake aparece na minha tela:

Consigo estar na sua casa em meia hora.

Vinte minutos depois, levo um choque ao ouvir o som da minha campainha. Embora saiba que deve ser Jake, pego uma faca na cozinha e vou até a porta para espiar pelo olho mágico. Claro que é Jake. Ele está com uma camisa branca amassada e um casaco de gabardine, com sua clássica barba por fazer.

Quando abro a porta, o corpo alto e largo de Jake preenche a soleira. Ele olha para a faca na minha mão direita e arregala os olhos.

— Syd? O que aconteceu?

Agarro seu braço e o puxo para dentro, trancando a porta em seguida. Corro para pegar o saquinho de plástico que deixei em cima da mesa de centro. Dentro do saco, guardei a garrafa de água que peguei no apartamento de Tom.

— Você precisa checar as digitais nesta garrafa — digo.

— Tá bom. Por quê?

Respiro fundo.

— Porque quero ver se são as mesmas digitais que vocês encontraram no apartamento de Bonnie e não conseguiram identificar.

Jake pega o saquinho da minha mão. Ele olha para a garrafa de água dentro dela.

— Onde você conseguiu essa garrafa?

Tenho que contar a história inteira, mas não quero fazer isso. É humilhante admitir que o cara com quem estou saindo possa ser um serial killer. Jake não costuma julgar as pessoas, mas vai me julgar por isso. E nem posso reclamar.

Então não quero contar nada a menos que seja verdade.

— Você não poderia... — Junto minhas mãos. — Não poderia só checar as digitais?

— *Não.* — Ele olha bem para mim. — Sydney, eu quero ajudar, mas não tem como você me pedir para checar as digitais em uma garrafa de água qualquer sem me dizer por quê. Isso não é razoável. — Ele cruza os braços musculosos. — Não vou embora enquanto não me explicar o que está acontecendo.

Não é uma exigência absurda. Na verdade, eu ficaria chocada se ele não me pressionasse para obter mais informações. Agora, vou ter que contar tudo.

— As digitais na garrafa são de um homem chamado Thomas Brewer — digo.

— Certo. E por que você acha que Thomas Brewer matou Bonnie?

Vou ter que contar. Não há como contornar essa situação.

— Porque estou saindo com ele e encontrei alguns pertences da Bonnie no apartamento dele.

Jake leva um susto.

— Sério?

Faço que sim com a cabeça, lentamente.

— Você está saindo com um cara que você acha que é um serial killer? É isso que está me dizendo?

Sinto meu rosto queimar.

— Ele parecia ser um cara legal. Ele é médico. — Quer dizer, é um patologista que ganha a vida dissecando cadáveres.

— Thomas Brewer... — Ele franze a testa. — Espera, você quer dizer o Dr. Brewer, o médico-legista?

Faço que sim com a cabeça, mais uma vez.

— Puta merda. — Ele balança a cabeça. — Eu *conheço* esse cara. Ele é muito inteligente e um baita médico-legista. Não tem cara de criminoso. Você acha mesmo que ele pode ser o culpado?

— Eu... acho. — Mordo meu lábio inferior. — Para falar a verdade, achei que não conseguiria escapar do apartamento dele na noite passada.

— Você está falando sério?

— Estou. Fiquei com muito medo de que ele... você sabe...

Jake parece confuso ao passar por mim e se joga no sofá. Ele ainda está segurando o saquinho de plástico e olhando para a garrafa de água com os olhos vidrados.

— Então você quer dizer que, por pouco, não aconteceu com você o que aconteceu com a Bonnie?

— Bom... — Eu me sento ao seu lado. — Não aconteceu nada. Porque consegui escapar.

— Você devia ter me ligado antes.

— Está tudo bem. Consegui escapar. Não queria te incomodar no meio da noite.

— Tá brincando? — Seus olhos escuros ficam mais expressivos. — Sydney, por favor, não existe isso de me incomodar no meio da noite, ok?

— Ok, mas é que eu...

— Como você pôde se arriscar desse jeito? Imagine! Ele poderia ter te matado!

O surto de Jake me faz ficar quieta por um tempo. Ele não é de levantar a voz, mas, quando isso acontece, a casa inteira treme.

Jake larga o saquinho de plástico na mesa de centro e enterra o rosto nas mãos.

— Meu Deus, Syd.

— Jake...

— Se esse cara machucasse você — diz Jake, com raiva, ao levantar a cabeça —, eu não teria problema nenhum em cortar a garganta dele.

Respiro fundo. Jake sempre passou a imagem de ser alguém controlado e eu nunca o vi desse jeito antes — com o rosto vermelho e uma veia pulsando na têmpora. Ele é o tipo de policial que sempre segue as regras e, com certeza, não é daqueles que fazem justiça com as próprias mãos para defender uma ex-namorada.

Talvez ele tenha mudado.

Jake precisa respirar fundo algumas vezes para se acalmar. A cor de seu rosto vai voltando ao normal aos poucos e seus ombros relaxam.

— Certo — diz ele. — Vou verificar as digitais na garrafa de água. Enquanto isso, vou colocar uma viatura na frente do seu prédio.

— Não precisa fazer isso.

— Não há a menor chance de eu mudar de ideia. — O vinco entre suas sobrancelhas se aprofunda. — Syd, não vou deixar que nada de ruim aconteça com você. Se aquele psicopata te matasse, eu jamais me perdoaria. Principalmente porque... — Ele baixa a cabeça. — Porque, se eu não tivesse sido um idiota com você, nada disso estaria acontecendo.

Ficamos nos encarando ali, sentados no sofá. Não posso dizer que ele esteja errado.

— O que passou, passou. Não tem como voltar atrás.

— Mas, às vezes, você pode melhorar as coisas.

Não sei o que Jake quer dizer com isso, e ele também não elabora. Ele pega o saco plástico na mesa de centro e promete me avisar assim que receber os resultados. Não sei quanto tempo leva para se checar as digitais de alguém, mas acho que não vai demorar.

CAPÍTULO 54

ANTES

TOM

O Lesma estava me observando.

Não sei há quanto tempo está ali, mas ele deve ter ouvido parte da minha conversa com Daisy. E não parece nada feliz.

— Não acredito que você conseguiu se encontrar com a Daisy — diz ele. — Ela deve ser louca por você.

Olho para o Lesma. Quando éramos pequenos, tínhamos a mesma altura, mas, nos últimos anos, ele ficou muito mais alto do que eu. Apesar disso, se entrarmos numa briga, acho que consigo me defender. Ele é tão magro que poderia ser carregado pelo vento.

É claro que, se ele estiver armado, é outra história.

Mas não quero brigar com o Lesma. Apesar de tudo, ele é meu melhor amigo. Quando estávamos no ensino médio, ninguém se aproximava da gente. O Lesma era mais estranho e esquisito, mas eu também tinha dificuldade para fazer amigos. Por algum motivo, não conseguia me relacionar com as outras crianças. Toda vez que falava com alguém, me sentia desconfortável.

Com o Lesma, era diferente. Nós éramos estranhos *juntos*. Ele nunca me julgou por ter um pai alcoólatra e eu nunca peguei no seu pé por comer insetos ou pelo fato de seus pais terem idade para serem seus avós. Quase sempre, quando fazíamos uma festa de aniversário, éramos só nós dois. Ninguém mais aparecia, mesmo quando convidávamos todo mundo da nossa turma.

Eu me pergunto se vamos continuar comemorando nossos aniversários juntos.

Bom, acho que não.

— Você está me seguindo? — pergunto.

— E se eu estiver? — resmunga ele.

— Isso não é legal.

Passo por ele para sair do jardim da família Driscoll. Não importa o que aconteça, não posso ser visto aqui. Isso não seria bom para nenhum de nós. O Lesma não faz nenhum movimento para me impedir e, na verdade, decide até me acompanhar.

— A Alison falou com ela — comenta ele.

Droga. Ele ouviu a nossa conversa. Estava torcendo para que não tivesse ouvido.

— Está tudo bem. Expliquei tudo para ela.

— E você acha que ela acreditou?

— Acho.

— Do mesmo jeito que Alison acreditou que a gente tinha carne para um churrasco no porta-malas do carro?

— Não tenho nada a dizer sobre isso.

— A Daisy é um problema — diz ele.

Sinto um calafrio. Ele falou a mesma coisa sobre Alison, pouco antes de ela ser assassinada.

— Ela não é um problema — digo. — Pode deixar que resolvo com ela.

— Ah, tá. Do mesmo jeito que você resolveu com a Alison.

Não gosto do sarcasmo. Ele não tinha como saber se Alison ia entregar a gente para a polícia. E a forma como o Lesma "lidou" com o problema só piorou muito mais as coisas.

— Pode deixar que falo com ela. Não se preocupe.

À luz da lua, os traços angulosos do Lesma lembram um esqueleto.

— Tá bom. Você que sabe.

— Lesma — digo, resoluto —, não chegue perto da Daisy, ok? Pode ser?

Ele tensiona os músculos da mandíbula.

— Você é meu melhor amigo, Tom, mas não quero ser preso só porque você não consegue fazer o que precisa ser feito.

Depois de dizer isso, o Lesma vai embora e me deixa sozinho no meio da rua.

CAPÍTULO 55

DIAS ATUAIS

SYDNEY

Tomo uma ducha depois que Jake vai embora, mas não consigo me concentrar em nada. Eu deveria estar trabalhando, mas simplesmente não consigo. Durante boa parte do tempo, fico andando de um lado para o outro pela casa.

Horas depois, meu celular toca. O nome de Jake aparece na tela e atendo imediatamente.

— E aí? — pergunto.

— As digitais são compatíveis.

Por um segundo, é como se as paredes estivessem se fechando ao meu redor. Minhas pernas ficam bambas, e mal consigo chegar até o sofá.

— Como assim compatíveis?

— As digitais são compatíveis com as encontradas no apartamento da Bonnie, que não tínhamos conseguido identificar, e também com as que foram encontradas na casa da outra garota que foi morta. Sem dúvida, ele esteve nos dois apartamentos.

— Não consigo acreditar numa coisa dessas.

— Não consegue? Mas foi você que me entregou a garrafa de água.

Ele tem razão. Fui eu que suspeitei de Tom. Mas, no fundo, achava que era paranoia minha. Afinal de contas, como é possível o meu namorado ser o assassino daquelas garotas?

E, se eu não tivesse descoberto o fru-fru, teria sido a próxima?

— E agora? — pergunto. — Ele vai ser preso?

Jake dá uma bufada.

— Por causa de uma garrafa de água que você me deu? Acho improvável. Mas vamos tentar interrogar o cara. Com sorte, ele vai colaborar. Se a gente conseguir coletar as digitais dele e jogar no sistema, aí dá para fazer alguma coisa. Mas ainda pode ser difícil conseguir um mandado de prisão. Vamos ver.

Minha esperança era de que Jake me dissesse que ele ia prender Tom imediatamente, mas não é assim que as coisas funcionam. Óbvio. Só de pensar que Tom pode continuar livre depois de ser interrogado, já fico apavorada. Preciso pensar que, se houver provas suficientes, a polícia vai prendê-lo.

Mas, se não houver provas suficientes, se ele continuar livre, o que pode acontecer? Será que ele vai saber que fui eu que o entreguei para a polícia? Será que vai querer se vingar?

— Você mandou uma viatura ficar na frente do meu prédio? — pergunto.

— Mandei — confirma ele. — E se o departamento tirar a viatura, fico eu mesmo de guarda no meu carro. Não se preocupe. Ele não vai machucar você.

— Tá bom.

— Syd? Você está bem?

— É que... — Fecho os olhos com força. — Como fui idiota. Achei que ele era um cara legal. Quer dizer, sabia que não era perfeito. Mas não imaginei que...

— Não fique remoendo essa história — diz Jake. — Conheço o Brewer. E, para ser bem honesto, estou chocado. Simpatizo com o cara. Esse é um daqueles casos que você não tinha como saber. Esses caras bonitos, inteligentes e interessantes conseguem enganar qualquer pessoa.

— Continuo me sentindo uma idiota.

— Talvez a gente consiga prender o assassino da Bonnie graças a você. Isso não faz você se sentir um pouco melhor?

Ele tem razão. Se eu não tivesse saído com Tom, ele teria se safado. E agora, por minha causa, vão prender o assassino de Bonnie.

— Me ligue se você tiver alguma novidade — peço.

— Pode deixar.

Então agora só me resta esperar.

CAPÍTULO 56

Não aguento mais esperar que Jake mande notícias trancada aqui no meu apartamento, então decido ir a pé até o estúdio de ioga. Sei que tem uma aula às seis da tarde e acho que isso vai me manter ocupada até a hora do jantar. Só não acho que vou ter apetite. Tentei comer um sanduíche na hora do almoço, mas não consegui passar da metade.

Liguei para Gretchen para perguntar se ela queria fazer ioga comigo, mas ela estava ocupada com Randy. Então, vou a pé sozinha até o estúdio. Como Tom está na delegacia, quem sabe atrás das grades, me sinto mais segura. Quer dizer, mais ou menos.

Hoje a aula de ioga tem só meia dúzia de mulheres. Desenrolo meu tapete no fundo da sala e pego alguns blocos. Arlene entra na sala com o rabo de cavalo balançando na cabeça. Ela sorri e me dá um oi animado.

— Você veio sozinha hoje? — pergunta ela.

— Vim.

— Aliás — diz Arlene —, queria comentar que, na semana passada, vi você na rua acompanhada de um homem. Era um jovem muito bonito e com o cabelo bem escuro.

— Hum, obrigada.

Ela franze a testa.

— Espero que não seja estranho dizer isso, mas ele tinha uma aura muito negativa. Achei bem assustador.

Bom, deve ser porque ele matou uma porção de mulheres.

— É mesmo?

— Sou muito intuitiva com essas coisas — diz ela. — Acho que você tem que ter muito cuidado com esse homem.

Arlene, por que você não me disse isso antes?

— Não se preocupe. Não estou mais saindo com ele.

— Ai, graças a Deus! — Ela junta as mãos diante do peito. — Preciso falar a verdade, Sydney. Quando vi aquele homem, senti vontade de correr até você, agarrar seus braços e dizer para você sair correndo.

Ótimo. Até Arlene sabe que meu namorado era medonho.

A aula de ioga dura pouco mais de uma hora. Normalmente, relaxo fazendo alongamentos, mas hoje meu corpo não quis cooperar. Estou tensa demais e, ao fazer a meditação no fim da aula, minha cabeça continua a mil.

O que vai acontecer com Tom agora que a polícia está atrás dele? Será que ele vai ser preso hoje? Será que ele já está na cadeia? Será que a polícia vai vasculhar o apartamento dele e descobrir mais evidências das garotas que ele matou? Quem sabe não encontram os cabelos que ele arrancou das vítimas?

Quando a aula termina, pego minha bolsa e procuro meu celular. Sinto um frio na barriga quando vejo uma ligação perdida de Jake. Não, *duas* ligações perdidas.

Isso não é um bom sinal.

Clico no nome dele para retornar a ligação e, quase no mesmo instante, ele atende.

— Sydney — diz ele.

— Vocês levaram Tom para ser interrogado na delegacia?

— Sim, mas…

— Ele está preso?

Segue-se um longo silêncio do outro lado da linha.

— Não. Ele foi liberado.

— O quê? — exclamo. — Mas você confirmou, não? As digitais não eram compatíveis?

— Elas eram, sim — confirma Jake —, mas não há provas de que ele cometeu os crimes. As digitais só provam que ele esteve no apartamento das vítimas em algum momento do passado.

— Mas isso é muito suspeito! Você não podia…

— Ele tem um álibi, Syd.

Franzo a testa.

— Tem?

— Na noite em que a Bonnie foi morta. Ele tem um álibi inquestionável para a noite inteira.

O *quê?*

— Você tem certeza? Talvez a pessoa que tenha servido de álibi esteja mentindo.

— Ele passou a noite inteira trabalhando no hospital — diz Jake. — Várias pessoas o viram. O hospital tem circuito interno de TV. Ele está dizendo a verdade. Não é possível que tenha matado a Bonnie.

Fico chocada. Eu tinha *certeza* de que só podia ser Tom. As digitais dele estavam no apartamento das vítimas. Até *Arlene* achou que ele tinha uma aura negativa!

Acho que é bom saber que eu não estava namorando um assassino, mas, apesar disso, ainda tenho muitas dúvidas. Se não foi Tom que matou aquelas mulheres, quem matou? E por que ele estava escondendo seu relacionamento com Bonnie? Por que ele estava usando um celular pré-pago para falar comigo?

De qualquer forma, apesar de ter um álibi, não acho que Tom seja inocente.

— Syd, você está bem?

— A-hã. — Sinto um nó na garganta. — Só estou… Não sei mais o que pensar. Você realmente acha que ele não é o assassino?

— Como eu disse, isso é inviável. Ele falou que estava saindo com várias mulheres e, por acaso, acabou saindo com as duas que foram mortas.

— E você acredita nisso?

— Acredito.

— Então… — Pego uma mecha de cabelo. — Se eu dissesse que vou continuar saindo com ele, você aceitaria numa boa?

Jake fica em silêncio por um tempo do outro lado da linha.

— Não — responde, finalmente. — Mas não porque ache que ele é um assassino.

Deixo a resposta reverberar um pouco porque não sei o que dizer.

— Escuta — diz Jake, quebrando o silêncio. — Brewer não vai machucar você. Como falei, ele é um cara correto. Confio nele. Mas, mesmo assim, vou continuar vigiando o seu prédio, ok?

— Você não precisa fazer isso.

— Preciso, sim.

Considero perguntar para Jake se ele poderia me acompanhar do estúdio de ioga até minha casa, mas isso seria ridículo. Sim, já escureceu, mas não está assim tão tarde. As ruas ainda estão cheias de gente. Não corro nenhum risco indo a pé para casa. Ainda mais sabendo que meu namorado não é um serial killer.

Embora ainda exista um assassino à solta. Em algum lugar.

Pego meu casaco, me despeço de Arlene e encaro a noite escura e fria. A temperatura caiu abruptamente nas últimas semanas e o inverno está chegando. Talvez neve no Natal.

Chegando ao meu prédio, vejo alguém sentado nos degraus da entrada. É um homem que me parece familiar, mesmo de casaco e com um gorro enfiado na cabeça. Ao me aproximar, o homem se levanta para falar comigo e, sob a luz dos postes na rua, consigo reconhecer seu rosto.

É Tom.

CAPÍTULO 57

ANTES

TOM

Daqui a pouco dá uma da manhã e ainda estou aqui na cama acordado, olhando para o teto e me perguntando se cometi um erro.

Amo Daisy e o que eu mais quero é poder vê-la. Quero explicar que jamais seria capaz de machucá-la e que quero continuar com ela, não importa o que o pai dela pense de mim. Quero tentar convencê-la de que sou um cara legal, mesmo que isso talvez não seja verdade.

Porém, quanto mais penso nisso, mais apreensivo fico.

Porque a verdade é que não sou um cara bom. Eu matei uma pessoa. E toda vez que olho para Daisy tenho pensamentos horríveis. Sim, quero beijá-la, mas também sinto vontade de fazer várias outras coisas com ela. Coisas ruins.

Isso não vai acabar bem para nenhum de nós dois.

Mas existe outro pensamento que não para de martelar na minha cabeça.

O Lesma ouviu minha conversa com Daisy. Então ele sabe onde e quando nós vamos nos encontrar. E, se ele não confia em mim para lidar com o lance envolvendo Daisy, pode querer resolver as coisas por conta própria.

E se Daisy estiver em perigo?

Fico sentado na cama. A cada minuto que passa, minha preocupação aumenta. O Lesma já fez coisas horríveis e a tarefa final que precisa cumprir para assegurar nossa liberdade é resolver “o lance da Daisy”.

Queria poder mandar uma mensagem para ela, mas parece que nenhuma mensagem que mandei antes foi lida. Aposto que seus pais confiscaram o celular dela. Ou me bloquearam. Não posso me arriscar e mandar uma mensagem falando do nosso encontro.

Confiro meu relógio. Meia-noite e meia. Vou levar vinte minutos para ir a pé até a Dairy Queen — quinze, se for rápido. Podia tentar pegar o carro, mas tenho receio de que o barulho da porta da garagem acorde minha mãe e que ela não me deixe sair. Ou, pior, que ela decida chamar a polícia. E faz meses que minha bicicleta está com um pneu furado e ainda não fui trocar.

Não, é melhor ir a pé. Se sair agora, devo chegar antes de Daisy. E, se o Lesma estiver lá, posso me livrar dele. Ou pelo menos garantir que não faça nenhuma estupidez.

Visto meu moletom com capuz e calço os tênis. Estou sendo rápido, mas perdi muito tempo e com certeza vou ter que me apressar para chegar até lá antes de Daisy.

Melhor dar uma olhada na casa dela antes. Se ela ainda não saiu, dá tempo de cancelar o encontro. Há muita coisa em jogo.

Talvez sua vida esteja em perigo.

Corro até a casa de Daisy o mais rápido que posso, cortando caminho pelo jardim de um vizinho só para ganhar alguns minutos. Chego à casa dela sem fôlego e a contorno até a porta dos fundos.

A casa da família Driscoll está em silêncio. Os pais de Daisy devem estar dormindo, ou o delegado está trabalhando na rua. E o mais importante é que a luz do quarto de Daisy está apagada.

Droga. Ela já saiu. Isso é ruim.

Pior de tudo é que perdi pelo menos cinco minutos para fazer o desvio e passar pela casa dela. Cinco minutos que não podia ter perdido. Cinco minutos em que algo terrível pode estar acontecendo.

Melhor eu correr.

Corro o mais rápido que posso até a lanchonete Dairy Queen. Na metade do caminho, começo a me arrepender de não ter pegado o Chevy da minha mãe. Estou suando tanto que preciso tirar o moletom e o amarrar na cintura. E o pior de tudo é que não vou conseguir chegar no horário combinado.

Daisy, por favor, aguente firme.

Ok, não posso entrar em pânico. Talvez eu esteja exagerando. Talvez o Lesma não esteja planejando nada. Talvez nada de ruim aconteça com Daisy.

Quando chego à Dairy Queen, o carro da mãe de Daisy está parado no estacionamento. Pelo jeito, ela foi mais esperta do que eu e pegou o carro. Sinto um frio na barriga quando vejo o carro que está ao lado do dela.

É o Oldsmobile do Lesma.

Daisy está aqui, o Lesma também. E não consigo ver nenhum dos dois em parte alguma.

Minha camiseta está ensopada de suor. Estou sem fôlego por causa da corrida, mas não posso parar para descansar nem por um segundo. Tenho que descobrir se Daisy está bem.

Contorno a lateral da lanchonete para chegar ao estacionamento nos fundos. Meu coração está acelerado e não é só por causa da minha corrida de quinze minutos. Cheguei apenas dois minutos atrasado. Não é possível que alguma coisa tenha acontecido em apenas dois minutos.

Ou é?

Ao me aproximar do estacionamento, vou ficando mais e mais nervoso. Por que está tudo tão quieto? Se Daisy e o Lesma estão juntos, eu não devia ouvir algum barulho? De conversa? De gritos? Alguma coisa?

Não, algo está errado. Tenho certeza.

— Daisy? — chamo.

Silêncio absoluto.

Meu pânico aumenta. Acho que devia ter trazido algum tipo de arma, mas não sei o quê. Poderia ter pegado uma faca na cozinha. Porque, se o Lesma estiver aqui, é certo que ele veio armado. E talvez eu precise de uma arma para defendê-la. E, se ele fez alguma coisa com Daisy, vou ter que matá-lo.

Por fim, quando chego ao estacionamento, estanco. Enxergo alguma coisa do outro lado do terreno. Alguma coisa não muito grande. Ao me aproximar um pouco mais, percebo que é um corpo. Caído no chão, imóvel. E há uma pessoa de pé ao lado do corpo sem vida.

Cheguei tarde demais.

Meu Deus, Daisy…

CAPÍTULO 58

DIAS ATUAIS

SYDNEY

Por um momento, sinto vontade de sair correndo. Porque, com certeza, não quero falar com Tom.

Mas vou correr para onde? Ele está na entrada do meu prédio. Além disso, de acordo com Jake, ele não é um assassino. Então, na verdade, eu não deveria estar com medo.

A não ser pelo fato de que eu o denunciei para a polícia e ele deve saber disso.

— Sydney — diz Tom, ao se levantar —, precisamos conversar.

Meu corpo fica tenso.

— Precisamos?

— Você disse para a polícia que matei um monte de gente, então acho que sim.

Respiro fundo.

— Eu... Eu não...

— Jake Sousa é seu ex-namorado, não é? — Ele levanta uma sobrancelha. — Um policial chamado Jake? Essa foi fácil de descobrir.

Recuo.

— Tá bom. Eu falei com ele.

Assim que admito, seus ombros relaxam.

— Meu Deus, Sydney. Como é que você pode pensar isso de mim?

— Não sei. — Cruzo os braços e não é só porque está um frio de doer. — Talvez porque você namorou uma garota que morava no meu prédio e ela acabou sendo assassinada, algo que você não se deu ao trabalho de me contar. O que você me diz disso?

— Bom... não era um relacionamento sério.

— Mentira. Ela me falou que estava ficando mais sério. Você mesmo me disse que o relacionamento estava no fim.

— Não era sério — insiste ele. — Eu e a Bonnie nos víamos de vez em quando. A gente chegou a considerar um relacionamento mais sério, mas isso nunca aconteceu. Era bem diferente do meu relacionamento com você.

— Do relacionamento comigo? — explodo. — Tá bom, você quer falar sobre isso? Então me conte: o que a gente tem?

— Como você me pergunta uma coisa dessas? Você é minha *namorada*.

— Sou? Então por que você só fala comigo de um *telefone pré-pago*?

Tom faz menção de dizer algo, mas desiste. Ele não tem resposta para essa pergunta.

— Foi o que eu pensei — digo.

— Tá bom. — Ele balança a cabeça. — Sou um idiota que tem medo de compromisso, ok? Mas quero mudar. Porque gosto muito, muito de você. E — ele enruga a testa — não quero ficar sem você, Syd.

Encaro Tom em frente às escadas do meu prédio. Apesar de tudo, ainda me sinto muito atraída por ele. E Jake me garantiu que ele não é um serial killer.

Mas não faz diferença. Não posso continuar o namoro com Tom. Não confio nele. Talvez ele não tenha matado ninguém, mas tem algo errado com ele, com certeza. Tom mentiu sobre muitas coisas. Eu seria uma idiota se lhe desse mais uma chance.

— Desculpa — digo. — Mas não acho...

Antes que eu consiga encontrar as palavras certas para dizer que quero terminar com ele, alguém atrás de mim grita:

— Sydney! Ai, meu Deus, Syd, *é ele*? Esse é *o Tom*?

Que ótimo: Gretchen e Randy.

Eu me viro para ver os dois vindo na nossa direção — Gretchen agarrada ao braço de Randy. Ela está com um gorro branco de pompom, e Randy está usando um casaco de gabardine. Depois de um tempão tentando apresentar Tom para Gretchen e Randy, não acredito que isso vai acontecer agora, quando estamos a poucos segundos de terminar nossa relação.

— Oi! — diz Gretchen, cantarolando. — Você deve ser o Tom! Eu sou a Gretchen e esse é meu namorado Randy.

Olho para Tom e me pergunto se ele vai tentar se aproximar dos meus amigos só para me agradar. Mas ele fica imóvel, sem dizer nada. E parece muito pálido, encarando Randy.

— Opa. — Randy ergue uma das mãos. — Prazer em te conhecer. Finalmente.

Tom se agarra ao corrimão da escada. Parece que está passando mal.

— Oi — diz ele, depois de um tempo.

— Ai, meu Deus — desabafa Gretchen. — Bem que você disse que ele era bonito, Syd.

Tom ainda está encarando Randy. Que coisa mais estranha. Será que eles se conhecem de algum lugar?

— Sydney. — Tom tenta agarrar meu braço, mas eu me afasto. — Posso falar com você? *Em particular?*

Gretchen e Randy estão me olhando de um jeito curioso. Não quero conversar com Tom em particular. Não quero mais saber dele e não faz sentido prolongar essa história.

— Na verdade — digo —, vou entrar porque estou com frio.

— Posso entrar para conversar com você? — pergunta Tom.

— Melhor não. — Eu o encaro com o olhar mais frio que consigo, caso ele não tenha entendido a mensagem. — Acho que não temos mais nada a dizer um para o outro.

— Sydney. — Ele fala entre os dentes e agarra meu braço. — Preciso *muito* falar com você. *Agora*.

Apesar de tudo, Tom sempre foi um cavalheiro comigo. Mas agora que estamos terminando, descubro que não é bem assim. Ele nunca me agarrou desse jeito. Sempre ia embora quando eu pedia.

Mas, para minha surpresa, é Randy que intervém, estufando o peito. Perto de Tom, Randy é esquelético, porém vários centímetros mais alto.

— Sydney disse que não quer falar com você agora. Então é melhor você ir embora.

Tom encara Randy com sangue nos olhos.

— Não se meta.

— É melhor *você* não se meter *comigo* — diz Randy.

Os dois estão se encarando. Por fim, Randy dá um passo na direção de Tom, que solta o meu braço.

— Tá bom. — Ele olha para mim e depois para Randy. — *Tá bom*.

Gretchen abraça meus ombros, tentando me confortar enquanto subimos os degraus da entrada. Randy fica um pouco para trás, ainda naquele impasse com Tom. Por fim, ele sobe as escadas atrás de nós duas. E, quando fecha a porta do prédio, Tom ainda está parado lá, na rua.

— Ai, querida! — exclama Gretchen. — O que aconteceu? Está tudo bem?

Meus olhos se enchem de lágrimas, mas não quero chorar na frente dos dois.

— Estou bem. Não se preocupe.

— Melhor você ficar com a gente um pouco — diz ela. — Venha.

Ela olha para Randy buscando aprovação, e ele faz que sim com a cabeça.

— Você não devia ficar sozinha no seu apartamento com aquele cara rondando por aqui. Vamos lá para casa um pouquinho.

— Eu preparo o jantar! — diz Gretchen, animada.

Eles têm razão. Não quero ficar sozinha agora.

— Tá bom — concordo.

Enquanto Randy abre a porta do apartamento que fica no primeiro andar, meu telefone vibra dentro da bolsa. Uma mensagem. Pego o celular e vejo a notificação. É de Tom

Você tem que sair daí agora.

E a mensagem seguinte vem toda em maiúscula:

VOCÊ ESTÁ CORRENDO PERIGO!

Estou bem cansada desse drama todo. Vejo as bolinhas indicando que Tom continua escrevendo, mas não quero mais saber. Antes que ele me mande mais mensagens, resolvo bloquear seu número.

Pronto. Agora não preciso mais me preocupar com nada.

CAPÍTULO 59

Gretchen começa a cozinhar o jantar assim que entramos no apartamento. Ela vai preparar alguma coisa na caçarola, que é basicamente enfiar tudo que você tem na geladeira dentro de uma panela de bordas altas com tampa e colocar no forno a duzentos graus.

— Confie em mim — diz ela —, vai ficar uma delícia.

— Não tem como não ficar uma delícia depois de todo aquele queijo que você colocou na panela — brinco.

Ela pisca para mim.

— O segredo de uma boa comida é o queijo.

Dou uma risada. Sem dúvida, estou me sentindo melhor desde a conversa com Tom. Ainda sinto um nó na garganta, mas fiz a coisa certa. Mesmo que Tom não seja um serial killer, ele não era um bom namorado. Ele mesmo disse que tem medo de compromisso. Parecia que ia ter um infarto quando deu de cara com os meus amigos.

Já vai tarde.

Enquanto esperamos a comida ficar pronta, Randy decide tomar um banho e Gretchen me mostra as fotos da exposição no museu. Eu me sinto mal por não ter feito o esforço de visitar a exposição mais uma vez antes do encerramento, mas ela acabou me entendendo.

— Nossa, Syd — diz Gretchen —, você passou por uns maus bocados nos últimos tempos. E você já tinha visitado a exposição uma vez.

— Ficou incrível. De verdade.

Percorro as fotos, que mostram que Gretchen se dedicou mesmo ao trabalho. A exposição era sobre espécies de flores desde o período da Idade Média. Um negócio espetacular e incrivelmente colorido.

Foi por causa da exposição que Gretchen ficou no museu na noite em que Bonnie foi morta. Ela disse que estava com Randy, mas, na verdade, ele acabou ficando sozinho no nosso prédio.

É difícil para mim não ficar abalada com essa história. Sim, Randy acabou de me defender e sou grata a ele por isso. Mas, como Tom tem um álibi inquestionável para a noite do assassinato, nós ainda não sabemos quem matou Bonnie.

De qualquer forma, não foi Randy. Tenho certeza disso.

Para minha surpresa, o formigueiro artificial foi instalado ao lado da prateleira de livros. Achei que Gretchen jogaria o troço pela janela, pela forma como reagiu quando o viu.

— Não acredito que você deixou o Randy ficar com o formigueiro — comento.

— Pois é. — Ela revira os olhos, mas sorri. — Deve ser porque amo aquele idiota, né?

Sinto uma tristeza repentina. Será que nunca vou viver isso com ninguém? É possível que um dia eu consiga, mas não será com Tom.

O cronômetro apita, e isso significa que a caçarola misteriosa está pronta. Gretchen tira a panela do forno no momento em que Randy sai do banheiro. Ele parece quase doente de tão magro com o cabelo molhado. Randy abre um sorriso enorme para nós.

— Vocês precisam de ajuda?

Randy pega os pratos e os talheres, eu levo a caçarola e Gretchen pega uma garrafa de vinho no armário em cima da geladeira. Em seguida, eu me sirvo e, quando experimento... até que está bom! Na verdade, ficou muito bom. Sem me dar conta, bati um prato de comida.

— Ficou uma delícia, Gretchen — elogia Randy, feliz. — Você é a melhor cozinheira do mundo.

Ela ri.

— Ah, mas não sou mesmo. É só um prato feito na caçarola.

— Sim, mas... — argumenta ele, rindo para ela — ...você deixa tudo mais gostoso.

Ela fica radiante.

— Deve ser porque amo cozinhar para você.

Randy fica olhando para Gretchen enquanto brinca com o garfo, mexendo na comida que está no prato. Depois de vários segundos de hesitação, ele se levanta da cadeira. Observo a cena, perplexa, enquanto ele se ajoelha na frente dela.

Ai, não. Não agora, não na minha frente. Não, *por favor*.

— Gretchen — diz ele —, eu te amo tanto.

Ela fica chocada.

— Randy...

Tá bom, agora não tem mais volta.

— Amo de verdade. Não sei o que seria de mim sem você. — Ele enfia a mão no bolso da calça jeans e pega aquela caixinha de veludo azul. Quanto tempo faz que ele está carregando o anel para cima e para baixo, esperando pelo momento certo? — E é por isso que não quero nunca mais ficar sem você. Gretchen, você quer se casar comigo?

Os olhos dela estão brilhando, cheios de lágrimas.

— Ai, meu Deus! Sim! Claro que sim! Claro que quero!

Randy coloca o anel de ouro branco com o diamantezinho no dedo fino de Gretchen. E eu tinha razão: ela não liga para o tamanho do diamante. Ela ficou muito emocionada de ser pedida em casamento. Em seguida, Gretchen se levanta e beija Randy.

É a coisa mais fofa que já vi na vida.

E acho que vou começar a chorar.

São lágrimas de alegria. Quer dizer, a maioria delas. Não vou negar que é deprimente ver minha melhor amiga ficar noiva no mesmo dia em que terminei o relacionamento mais promissor que tive nos últimos anos. Mas fico feliz por ela. De verdade.

— Se me derem licença — digo —, vou deixar vocês dois a sós.

Eles nem me ouvem. Estão ocupados demais se agarrando.

Corro para o banheiro com os olhos marejados. Não, não vou chorar agora. Só preciso de um minuto para me recompor e depois posso voltar para a sala e ficar superfeliz pelos meus amigos.

A primeira coisa que faço no banheiro é lavar o rosto. É claro que fico com a cara toda manchada. Quando me olho no espelho, não consigo entender por que um cara como Tom sequer *consideraria* me namorar. Ele é maravilhoso, e acho que minha aparência não tem nada de mais. Não faço ideia do que ele viu em mim. Não foi à toa que ele não quis se comprometer. Se eu fosse uma dessas supermodelos, a história seria outra.

Uso o banheiro e, quando termino, é claro que a descarga não funciona. É uma ironia estar no apartamento do zelador e a descarga não funcionar. Hesito em interromper o momento romântico de Gretchen e Randy para pedir a ajuda dele para dar descarga no meu xixi.

Bom, não preciso de ajuda. Como eu disse para Bonnie, sei como arrumar uma descarga.

Então abro a tampa da caixa de descarga acoplada. Pela minha experiência, há uma alavanca que às vezes emperra — os banheiros desses apartamentos foram muito mal feitos. Dito e feito, a alavanca emperrou e, depois de arrumá-la, a descarga funciona sem problemas. Posso não me dar bem no amor, mas sou ótima consertando descargas.

Em seguida, assim que a caixa acoplada se esvazia, vejo algo estranho.

É um saco plástico.

Desses que a gente usa para congelar comida — do mesmo tipo que usei para guardar a garrafa de água com as digitais de Tom. Por que há um saco plástico na caixa acoplada do banheiro? Que coisa mais estranha.

Parece que o saco está colado à caixa. Como sou curiosa, puxo o saco para ver o que tem dentro dele. Eu me imagino pegando o saco e mostrando para os dois. Vocês não vão acreditar no que achei no banheiro!

Mas então vejo o que tem dentro. Na mesma hora, sei que não vou mostrar o saco plástico para eles. Não agora. Na verdade, nunca.

Porque o saco está cheio de mechas de cabelo comprido. Pelo menos umas seis mechas diferentes.

E cada uma delas está presa com um laço colorido.

Meu Deus.

Randy é o assassino.

CAPÍTULO 60

Fico no banheiro hiperventilando de pânico por pelo menos dois minutos.

Não acredito nisso. E no entanto... só pode ser verdade, porque faz todo o sentido. Randy tem a chave do apartamento de Bonnie. Randy não tem álibi. E não há dúvida de que ele é bem esquisito.

Se ao menos eu tivesse falado a verdade para Jake. Por que deixei Gretchen me convencer a não falar nada?

Queria estar com meu telefone. Poderia ligar para Jake e ele viria para cá com as sirenes ligadas. Talvez ele já esteja lá fora. Mas deixei minha bolsa na sala de estar. Não tenho como falar com ele de outro jeito. E a ideia de voltar para a sala com aquele homem lá me deixa apavorada.

Mas o que posso fazer? Já estou há muito tempo no banheiro. Daqui a pouco Randy vai começar a desconfiar. E, como ele sabe o que tem escondido aqui, provavelmente vai fazer de tudo para proteger seu segredo.

Coloco o saco plástico de volta na caixa acoplada da descarga e ajeito a tampa. Tento não pensar no fato de que uma daquelas mechas é de Bonnie. Randy a matou e guardou uma mecha de cabelo na descarga. Isso é horrível demais.

E agora Gretchen aceitou se casar com ele. Isso é ainda pior.

Tento me recompor o melhor que posso. Não posso revelar o que descobri. Ao encostar a mão na maçaneta, sinto uma tontura debilitante. Respiro fundo e abro a porta. Essa precisa ser a melhor atuação da minha vida. Pelo menos até mandar uma mensagem para Jake e sair daqui. Só preciso agir com naturalidade para não colocar Gretchen em risco até a polícia chegar.

— Aconteceu alguma coisa? — pergunta Randy quando volto para a sala. Finalmente eles pararam de se beijar e estão abraçados no sofá. Randy ainda está com uma taça de vinho na mão. — Ficamos preocupados!

Será que ele suspeita de alguma coisa? Tento dar uma risada, mas ela não soa normal.

— Acho que vou indo. Imagino que vocês queiram comemorar.

Parece que Randy vai concordar comigo, mas Gretchen pula do sofá e agarra meu braço.

— Não seja boba! Comprei um bolo numa confeitaria maravilhosa e pensei em cortar um pedaço para a gente experimentar. Acabei de colocar na mesa.

Esfrego minha barriga.

— Na verdade, *exagerei* no jantar, que estava maravilhoso.

Será que é uma boa desculpa? Ou vou ter que dizer para eles que acabei de ficar menstruada?

— Ah, Syd! — Os olhos de Gretchen brilham. Era para este ser o melhor dia da vida dela, não posso fazer com que seja o pior. — Por favor, coma um pedaço de bolo. Só um pedacinho. É meu noivado!

Olho para Randy. Ele parece estar quase dormindo. Acho que a emoção de ter ficado noivo foi demais para ele.

Antes que eu consiga inventar outra desculpa, alguém bate à porta. Eles têm campainha, mas essa pessoa não parece nem um pouco interessada nisso. Então dá quatro pancadas seguidas na porta.

— Sydney! Você está aí? Sydney!

É a voz de Tom. Droga, alguém deve ter aberto a porta do prédio para ele.

— Ai, não! — Gretchen faz uma careta. — Esse cara não vai deixar você em paz? Meu Deus, tem homem que não presta mesmo!

Você não faz ideia, Gretchen.

Gretchen vai até a porta. Ela coloca o dedo indicador sobre os lábios, pedindo para eu ficar quieta. Olho para Randy, que não presta muita atenção em mim, graças a Deus. Parece que ele está meio cochilando. Pego minha bolsa em cima da mesa de centro e começo a procurar meu celular.

Droga, cadê meu celular?

— Desculpa, Tom — diz Gretchen, sem abrir a porta. — Mas a Sydney não está aqui.

— Mentira! — Ele esmurra a porta mais uma vez. — Sei que ela está com vocês. Abra a porta! Abra a porta ou eu vou chamar a polícia!

— E vai contar o que para a polícia? — pergunta Gretchen. — Que você está batendo na minha porta e quer entrar na minha casa? *A gente* é que devia chamar a polícia!

Tenho certeza de que meu celular estava dentro da bolsa. Tom me mandou uma mensagem antes de eu entrar no apartamento e o telefone estava comigo. Eu bloqueei o número dele e guardei o celular na bolsa de novo. Mas cadê?

Olho dentro da bolsa e, mais uma vez, me sinto tonta. O que está acontecendo? Só tomei uma taça de vinho.

Randy ainda está no sofá. Seus olhos estão fechados. Como ele consegue dormir com Tom esmurrando a porta desse jeito?

— Você sabe o que vou contar para a polícia! — diz Tom, entre os dentes. — Abra a porta! Anda, Daisy! Abra!

Daisy? Quem é Daisy? Do que ele está falando?

— Daisy! — Tom continua gritando. — Daisy, abra essa porta agora!

— Por que ele está chamando você de Daisy? — pergunto para Gretchen.

Ela se vira para mim com uma cara pensativa.

— A questão, Sydney — diz ela —, é que tem algumas coisas a meu respeito que você não sabe.

Em seguida, ela dá as costas para mim e destranca a porta.

CAPÍTULO 61

ANTES

TOM

— Daisy? — sussurro.

Daisy se afasta do corpo no chão, e vejo lágrimas em seu rosto. Vejo também a arma em sua mão. Ela larga a arma e corre na minha direção, chorando muito. E não para de correr até ser envolvida pelos meus braços.

— Tom! — chora ela. — Ai, Tom! Eu estava esperando você e ele… ele me atacou. Ele estava com uma *faca*.

Aquele filho da mãe. Ele fez exatamente o que achei que faria.

Ela enterra o rosto em meu ombro e eu a abraço forte.

— Por pouco não deixei a arma extra do meu pai em casa, mas achei que era mais seguro andar com ela a essa hora. Se eu não tivesse…

Se eu não tivesse… Não consigo nem pensar no fim dessa frase. Se Daisy não tivesse trazido a arma, ela estaria morta no estacionamento da lanchonete Dairy Queen. E eu teria de matar o Lesma com minhas próprias mãos.

— O que aconteceu? — pergunto.

Ela afasta o rosto da minha camiseta. Ela é tão linda, até quando está chorando. *Ainda mais* quando está chorando.

— Ele estava me esperando aqui. E me falou um monte de coisas horríveis. Ele disse que… que matou a Brandi e a Alison. E que ia me matar.

— Meu Deus — murmuro.

Apesar de saber que isso é verdade, uma parte de mim que não quer acreditar que o Lesma fez todas essas coisas. Ele espionar as garotas é algo no qual eu acreditaria, mas, até pouco tempo atrás, não acreditava que ele era capaz de matar alguém, muito menos de mutilar várias garotas. Ele *amava* garotas. Ele só não conseguia fazer com que elas gostassem dele. Sim, as pessoas o achavam estranho, mas era porque não o entendiam. Ele achava que insetos eram a coisa mais legal do mundo. E falava sobre estudar para ser um entomologista, um cientista de insetos.

Agora isso não era mais uma possibilidade.

Lesma, por que você foi fazer uma coisa dessas? Eu teria arranjado uma namorada para você, se era isso que você queria.

— Melhor chamar o meu pai — diz Daisy, em meio às lágrimas. — Ele vai ficar furioso por eu ter saído escondida de casa, mas precisa saber o que aconteceu.

— Seu pai? — dou um passo para trás, pronto para fugir. — Daisy, se você chamar o seu pai, ele vai me algemar e me levar para a cadeia.

— Não, não vai, não! — Ela parece ofendida. — O Lesma me disse que ele matou a Brandi e a Alison sozinho. Você não tem nada a ver com isso! Entende? *Ninguém* mais vai suspeitar de você.

— Sim, mas… — passo a mão na nuca. — Se você não se importar, prefiro ir embora. Se o seu pai me encontrar aqui, acho que não vai acreditar em nada do que eu disser.

— Preciso de você, Tom. — Ela franze a testa. — Você precisa confirmar o que aconteceu, precisa confirmar que o Lesma tentou me atacar.

— Mas eu não vi o Lesma tentando te atacar.

Ela ergue as mãos.

— E daí? Olhe para ele! Ele estava me esperando. Era óbvio que ele ia me atacar. E, pelo amor de Deus, ele estava com uma faca!

Vou até o local onde está o corpo do meu melhor amigo, no estacionamento da Dairy Queen, sem pisar na faca de cozinha caída ao seu lado. Debaixo do corpo, há uma poça vermelho-escura que vai aumentando de tamanho. Seus lábios estão entreabertos, e um filete de sangue escorre de sua boca. Seus olhos castanhos estão abertos, mirando as estrelas. Sob a luz da lua, não dá para ver a acne, e o Lesma parece muito mais jovem. Então me lembro de quando conversamos pela primeira vez na cafeteria e ele ficou feliz só por ter um amigo.

— Ele é um monstro — diz Daisy, fungando. — Ele matou a minha melhor amiga.

Eu a abraço mais uma vez, e ela começa a chorar de novo. Parece que vou ter mesmo que ficar. Mas ela está certa. A versão dela me absolve. Quem sabe o delegado deixe a gente voltar a namorar.

Então me dou conta de que preciso avisar minha mãe. Ela também vai ficar furiosa por eu ter saído de casa no meio da noite, mas seria pior se ela encontrasse a minha cama vazia. Além disso, tenho a impressão de que vou ficar aqui por um bom tempo.

Pego meu celular no bolso. À noite, costumo deixar no modo silencioso. E recebi uma mensagem há mais ou menos vinte minutos, enquanto estava vindo para cá. Que estranho. É uma mensagem do Lesma. Leio a mensagem e meu coração acelera mais uma vez:

Ei, a Daisy me pediu para encontrar com ela na Dairy Queen. Quem sabe nós dois juntos conseguimos convencê-la a não falar nada para ninguém.

É. Isso é estranho.

Em seguida, me dou conta de mais uma coisa estranha. Uma coisa que estava na minha cabeça e que agora veio à tona. Quando nós estávamos falando sobre o problema com Daisy, o Lesma disse para resolver com ela "do mesmo jeito que resolvi com Alison".

Na época, achei que o Lesma estava sendo sarcástico, mas ele não *soou* sarcástico. De repente, um pensamento terrível me ocorre:

O Lesma achou que *eu* tinha matado Alison.

Agora que penso nisso, como é que ele poderia tê-la matado? Nós passamos a maior parte da noite andando de carro. E Alison não sairia de casa no meio da madrugada para se encontrar com o *Lesma*. Só existe uma pessoa em quem Alison confiava e que seria capaz de tirá-la de casa sem nenhum problema. Essa pessoa não é o Lesma. E não sou eu.

— Daisy — digo —, você disse que o Lesma pegou você de surpresa quando apareceu aqui?

Ela faz que sim com a cabeça.

— Ele estava escondido quando cheguei.

— Mas o carro dele está no estacionamento. Você não viu o carro?

Ela enruga o narizinho arrebitado.

— Não sabia que esse carro era dele.

— Bom, você sabia que não era o *meu* carro. Você achou que esse carro era de quem à uma da manhã?

— Sei lá. Um carro aleatório que alguém deixou no estacionamento.

— Sei. — Olho para o corpo do meu melhor amigo, que continua estirado no chão. — E ele falou de todas as outras garotas que ele matou enquanto tentava atacar você?

Daisy me encara com uma expressão triste.

— O que você está querendo dizer? — Ela olha para o celular, que continua na minha mão direita. — O que foi que você viu no celular? Por que você ficou tão nervoso?

— Nada... — Começo a dizer, mas, antes que possa terminar a frase, Daisy arranca o telefone de minha mão. — Ei! Devolva o meu celular!

Mas ela não me escuta. Agora está olhando para a tela e, mesmo que eu recupere meu celular, já é tarde demais. Ela lê a mensagem que o Lesma me mandou.

— Ah, entendi. — Ela faz que sim com a cabeça. — Você acha que armei uma cilada. Que pedi para ele vir até aqui porque queria matá-lo. É isso que você acha?

— Na verdade... — Claro que não é isso que eu acho. Daisy jamais faria uma coisa dessas. Não a minha Daisy.

Ela desliza o dedo pela tela do meu celular e percebo que acabou de apagar a mensagem. Depois que faz isso, devolve o telefone para mim.

— E se for isso mesmo?

Levo um susto.

— O *quê?*

— Meu Deus, Tom. — Ela se inclina para pegar alguma coisa no chão e me dou conta de que a arma está de volta em sua mão. — Vocês dois eram patéticos. O Lesma foi flagrado espionando meninas, e isso já é bem ruim, mas aí você deixa a Alison ir embora numa boa depois de ver vocês dois colocando um cadáver no porta-malas do carro. Escapei de casa para ver você naquela noite, e acabei vendo tudo o que você fez lá dentro, por uma janela da sua casa. Todas as suas decisões foram burras. Quer dizer, você *quer* passar o resto da vida na cadeia?

Minha cabeça gira. Não consigo acreditar nas palavras que saem da boca de Daisy.

— Você matou a Alison — digo, com dificuldade.

— Você fala como se isso fosse uma coisa *ruim*. — Ela arregala os olhos azuis. — Tom, ela ia denunciar você para a polícia. Sabia disso? E, pode acreditar, ela odiava você. Sempre que tinha chance, ela tentava me convencer a terminar com você. — Ela sorri para mim. — Ela não via em você o potencial que eu vejo.

De uma hora para outra, sinto muita dificuldade para respirar.

— E a Brandi?

— Tom, você estava *ficando* com a Brandi. — Seus cílios tremulam. — E você devia ficar comigo. Tive que tomar uma atitude! Ela não tinha nada a ver com você. Pode acreditar, eu te fiz um favor *enorme*.

— Você torturou as duas — sussurro. — Foi o que falaram no jornal.

— Não muito. — Ela dá de ombros. — Tinha que me divertir um pouco, não?

Percebo que minhas pernas estão bambas. Eu me agacho no meio do estacionamento e minha visão fica turva. Isso não pode ser verdade. Não acabei de ouvir a garota que eu amo admitir que matou três pessoas. Deve ser mais um daqueles sonhos absurdos. A qualquer momento, vou acordar coberto de suor.

A qualquer momento.

— Chega de drama, Tom. — Daisy me dá um chutinho com a ponta do tênis. — Até parece que você não gostou de cortar o pescoço do seu pai. Você acha que não te conheço? Eu sei como você é.

— Não é a mesma coisa. O Lesma não merecia morrer.

— Não merecia? — Ela faz uma careta. — Detesto ter que dizer isso, mas o seu amigo era um pervertido. Ele andava pela cidade inteira espionando garotas. Caras assim não viram pessoas boas. Talvez a gente tenha poupado algumas garotas de serem estupradas por ele na universidade.

— Você não tem como saber disso. Você não conhecia o Lesma. — Mas o argumento é bom. Que tipo de cara anda por aí espionando meninas? Não importa o quão desesperado você esteja, isso não se faz. Se eu soubesse…

Devagar, consigo me levantar, mas ainda me sinto um pouco zonzo. Daisy está com a arma apontada para mim. A expressão em seu rosto é estranha, mas ao mesmo tempo bem familiar.

É a mesma expressão que, às vezes, vejo quando me olho no espelho.

Sempre achei que minha atração por Daisy se justificava por ela ser linda, querida e uma pessoa *boa*, e por ela trazer à tona o que eu tinha de melhor. Mas agora sei a verdade. Minha conexão com Daisy existe porque ela é idêntica a mim.

— Você vai me matar? — pergunto.

— Não era a minha intenção — responde ela. — Acho que você é quem vai decidir. O que você vai falar para a polícia?

— Daisy…

— Escuta aqui, Tom. — Ela balança a arma na minha direção. — Vou simplificar bastante as coisas. Eu não vou para a cadeia. Ou você confirma a minha versão e deixa o Lesma levar a culpa por tudo, ou eu mato você e você divide a culpa com ele.

— Não faz nenhuma diferença para você, né?

Minha voz falha ao dizer essas palavras, e a expressão de Daisy muda. Apesar de todas as coisas terríveis que ela fez, Daisy nunca fingiu que gostava de mim.

— Não diga isso. Eu gosto de você, Tom. Eu amo você. E, se o Lesma levar a culpa por todos os assassinatos, nós podemos voltar a ficar juntos. Não seria maravilhoso?

Apesar de tudo, há uma parte de mim que concorda com ela. Seria maravilhoso voltar a ficar com Daisy. Sinto tanto medo de nunca mais poder abraçá-la nem tocá-la — se isso acontecer, vai ser o fim. Agora ela está me dando uma segunda chance. Dando uma segunda chance para *nós*.

Ela percebe a expressão em meu rosto e pega minha mão.

— Tom, podemos perder a virgindade juntos. Isso seria incrível. Sabia que estou me guardando para você?

Ao ouvir essa confissão, minha boca fica seca.

— Oh!

— A questão é que a gente pode ter tudo. Podemos passar *o resto da vida* juntos. — Ela baixa a voz para sussurrar. — Não é isso que você quer?

Era *tudo* o que eu queria.

— Mas e o meu pai?

— O que tem ele? Seu pai é um bêbado. Ninguém se importa com ele. — Ela me dá um sorriso. — Não vou deixar meu pai investigar essa história por muito tempo. Ser filha do delegado tem suas vantagens.

Não duvido que tenha. Mesmo que aceite confirmar a história de Daisy agora e depois conte tudo para a polícia, ninguém vai acreditar em mim. O delegado Driscoll jamais vai acreditar que a menina dos seus olhos é uma maníaca homicida.

Ela pisca para mim, o que dispara um calafrio pela minha espinha.

— O que acha, Tom? Vamos viver felizes para sempre?

Naquele exato momento, decido o que fazer.

Vou guardar o segredo de Daisy.

Não vou contar para ninguém que ela matou duas colegas de escola e o meu melhor amigo. Não vou contar para ninguém que ela é uma psicopata. Vou levar o segredo dela para o túmulo.

Vou fazer isso para me salvar. Mas esse não é o único motivo. Vou guardar o segredo de Daisy porque eu a amo. *Sempre* amei — mais do que qualquer outra pessoa. E, agora, apesar de saber o quanto ela é perigosa, não quero machucá-la. E ela sabe disso.

Mas a nossa relação acabou. Ela não vai mais ser minha namorada. Não vou beijá-la. Não vamos perder a virgindade juntos. Não vamos nos casar, ter filhos nem envelhecer juntos. Sei que ainda vou pensar nela, mas vou tentar evitar. Eu amo a Daisy, mas tudo o que quero agora é ficar bem longe dela.

Não vou deixar que ela acabe comigo.

Vou ficar melhor sem ela.

CAPÍTULO 62

DIAS ATUAIS

SYDNEY

Minha cabeça está girando.

Não sei se é por causa de tudo que acabou de acontecer ou se é outra coisa, mas a sensação é de que mal consigo ficar em pé. Ainda assim, estou lúcida o suficiente para ficar chocada quando Gretchen abre a porta para Tom.

Tom arregala os olhos quando me vê. Ele encara Gretchen e olha para mim de novo.

— Sydney, você está bem? — pergunta ele.

Estou bem tonta e, antes que consiga responder, caio de joelhos. Mesmo se quisesse sair do apartamento, eu não conseguiria. Bom, talvez eu conseguisse me arrastando.

— Meu Deus! — diz Tom. — Daisy, o que foi que você fez?

Por que ele está perguntando para Gretchen o que ela fez? *Randy* é o assassino. Só que Randy está apagado no sofá.

— Só achei que todo mundo tinha que relaxar um pouco — diz Gretchen. — Principalmente *ela*.

O vinho. Ai, meu Deus, tinha alguma coisa no vinho que eu estava tomando? Ainda bem que só tomei uma taça. Randy deve ter tomado umas três. Gretchen mal encostou na taça dela.

Tom faz a pergunta que está na minha cabeça:

— O que você deu para eles?

— Oleandro — responde ela, sem hesitar. — Guardo algumas folhas para casos de emergência. — Quando ela vê a expressão de choque no rosto de Tom, acrescenta: — Não foi o suficiente para matar ninguém, mas descobri que, misturada com álcool, ela faz dormir. Além disso, como você sabe, Tom, ela não aparece em uma autópsia de rotina.

Tom fica vermelho enquanto olha para ela.

— Não acredito que você fez isso. Você prometeu que ia parar. Daisy, depois da última vez, você disse que me deixaria em paz.

Por que ele continua chamando Gretchen de Daisy? Que estranho. Estou caída no chão, olhando para os dois, me perguntando que porcaria é essa de oleandro e o que vai acontecer comigo. Pelo menos, pelo que entendi, ela não usou o suficiente para me matar.

— Quem é Daisy? — consigo perguntar, apesar de ter perdido a sensibilidade na língua.

— Era assim que todo mundo me chamava quando eu era mais nova — explica ela. — Você sabe que adoro flores. Afinal, você foi à minha exposição, e margarida é minha flor favorita. Mas isso faz tempo. Ninguém mais me chama por esse nome. Quer dizer, a não ser o Tom.

— Você tem um problema grave — diz Tom, entre os dentes. — Não fazia ideia de que você... de que você estava *morando* aqui. Meu Deus. Foi só por causa da Bonnie?

Os cílios de Gretchen tremulam.

— Eu tinha que ficar de olho. Por isso comecei a fazer ioga com a Bonnie. Queria conhecer essa mulher que você achava tão maravilhosa e que merecia tanto a sua atenção.

Mesmo zonza, consigo entender o que ela está dizendo. Ainda me lembro do dia em que Gretchen abriu seu tapete de ioga ao lado de Bonnie e deu um sorriso enorme para ela. *Oi, eu sou a Gretchen! Esta é minha primeira aula de ioga.* E, com aquela expressão sincera e simpática, nós gostamos dela na mesma hora.

Daí ela conheceu Randy quando veio nos visitar. E agora está morando com ele. Randy foi seu passe.

— Você precisa me deixar em paz — rosna ele. — Você não me deixa viver a minha vida. Eu me sinto muito sozinho, mas tenho medo de me envolver com outras garotas porque, assim que as coisas começam a ficar sérias, sei que elas estão correndo *perigo*. Você sabe como é viver assim? Não posso nem dar meu número de telefone para ninguém, porque não quero que a polícia venha atrás de mim! Você quer que eu seja *preso*, Daisy?

— Você não vai ser *preso*. — Ela acena com a mão. — Sempre tenho cuidado de escolher uma noite em que você tem um álibi. Enfim… — Ela olha para mim. — Parece que você não está sofrendo tanto assim.

Tom fica vermelho.

— O que você quer de mim? Tenho que fazer um voto de castidade? É isso que você quer que eu faça para você parar de matar pessoas?

— Eu te fiz um favor! — rebate ela. — Você teria uma vida miserável com a Bonnie. Ou com qualquer uma daquelas mulheres chatas que você arranjou.

Sinto uma onda de mal-estar. Por algum motivo, entendi tudo errado. Achei que Randy tinha usado Gretchen como um falso álibi. Mas, na verdade, era *Gretchen* que precisava de um álibi.

— Sabe o que eu quero, Tom? — Ela inclina a cabeça para o lado, a expressão meiga contrastando com o tom incisivo de sua voz. — Eu quero *você*. É o que sempre quis. E sei que você também me ama. A Sydney me falou que você nunca conseguiu me superar. É claro que você disse para ela que eu tinha *morrido*, mas tudo bem.

Espere um pouco, a garota que Tom tinha namorado no ensino médio, aquela que ele disse que tinha sido o único amor da vida dele...

Era *Gretchen*?

Percebi a expressão dele mudar quando encontramos Gretchen e Randy, parecia que ele tinha reconhecido alguém. Presumi que Tom estava olhando para Randy, mas agora entendi. Ele ficou chocado quando reconheceu *Gretchen*.

— Você me quer tanto assim? — Ele acena com a cabeça, indicando a mão esquerda de Gretchen. — É isso mesmo? Porque parece que você acabou de ficar noiva de outro cara.

— Ah, *ele*? — Ela faz uma careta de nojo. — Não seja bobo, Tom. Eu nem *gosto* dele.

— É, sei.

— É verdade, Tom. Eu *detesto* esse cara.

— Detesta? Acho difícil de acreditar nisso.

— Bom, pode acreditar. — Ela olha para Randy. — E posso provar para você.

O que acontece em seguida é tão rápido que nem Tom nem eu conseguimos reagir. Gretchen pega a faca que tinha separado para cortar o bolo, cruza a sala enquanto eu observo, horrorizada, o momento em que ela crava a faca na barriga de Randy. Ele estava dormindo, mas abre os olhos por uma fração de segundo. Então ela repete o golpe, depois o faz uma terceira vez, e o sangue começa a sair também pela boca de Randy, que volta a fechar os olhos. Tom está imóvel e parece apavorado ao ver a cena.

— Daisy! — grita Tom, finalmente, saindo do transe, porém é tarde demais. — Mas o que você está fazendo? Meu Deus.

Ela dá de ombros e baixa a mão que segura a faca.

— Eu disse que detestava esse cara. Agora você não precisa ficar com ciúme.

Tom respira com dificuldade, balançando as mãos.

— Isso é loucura. Você acabou de matar um homem inocente.

— Inocente? — Gretchen dá uma bufada. — Quer saber o que ele fazia? Ele costumava entrar no apartamento das mulheres que moram no prédio quando elas estavam trabalhando, mexer nas gavetas e ficar enfiando a cara nas calcinhas. Pode acreditar que ele não vai fazer falta nenhuma.

Isso é verdade? Será que Randy fazia isso? Apesar de tudo, acredito nela. Bonnie sempre achou Randy esquisito, então ela não estava errada.

Mas ele não merecia morrer.

Tom começou a andar de um lado para outro, transtornado. Daisy olha para ele, muito calma.

— Ah, relaxa — diz ela. — Eu não matei o Randy por sua causa. Eu ia fazer isso de qualquer forma. Guardei várias mechas de cabelo dentro da caixa da descarga, e o Randy ia levar a culpa pela morte de todas aquelas garotas que foram mortas, incluindo a querida Bonnie. — Ela olha para mim. — A coitadinha da Sydney vai ser a última vítima antes que eu chegue para matar Randy em legítima defesa.

Última vítima? Isso significa que…

Ai, meu Deus, ela vai mesmo me matar. Essa mulher é uma psicopata de verdade e não quer deixar nenhuma testemunha para trás.

Eu não fazia ideia de que Gretchen pudesse ser assim.

Tom para de andar e olha para ela.

— Você precisa de ajuda, Daisy. É sério. Vamos… Vamos falar com a polícia. Posso explicar tudo para eles. Por favor.

Gretchen o fuzila com o olhar.

— Não banque o santo para cima de mim. Você finge que está apaixonado por Sydney, mas duvido que ela saiba a verdade.

Ele balança a cabeça com a boca meio aberta.

— Daisy…

— Ela sabe que você adora quando ela sangra? — Gretchen esboça um sorriso. — Quando a Sydney me contou que você a convidou para sair depois que ela teve um episódio de um sangramento épico, na mesma hora pensei: é, Tom continua o mesmo.

Tom fica pálido.

— Daisy, não diga isso.

— Por que não? Não minta para ela.

Ai, meu Deus. Isso é verdade?

Talvez seja. Ele sempre pareceu fascinado pelos meus sangramentos. Nosso primeiro encontro foi depois que tive um sangramento de nariz. A primeira vez que fizemos amor intensamente foi quando cortei meu dedo ao fatiar um limão.

Gretchen alega que Tom é igual a ela. E estou começando a achar que ela tem razão.

Meu cansaço é avassalador, mas, ao mesmo tempo, a adrenalina me mantém acordada. Esses dois são completamente loucos. Preciso descobrir um jeito de escapar deste apartamento antes que termine como Randy.

Mas como?

— Sei que você fica excitado quando ela sangra — diz Gretchen. — Você é muito bundão para fazê-la sangrar, mas eu posso ajudar. — Ela encosta a mão no braço de Tom e, para minha surpresa, ele não reage. — Eu posso ajudar. E podemos vê-la sangrar, juntos. Vai ser muito divertido.

Tom não diz nada. Na verdade, parece que ele está com o olhar vidrado nela. Eu me lembro dele falando da garota que amava no ensino médio. *Essa* é a garota. Essa é a única garota que ele amou na vida — a garota que ele nunca conseguiu superar.

— Eu amo você, Tom — murmura ela. — E sei que você também me ama. Você é o único homem que amei e o único que vou amar. Nós somos muito parecidos.

Ele balança a cabeça quase imperceptivelmente.

— Não negue. — Ela segura a mão dele. — Você me ama. E nunca vai ser feliz sem mim.

— Isso não é verdade.

— Eu e você fomos feitos um para o outro — insiste Daisy —, e você sabe disso.

CAPÍTULO 63

ANTES

TOM

Coloco meu braço ao redor dos ombros de Cindy quando saímos do cinema. Fomos ver *Blood Lake 2*. Para driblar o frio de fevereiro, aperto o corpo dela contra o meu. É uma noite gelada de céu limpo, e a lua lá em cima dá uma sensação de tranquilidade. Gostaria de curtir uma caminhada de volta para casa com minha namorada, mas Cindy está com a cabeça em outro lugar.

— Esse foi, fácil, o filme mais nojento que já vi! — exclama ela. Cindy não consegue ficar quieta. — É sério, Tom! Achei que ia botar o jantar para fora.

— A-hã.

— A cena em que o assassino abre o estômago da Kay e as tripas voam por tudo… — Seu corpo estremece. — Acho que isso foi uma das coisas mais nojentas que já vi. Vou passar semanas tendo pesadelos. *Semanas*, Tom!

— É — resmungo.

Ela vira o rosto com formato de coração para mim e me encara com um olhar incriminador, o gorro branco de pompom quase cobre seus olhos.

— Por que você me levou para ver esse filme horrível? Achei que você tivesse visto o primeiro! Você não sabia que era horrível?

— Desculpa. O primeiro foi diferente.

Não falo para ela que a única coisa decepcionante em *Blood Lake 2* é que ele não foi tão sanguinolento quanto o primeiro filme, mas os efeitos especiais *espetaculares* compensaram. Era tudo tão real quanto os pacientes que eu dissecava na faculdade de medicina.

Ela dá um tapinha no meu braço, mas de brincadeira. Faz oito meses que estamos juntos e a relação está começando a ficar séria. Acabei de fazer vinte e seis anos; até hoje, houve só uma garota pela qual me apaixonei, e não é Cindy. Mas a garota pela qual me apaixonei era uma *psicopata*, e Cindy é legal. Vejo potencial na nossa relação. Consigo me imaginar vivendo com uma garota como Cindy Casado, com filhos. E talvez até com um cachorro.

— Eu perdoo você dessa vez — diz ela, pensativa. — Afinal, você vai se tornar um cirurgião, então não se incomoda com essas coisas.

— Na verdade — digo —, decidi não fazer residência em cirurgia.

Ela para de andar de uma maneira tão abrupta que quase tropeça.

— Sério? Mas você só falava nisso!

Ela tem razão. Sempre sonhei em ser cirurgião. Mas, quando entrei em um centro cirúrgico e me deparei com a cavidade torácica de outro ser humano, repleta de sangue morno e pulsante, ficou claro que essa não era a carreira certa para mim. Fiz minha inscrição em programas de residência na noite passada e, apesar de ter sofrido muito para decidir, optei por residências em patologia para lidar só com pacientes mortos. É melhor assim. E, de qualquer forma, não tenho como voltar atrás.

— Mudei de ideia. — É a única explicação que consigo dar.

Ela inclina a cabeça para o lado.

— Você é um grande mistério, Tom Brewer.

Acompanho Cindy até seu prédio, enquanto ela continua reclamando de *Blood Lake 2*. Tem sido cada vez mais frequente eu passar a noite na casa dela, mas hoje não estou com vontade. Então não peço para entrar, e ela também não me convida.

Volto para casa sozinho. É uma caminhada de trinta minutos e a temperatura está abaixo de zero, mas estou com um bom casaco e um gorro, então mal sinto o frio. Sou a única pessoa na rua e, provavelmente, minha mãe ficaria furiosa se soubesse a frequência com que ando sozinho à noite na Filadélfia. Mas gosto de ficar sozinho. Não consegui me conectar com ninguém aqui. Fazer amigos sempre foi difícil para mim e continua sendo. O único amigo próximo que tive foi no ensino médio e tive de enterrá-lo.

Enfim, me viro bem sozinho. E me preocupo com minha mãe muito mais do que ela se preocupa comigo. Desde que meu pai "desapareceu", ela não se casou de novo nem namorou — até onde sei. A investigação sobre o desaparecimento dele foi praticamente nula. No fim das contas, meu pai acumulou dívidas na cidade inteira e acabou se envolvendo com algumas pessoas perigosas, então todo mundo achou que ele fugiu com medo de que lhe quebrassem as pernas. Não fez mal nenhum a filha do delegado estar do meu lado, contando para o pai que ajudei a salvar a vida dela.

Mas minha mãe sabe o que aconteceu com meu pai e quem foi o responsável. Nós nunca falamos sobre o assunto, mas consigo perceber em seu olhar. Quando comentei que tinha desistido de me tornar cirurgião, ela disse, *Graças a Deus*.

Quando chego ao meu apartamento de um quarto, que fica perto do campus da faculdade de medicina, tiro o casaco e o gorro. Pego meu notebook e vou direto para o sofá na sala de estar. Não consegui aproveitar o filme com Cindy, que não parava de fazer cara de nojo, mas aposto que consigo encontrar algumas das melhores cenas na internet. Queria ter visto o filme sozinho. Por que fui levar Cindy comigo? Talvez tivesse esperança de que ela…

Deixa para lá. É uma ideia besta.

Apoio o notebook nas coxas, mas, quando começo a digitar no teclado, não procuro vídeos de *Blood Lake 2*. Em vez disso, faço uma coisa que tenho feito muito ultimamente. Abro o Facebook e procuro o perfil de Daisy Driscoll.

Agora, é claro, ela se chama Gretchen, mas jamais vou conseguir me acostumar. Não somos amigos no Facebook, mas sei que seu perfil é público. Percorro seu feed e paro na selfie que ela tirou dias atrás. Eu conhecia tão bem esse rosto. E sorria toda vez que o via.

Em seguida, percebo o cartaz de um filme ao fundo da foto: *Blood Lake 2*. E me pergunto se ela foi ver o filme. E, se ela foi, será que estava sozinha? Afinal de contas, ninguém sabe que ela gosta de ver filmes em que os personagens são trucidados por mãos decrépitas que emergem do lago. Ninguém conhece a verdadeira Daisy Driscoll.

Apenas eu.

Fecho os olhos. Por um segundo, imagino um universo alternativo em que Daisy e eu podemos ver *Blood Lake 2* juntos e, depois da sessão, podemos ir para casa e fazer amor intensamente. Por horas.

Pego meu celular e abro minha lista de contatos. Este é meu terceiro telefone desde que saí do ensino médio e ainda tenho o número de Daisy salvo na memória, apesar de me controlar para não procurá-la. Não sei por que ainda tenho o contato dela. Eu deveria deletá-lo. Ou bloqueá-la.

Mas nunca faço isso.

Por impulso, clico no nome de Daisy e começo a escrever uma mensagem. Depois de pensar por um instante, escrevo:

Ei, como estão as coisas?

Releio a mensagem. Nossa, ficou *muito* tosca. Faz oito anos que não nos falamos — sem contar aquela vez que eu estava namorando uma garota que morreu afogada nas férias de verão e Daisy veio ao velório. Acho que Daisy mal deve se lembrar de mim, e seria muito idiota da minha parte mandar uma mensagem assim em um sábado à noite. Não tem nada a ver com o que quero dizer.

Apago a mensagem antes que acabe enviando sem querer. Mordo o lábio inferior e, antes que possa mudar de ideia, escrevo uma segunda mensagem para Daisy:

Sinto saudades de você.

Meu Deus, essa mensagem ficou ainda pior. Se mandar essa, ela vai achar que estou bêbado ou que tenho segundas intenções. Apago a mensagem e quase jogo meu celular longe, mas não consigo desgrudar os olhos do nome de Daisy no topo da tela. Não é normal uma pessoa ficar nervosa só de olhar o nome de uma garota. Então me vejo digitando as palavras que passaram a noite e os últimos oito anos martelando minha cabeça:

Acho que não consigo viver sem você, Daisy.

Não. *Não*. Não posso falar *isso*, pelo amor de Deus. Não posso falar *nada* para Daisy Driscoll. Senão vou arranjar problema. Não, é melhor me concentrar em Cindy, que é legal, bonita e não gosta de filmes de terror, assim como toda garota *normal*. E gosto de Cindy. De verdade.

Sei que não estou *apaixonado* por ela, mas ainda posso me apaixonar. Vou me apaixonar.

Apago a mensagem que escrevi para Daisy e clico no nome de Cindy na minha lista de contatos. Vou ligar para ela e, se pegar meu carro, consigo chegar à sua casa em cinco minutos. Aposto que ela vai me ajudar a esquecer Daisy.

Ligo para Cindy e sinto uma pontinha de remorso quando começa a tocar. Eu me preparo para ouvir a voz aguda dela, mas, para minha surpresa, Cindy não atende. O telefone toca até cair na caixa de mensagens.

Hum. Que estranho. Faz menos de uma hora que a gente se viu e ela provavelmente ainda não foi dormir. Por que não atende o telefone? Cindy *sempre* atende o telefone. O que será que ela está fazendo?

Bom, tenho certeza de que não é nada de mais. Afinal, o que poderia ter acontecido?

CAPÍTULO 64

DIAS ATUAIS

SYDNEY

Tenho que sair daqui.

Gretchen quer me matar. Isso está mais do que claro. E Tom parece estar muito confuso. Se ele tem a intenção de me salvar, não sei se conseguiria. Gretchen não está para brincadeira, e ele não parece capaz de impedi-la.

Mas o que eu posso fazer? Não faço ideia do que acontece quando você mistura álcool e oleandro, só sei que mal consigo me mexer. Tento me sentar, mas sinto uma onda de mal-estar e me controlo para não vomitar.

— Você não vai se safar dessa — diz Tom para Gretchen. — A polícia vai descobrir o que você fez. Eles não vão acreditar que Randy estava te atacando quando o virem sentado no sofá, morto.

— É só eu mexer no corpo — diz ela, sem paciência.

— Não sei se você sabe, mas dá para saber pela autópsia quando alguém move o corpo.

— Dá para saber? — Seus olhos se iluminam. — Como?

— Tem a ver com a lividez do corpo — explica ele. — É a coloração azulada que ocorre na pele depois da morte. E a gravidade faz com que ela apareça em partes diferentes do corpo.

Ela faz que sim com a cabeça, fascinada.

— E quanto tempo demora para isso acontecer?

— Bom... — Tom começa a dizer.

Meu Deus, os dois estão trocando figurinhas sobre a decomposição de cadáveres, enquanto o corpo de Randy está a poucos metros de distância e eu estou caída no chão lutando para não perder a consciência? É isso mesmo?

Porém isso é bom. Eles parecem tão envolvidos na conversa que pararam de prestar atenção em mim. Essa é minha chance de escapar.

Respiro fundo, tentando controlar mais uma onda de mal-estar. Não preciso me esforçar muito. Só tenho que ficar de pé e correr para a porta que está a menos de três metros de distância. Ainda bem que os apartamentos em Manhattan são pequenininhos.

Uso todas as minhas forças para tentar me levantar. Mas, na mesma hora, meus braços e minhas pernas começam a tremer. Simplesmente não consigo. Estou lesada demais com o oleandro que Daisy usou para me dopar.

Será que consigo me arrastar? Não é tão longe. Se fizer isso, como posso abrir a porta?

Meu Deus, é impossível. Vou morrer aqui. Assim que Tom terminar de explicar o conceito de *livor mortis* para Gretchen, ela vai usar aquela faca para me matar. Depois vai guardar uma mecha do meu cabelo na caixa da descarga.

Não quero terminar assim. Amo Bonnie, mas não quero que aconteça comigo o mesmo que aconteceu com ela. Eu não quero *morrer*. E, se eu morrer aqui hoje à noite, Jake nunca vai se perdoar.

Mas o que eu posso fazer?

Assim que começo a avaliar minhas parcas opções, escuto um barulho vindo de fora. O barulho está ficando cada vez mais alto e meu cérebro dopado leva muitos segundos para identificar o que é.

Sirenes da polícia.

Gretchen arregala os olhos.

— Mas que merda é essa? Sydney, você chamou a polícia? Mas... como? Eu peguei o seu celular!

Ah, então é por isso que meu celular não estava na bolsa.

— Não foi a Sydney que chamou a polícia — diz Tom. — Fui eu.

Gretchen afasta a mão de Tom como se tivesse sido picada.

— O *quê?*

A expressão de Tom é triste.

— Chamei a polícia antes de bater aqui. Contei tudo para eles... Desculpa, Daisy.

— Como você pôde fazer isso comigo? — exclama ela, com o rosto vermelho. Conheço Gretchen há um ano, mas nunca a vi tão nervosa assim. — Depois de tudo que passamos juntos, como você pôde fazer isso comigo?

Ele apenas balança a cabeça.

Gretchen se aproxima da janela, tomando cuidado para não ser vista.

— Merda — resmunga ela.

— Me desculpe, Daisy. — Ele está com a voz embargada. — Não tive escolha. Não podia deixar que você... você sabe...

Por um instante, ela fica parada ali, com uma das mãos fechada e a outra segurando a faca.

— Existe uma saída alternativa no prédio. Randy me mostrou. É como se fosse uma porta secreta que fica na lavanderia. Posso escapar por lá. — Ela olha para Tom. — *Nós dois* podemos.

— Daisy...

— Tom, vem comigo. — Ela se aproxima dele com os olhos vivos de empolgação. — Vamos. Você sabe que fomos infelizes um sem o outro nos últimos vinte anos. Essa é a nossa chance de sermos felizes. — Ela segura a mão dele de novo. — Quero passar o resto da minha vida com você. Quero formar uma família com você.

— Uma família? Daisy…

— Sou a única pessoa com quem você pode ter uma família — diz ela —, e você sabe disso. Sou a pessoa que melhor entende você. Você teria uma vida de mentira com qualquer outra pessoa.

Ele balança a cabeça de novo, mas com menos convicção do que eu esperava.

— Daisy.

— Por favor. — Os olhos dela estão marejados. — Passamos vinte anos afastados e foi ruim. Estou cansada de viver assim. Você, não?

— O que você está me pedindo? — Ele franze a testa. — Você quer mesmo que eu abra mão da minha vida inteira para ficarmos juntos?

Ela fica em silêncio por um instante.

— Sim — diz ela —, quero.

— Daisy.

Ela o encara com os olhos brilhando.

— Tom, não consigo viver sem você.

Meu primeiro pensamento é que ele vai mandá-la para o inferno. Tom tem uma vida. Uma carreira como médico-legista. Ele não abriria mão de tudo isso para viver fugindo com uma psicopata que já matou sei lá quantas pessoas.

Mas aí reparo na maneira como Tom olha para ela. E imagino qual será sua resposta.

— Eu também não consigo viver sem você — diz ele, calmamente.

Ao fundo, as sirenes estão se aproximando. Tom resmunga um palavrão.

— A gente tem que sair daqui — continua ele. — E rápido.

O rosto de Gretchen se ilumina. Achei que ela tinha ficado feliz quando Randy a pediu em casamento, mas agora percebo que aquela felicidade era falsa. Nunca tinha visto Gretchen feliz de verdade. Até agora.

— Ótimo. Só deixa eu me livrar da nossa última testemunha.

Ela se refere a mim. A faca na mão de Gretchen reflete a luz do teto e fica claro o que ela quer fazer. Ela vai se livrar de mim do mesmo jeito que se livrou de Randy. E, quando a polícia chegar, vai achar dois cadáveres neste apartamento.

Estou fraca demais para escapar. Tentei, mas não consigo nem me arrastar, muito menos correr até a porta. Minha vida está nas mãos dela.

É isso. Acabou. No fim das contas, vou ter o mesmo desfecho de Bonnie. Vou terminar em um caixão, enterrada para todo o sempre. Em algum momento, Jake vai encontrar meu corpo e nunca vai se perdoar.

Não se sinta culpado, Jake. Não tinha como a gente saber.

Mas, enquanto me preparo para o inevitável, Tom agarra o pulso de Gretchen.

— Se você encostar um dedo na Sydney, eu não fujo com você. Entendeu?

— Mas ela sabe de tudo! — argumenta ela, fazendo bico.

A voz de Tom é séria.

— Não machuque a Sydney, ok? Se formos embora juntos, essa história tem que acabar. Os assassinatos têm que acabar.

Gretchen olha para mim com desprezo. Não acredito que considerava essa mulher minha melhor amiga. Ela me enganou direitinho. Na verdade, ela é diabólica.

Boa sorte, Tom.

— Você não está falando sério, né? — Ela bufa.

— Estou, sim. — Ele não pisca. — Chega. É a única coisa que te peço. Chega de mortes, Daisy.

Ela inclina a cabeça para o lado, considerando a proposta.

— Mesmo que a pessoa mereça morrer?

— Bom — diz ele, depois de uma pausa —, aí é outra história.

Ao ouvir sua resposta, um calafrio percorre minha espinha. Mas o ultimato de Tom funciona. Gretchen larga a faca em cima da mesinha de centro e os dois correm juntos em direção à porta. Escuto um estrondo quando ela se fecha e o som ecoa pelo apartamento. E, por fim, é só quando a polícia começa a bater à porta, minutos depois, que me permito perder a consciência.

EPÍLOGO

UM MÊS DEPOIS

SYDNEY

Abro a porta do prédio tentando equilibrar as sacolas do supermercado quando meu celular toca.

Faz um mês que Gretchen Driscoll e Tom Brewer desapareceram da face da Terra. Pelo menos é o que parece. Horas depois de a polícia entrar no meu prédio, acordei no hospital ainda zonza, mas feliz por estar viva. Quando uma enfermeira viu que acordei, falou:

— Um policial me pediu que avisasse a ele assim que você acordasse.

Era Jake, claro. Embora a polícia continue trabalhando no caso, ele largou tudo para vir me ver no hospital. Depois de todo esse tempo, com anos de atraso, ele descobriu como arranjar tempo para mim.

E é o nome dele que aparece na tela do meu celular neste momento.

Dou um jeito de entrar no prédio e sinto uma rajada de ar quente. Largo as compras no chão diante dos escaninhos de correspondência antes de atender a ligação de Jake.

— Oi, Syd — diz ele.

— Oi.

— Você tem planos para hoje à noite?

Ele sabe que não tenho planos. Depois que Tom e Gretchen escaparam pela porta dos fundos, a polícia começou uma verdadeira caça aos dois. Afinal, as mechas de cabelo escondidas no banheiro vincularam Gretchen a vários assassinatos, sem contar o de Randall Muncy. A polícia estava desesperada para encontrá-los. Mas ambos abandonaram suas vidas e, juntos, desapareceram completamente.

Jake desempenha um papel pequeno nessa investigação, que acabou envolvendo o FBI. Mas ele assumiu uma tarefa muito mais apropriada e se ofereceu para ser meu guarda-costas oficial, "caso eles voltem".

Quando me contou isso, eu o confrontei. Não porque eu não queria que ele fosse meu guarda-costas, e sim porque ele vive ocupado. Jake ignorou minhas preocupações e disse que ia *arranjar tempo para as coisas importantes*.

E ele arranjou. Arranjou mesmo.

— Não tenho planos — respondo, me sentando no banco próximo aos escaninhos de correspondência. Toda a comida congelada que comprei precisa ir para o freezer, mas tudo bem. Jake traz comida quase todas as noites.

— Ótimo — diz ele. — Como vou cuidar de você hoje à noite, pensei em levar uns hambúrgueres e batatas fritas. O que acha?

Embora não tenha rolado nada entre a gente ao longo do último mês, passamos todas as noites juntos. Tinha esquecido do quanto gosto de sua companhia.

Esboço um sorriso.

— Sabe — digo —, já faz um mês. É praticamente certo que Gretchen e Tom conseguiram escapar. Acho que você não precisa mais cuidar tanto de mim. É só eu trancar a porta.

— Como dizem, é melhor prevenir do que remediar.

— Mas não acho que seja necessário.

— Oh! — Jake fica em silêncio por um momento. — Se você não quiser mais, é só me dizer. Não quero te incomodar, Syd. Se você não quer mais que eu cuide de você, pode me falar.

— Eu não quero — digo.

— Tá bom. — Ele não consegue disfarçar a decepção. — Tudo bem. Sem problemas. Então vou deixar você em paz…

— Mas… — Troco o celular de orelha. — Se você quiser vir hoje à noite com hambúrgueres e batatas fritas para *ficar um pouco comigo*, não tem problema. Na verdade, eu ficaria feliz.

Quase consigo ver o sorriso que ele dá do outro lado da linha.

— Eu também ficaria feliz.

Vou dar uma segunda chance para Jake. Ele quer muito tentar de novo, e eu também quero. Se tem algo de bom nessa história toda é o fato de termos percebido o que perdemos quando nosso relacionamento acabou. Mas não é tarde para tentarmos uma segunda vez.

Afinal, se Tom e Gretchen podem ser felizes juntos, eu e Jake também podemos.

Além disso, minha mãe vai ficar animada. Com sorte, ela vai ser avó antes de eu chegar aos noventa.

Jake promete que vai sair do trabalho às sete e desligo o telefone com um sorriso nos lábios. Mal posso esperar para estarmos juntos. Nunca imaginei que Tom pudesse ser o homem da minha vida, mas tenho quase certeza de que Jake é.

Pego minhas chaves e abro meu escaninho de correspondência. Como sempre, um monte de contas para pagar, cartas pedindo doações para a universidade em que me formei, dois catálogos com várias opções de chocolate e um catálogo de lingerie. Então vejo também uma carta diferente das que costumo receber. Um envelope branco com meu nome escrito nele, mas sem remetente.

Que estranho.

Meu nome e meu endereço foram escritos à mão. As letras em tinta preta são grandes, arredondadas e todas em maiúscula. Analiso o envelope por um momento e sinto meu coração acelerar. Será que devo ligar para Jake e perguntar se é seguro abrir essa carta misteriosa? Mas sei que, se ligar para ele, Jake vai considerar a situação muito mais grave do que ela é. Acho que mandaria a SWAT para me ajudar.

Então rasgo o canto do envelope.

E levo um susto.

Lá dentro, há uma mecha de cabelo loiro desgrenhado que tende para o castanho-claro. Embora eu deva ter cuidado para mexer no conteúdo da correspondência, meu impulso é o de tirar a mecha de dentro do envelope. Pelo comprimento, o cabelo ficaria na altura dos ombros da pessoa, e a mecha está amarrada com um laço vermelho.

O que é *isso*? E por que mandaram isso para mim?

Talvez eu ainda precise da proteção de Jake.

Estou tentando não entrar em pânico quando um pedacinho de papel cai no chão, virado para baixo. Sem pensar duas vezes, eu o pego. A letra é idêntica à que está no envelope. Eu me sento no banco de novo e leio as palavras enviadas pelo remetente:

Sydney,

Kevin nunca mais vai te incomodar.

Tom.

Olho para o pedaço de papel em que Tom fala do homem que me atacou e me perseguiu durante meses. A essa altura, achei que ele e Gretchen já estavam do outro lado do mundo.

Mas talvez não. Eu me lembro da conversa dos dois pouco antes de fugirem.

Chega de mortes, Daisy.

Mesmo que a pessoa mereça morrer?

Bom, aí é outra história.

Aparentemente, Tom achou que Kevin merecia morrer.

Fico olhando para o pedaço de papel com a testa franzida. Deveria mostrar isso para Jake. Com certeza. Mesmo depois do que Kevin fez comigo, será que ele merecia morrer? Deveria haver justiça para Kevin, assim como para todo mundo.

Não?

Fico um tempo ali, sentada no banco, olhando para o pedaço de papel. Por fim, guardo o papel e a mecha de cabelo dentro do envelope, e me esforço para dobrá-lo várias vezes. Então jogo o envelope no lixo e vou para casa preparar o jantar.

Este livro foi composto na tipografia Berling LT Std,
em corpo 11,5/15,3, e impresso em papel
off-white no Sistema Cameron da
Divisão Gráfica da Distribuidora Record.